JEANNE DE TREZVILLE

Die Venusfrucht

Buch

Charles, der Cousin der freizügigen und unabhängigen Christine aus »Libertine«, befindet sich zu Forschungszwecken auf den Galapagosinseln, als ihn die Nachricht vom Tod seines Vaters erreicht. Er reist auf dem schnellsten Weg nach Paris, um dort vom Notar der Familie zu erfahren, dass ihm der Vater ein beachtliches Vermögen hinterlassen hat. Um sein Erbe antreten zu können, hat Charles jedoch die Aufgabe, die außergewöhnliche Sammlung erotischer Kunstobjekte seines Vaters ihren neuen Besitzern, die der Verstorbene vor seinem Tod bestimmt hat, zu überbringen. Bevor er aber seine Reise antritt, begegnet ihm in Paris die schöne Chantal und verführt ihn zu manch heißem Abenteuer. Sie bringt ihm ihre Freude an der Lust näher, und gemeinsam erleben sie Momente der höchsten Ekstase. Mit Chantal als Gespielin an seiner Seite reist Charles daraufhin von Zürich über Mailand bis nach Montreal, und zusammen tauchen sie in sinnliche Welten ein, die beiden bisher ungeahnte erotische Genüsse bescheren. Und nach und nach offenbart Chantal dem neuen Mann an ihrer Seite auch ihr lang gehütetes süßes Geheimnis …

Autorin

Jeanne de Trezville arbeitete als Bankerin und Volkswirtin, bevor sie mit dem Schreiben begann. Nach »Libertine« erscheint nun mit »Die Venusfrucht« ihr zweiter erotischer Roman. Die Autorin lebt und arbeitet in Kanada.

Von Jeanne de Trezville außerdem lieferbar

Libertine. Erotischer Roman (46413)

Jeanne de Trezville

Die Venusfrucht

Erotischer Roman

Deutsch
von Brigitte Lindecke

GOLDMANN

Die Originalausgabe erschien 2008
unter dem Titel »Une Collection Privée«
bei Guy Saint-Jean Éditeur Inc., Québec, Canada.

FSC
Mix
Produktgruppe aus vorbildlich
bewirtschafteten Wäldern und
anderen kontrollierten Herkünften

Zert.-Nr. SGS-COC-1940
www.fsc.org
© 1996 Forest Stewardship Council

Verlagsgruppe Random House FSC-DEU-0100
Das FSC-zertifizierte Papier *München Super* für dieses Buch
liefert Arctic Paper Mochenwangen GmbH.

1. Auflage
Deutsche Erstveröffentlichung Oktober 2009

Umschlaggestaltung: UNO Werbeagentur, München
Umschlagmotiv: FinePic, München
Redaktion: Ilse Wagner
IK · Herstellung: Str.
Satz: deutsch-türkischer fotosatz, Berlin
Druck und Bindung: GGP Media GmbH, Pößneck
Printed in Germany
ISBN: 978-3-442-47063-1

www.goldmann-verlag.de

Die Erbschaft

Ich weilte gerade am anderen Ende der Welt, da beschloss mein Vater aus heiterem Himmel, von uns zu gehen. Ich hatte soeben mit einer umfassenden Studie über die Eiablage der Galapagos-Schildkröten begonnen und war in meine Arbeit vertieft, als ein Junge über den Strand zu mir gelaufen kam und mir ein Telegramm mit der traurigen Nachricht brachte. Ich brauchte zwei Wochen, um nach Paris zu kommen; mein Vater war bereits vom Rest der untröstlichen Familie beerdigt worden, und so blieb mir nur noch, mich vom Taxifahrer vom Flughafen Orly direkt zum Notar fahren zu lassen.

Der Notar, angestaubt und blass wie die Papiere, mit denen er sich den ganzen Tag beschäftigte, empfing mich in seinem Büro, in dem der eigentliche Herr ein grinsender roter Kater war, der im Laufe der Jahre an den abgewetzten und vollgepinkelten Sesseln seine unauslöschlichen Spuren hinterlassen hatte.

Der Notar setzte mich darüber in Kenntnis, dass mein Vater mir das alte Stadtpalais in der Rue de Beaune hinterließ, das sich seit einer halben Ewigkeit in Familienbesitz befand. Darüber hinaus hatte mein Vater, der um meinen chronischen Geldmangel wusste, die Abgaben bereits im Voraus geleistet, wohl wissend, dass der Staat mein Erbe schröpfen würde, noch bevor ich mein künftiges Eigentum in Besitz genommen hätte; außerdem hatte er die Steuern, die die Französische Republik mir mit Freuden mein Leben lang abknöpfen würde, vorsorglich auf ein Treuhandkonto bei dem Notar überwiesen. Mein Vater hatte bis ins letzte Detail für alles gesorgt. Nun war ich auf mich gestellt und musste zusehen, wie ich das Familienvermögen verwaltete. Und ich musste mir Gedanken darüber machen, wie mein neues Leben in den gesellschaftlichen Kreisen aussehen sollte, die Lichtjahre von meinem Leben als Wissenschaftler entfernt waren.

Die Erbschaft war riesig, geradezu unermesslich, und die Liste der Güter, die der Notar mit Grabesstimme monoton verlas, versetzte mich in Staunen und erschreckte mich zugleich. Wie sollte ich für so viele Familienbesitztümer, die mir fremd geworden waren, seit ich aus dem elterlichen Heim ausgezogen war, eine vernünftige Verwendung finden?

Nach dem Tod meiner armen Mutter hatte mein Vater sich in einen triebhaften Junggesellen verwandelt und in seinem Haus ein völlig mittelloses Künstlervölkchen empfangen, das dem guten Mann im Tausch gegen ein ordentlich begossenes Essen und den ein oder anderen frivolen Zeitvertreib einen – zurückhaltend formuliert – bewegten Lebensabend bescherte. Er war, sehr zum Missfallen der Familie, an einem Herzinfarkt gestorben. Letztendlich ein schöner Tod, denn er hatte ihn während eines spektakulären Höhenflugs mit einem lebenslustigen Nymphchen ereilt, das den alten Herrn noch ein Nirwana hatte kennenlernen lassen, das dem Tempel von Angkor Wat würdig gewesen wäre.

Mich hatten meine Forschungsaufträge mehr als zehn Jahre von Paris weggeführt. Ich hatte zunächst an französischen Ausgrabungsarbeiten in Palenque in Mexiko teilgenommen, bis ein weiterer Auftrag mir erlaubte, die Galapagosinseln zu erkunden. Ich war nur gelegentlich nach Paris gekommen, um meine Aufzeichnungen zu veröffentlichen und ein paar wissenschaftliche Untersuchungen vorzunehmen.

In der Regel flüchtete ich vor dem Trubel im Haus meines Vaters zu meiner Cousine Christine, die oft unterwegs war und mir den Schlüssel zu ihrer kleinen Wohnung dagelassen hatte, in der mich außerdem während meiner kurzen Aufenthalte ihre wunderbare portugiesische Haushälterin verwöhnte. Meine schöne Cousine war unbeständig wie der Wind, sie kam und verschwand ebenso schnell wieder, fortgelockt vom internationalen Jetset.

An einem Abend, als mein Vater mich zum Essen einlud, wurde mir bewusst, dass er sich lieber der angewandten Anatomie am Beispiel der Brüste seiner schamlosen jungen Begleitung widmete als meiner Arbeit als Wissenschaftler.

Das war unser letztes Treffen, und heute, in diesem muffigen Büro, entdeckte ich mit Staunen, wie viele Dinge wir hätten teilen können, hätte mein Vater sich nicht so übermäßig für weibliche Formen interessiert.

Die Liste der Objekte, die der Notar aufzählte, machte mir klar, wie viel Kunstsinn mein Vater besessen hatte. Da waren seltene Bücher, eine Sammlung gotischer Kunst, illuminierte mittelalterliche Handschriften, byzantinische Ikonen, *netsuke* und Hunderte von Meisterwerken aus China, Tibet, Indien und sogar Dschibuti, alles außergewöhnliche Objekte, die er auf unzähligen Reisen gesammelt und in diesem Palais in Saint-Germain-des-Prés liebevoll aufbewahrt hatte – geschützt vor neugierigen Blicken und nur zu seiner persönlichen Freude. Der Notar erklärte mir, dass die gesamte erste Etage des Hauses seinen Sammlungen gewidmet war. Falls ich mich von einigen Stücken trennen wolle, so schlug er mir vor, könne man mithilfe eines seiner Freunde, der Auktionator war, eine große Auktion im Hôtel Drouot organisieren.

Verblüfft versprach ich, ihm meine Entscheidung mitzuteilen, sobald ich mir all die Schätze angesehen hätte.

Der Jurist überreichte mir eine Liste meiner Besitztümer, die so dick war wie ein Telefonbuch. Dann gab er mir die Schlüssel zum Tresor, rief die Concierge an, um sie über mein Kommen in Kenntnis zu setzen, und händigte mir seine Honorarabrechnung aus, die fast ebenso eindrucksvoll war wie die Aufzählung meiner Güter und die mit mehreren Nullen vor dem Komma versehen war. Die Begleichung der Rechnung würde diesem Paragrafenreiter über Monate hinaus ein sorgenfreies Leben bescheren.

Meinen Koffer in der Hand und eine Aktenmappe voller Dokumente unter den Arm geklemmt, fand ich mich auf dem Bürgersteig wieder und blickte mich nach einem Taxi um. Es hatte zu regnen begonnen, und wie durch Zauberhand waren sämtliche Taxis wie vom Erdboden verschluckt. Ich flüchtete mich in ein Bar-Tabac in der Rue Sainte-Anne und bestellte einen Kaffee. Der Kellner, ein Maghrebiner, wirkte glücklich und pfiff fröhlich vor sich hin, das genaue Gegenteil der meisten Kellner in Pariser Cafés, die ihr Leben damit verbringen, missmutig in die Gegend zu starren. Ich schnappte mir ein Croissant aus einem Korb und frönte genüsslich meinem Lieblingslaster, Kaffee und Croissant, das untrennbar mit den Bistros der Lichterstadt verbunden war.

Ich öffnete die Aktenmappe, die der Notar mir gegeben hatte, und fand darin einen Umschlag mit der Aufschrift *Nachlass und sonstige Wünsche des Erblassers*. Neugierig öffnete ich den Umschlag und zog eine lange Liste heraus, auf der unterschiedliche Gegenstände aufgeführt waren, die verschiedenen, mir größtenteils völlig unbekannten Personen vererbt worden waren. Das Verzeichnis war eindrucksvoll, und ich machte einige amüsante, teils geradezu alberne Entdeckungen. Meine schöne Cousine, zum Beispiel, erbte die väterliche Sammlung indischer und khmerischer Olisben, antike Vorläufer heutiger Dildos. Offenbar kannte mein Vater Details aus ihrem Liebesleben, die mir bisher entgangen waren.

Mein Cousin, der für eine amerikanische Bank arbeitete, erbte einen Schatzbrief der Vereinigten Staaten von Amerika, ausgestellt in Golddollars und unterzeichnet von Benjamin Franklin höchstpersönlich, der sich offenbar während seines Parisaufenthalts bei einem meiner Vorfahren Geld geliehen hatte. Er war nie eingelöst worden, und ich musste innerlich lachen, als ich mir vorstellte, mein Cousin, der Banker, würde dem Direktor seiner amerikanischen Bank den Schatzbrief vorlegen und sein Geld zurückverlangen.

Inzwischen hatte es aufgehört zu regnen. Ich steckte die Papiere wieder in die Mappe, zahlte, was ich dem Kellner schuldete, und rief ein Taxi. Nach dem Kreisverkehr der Place du Carrousel fuhr das Taxi auf die Seine-Brücke, bog in die Rue des Saints-Pères ein und setzte mich wenige Minuten später vor dem Stadtpalais meiner Familie ab. Ich klingelte bei der Concierge, und ein Flügel der schweren Eingangstür öffnete sich.

Ich hatte Madame Dumas seit fast zehn Jahren nicht mehr gesehen. Sie war unverändert, den vorstehenden Bauch und imposanten Busen hinter einer großen Schürze versteckt und immer noch den gleichen Turban auf ihrem grau melierten und krausen Haar – alles genau wie früher.

»Monsieur Charles, wie ich mich freue, Sie zu sehen«, sagte sie mit ihrem typischen Akzent der Auvergne. »Herzliches Beileid, Ihr Vater fehlt mir. Aber jetzt, wo Sie da sind, kommt wieder Leben ins Haus ...«

Ich drückte herzlich ihre Hände, sie vergoss ein paar Tränen, öffnete dann mit ihrem langen Eisenschlüssel die Haupteingangstür, die erhaben mehrere polierte Kalksandsteinstufen über dem Innenhof thronte. Nachdem sie in der Eingangshalle und im Prunksalon Licht gemacht hatte, führte sie mich in mein Schlafzimmer, das noch genauso aussah wie an dem Tag, an dem ich es verlassen hatte und nach L'Haÿ-les-Roses gegangen war. Die abgestandene Luft nahm mir den Atem. Ich öffnete die inneren Fensterläden und drehte den Drehriegel der Fenstertür, um einen Blick auf den Garten zu werfen. Er glänzte feucht vom Tau und vom letzten Regenguss, doch die Osterglocken sprossen bereits links und rechts der Allee, die noch bedeckt war vom Laub der Linde, die stolz in der Mitte des Gartens aufragte.

Ich bat Madame Dumas, mich allein zu lassen. Ich wollte dieses Haus erkunden, das nun mein Haus geworden war und das mir Geheimnisse über das Leben meines Vaters verraten würde, von denen mir einige, das fühlte ich, die Sprache verschlagen würden.

In der Garage fand ich seinen Wagen. Ich hatte ihn noch nie gefahren, mein Vater hatte nie jemand anderen an das Steuer gelassen. Bis zu diesem Tag hatten Autos für mich lediglich dem Zweck gedient, mich von A nach B zu bringen, und das einzige Auto, das ich je besessen hatte, war eine alte Ente, die vermutlich immer noch im Hof meiner Cousine Christine herumstand.

Vorsichtig zog ich die Plane weg, um den Facel-Véga in seiner ganzen Pracht zu bewundern. Ich konnte nicht widerstehen und setzte mich auf den Fahrersitz. So blieb ich einen Moment in dem Monstrum sitzen, das nun mir gehörte.

Dann verließ ich die Garage und ihren ehrwürdigen Bewohner, um in das kleine Esszimmer hinaufzugehen, von dem man in den Garten hinuntersehen konnte, als es an der Eingangstür klingelte.

Mit Fressalien und Päckchen in allen Größen beladen, stand Consuela vor mir und verkündete mir stolz, dass Mademoiselle sie beauftragt hatte, sich um mich zu kümmern. Christine war in Montreal, und in einer kleinen Nachricht kündigte sie mir an, dass Consuela mir zur Verfügung stünde, bis ich jemanden gefunden hätte, der meine Hemden bügelte. In ihrem zischenden Französisch und in energischem Tonfall informierte mich die frisch Eingetroffene, dass sie die Dinge in die Hand nehmen würde.

Statt mich in meinem alten Zimmer einzurichten, entschied ich mich für das Zimmer meiner Mutter, das einen schöneren Blick auf den Garten hatte und zudem größer und heller war als meines, wenngleich es dringend eine kleine Auffrischung nötig hatte.

Dann ging ich hinunter, um die große Bibliothek zu erkunden, und entdeckte verwundert die vollständigen Werke von Schiller, Goethe, Hölderlin und Novalis in deutscher Originalfassung. Auch englische Schriftsteller waren vertreten. Die Biografie des Duke of Marlborough von Winston Churchill, mehrere seltene Bücher in Originalsprache und schließlich unzählige Reiseberichte, wissenschaftliche Abhandlungen, Enzyklopädien und andere gelehrte Werke – ich kam mir vor wie in Ali Babas Höhle.

Ein abgeschlossener Vitrinenschrank machte mich neugierig. Schnell stellte ich fest, dass sich hinter den Glasscheiben eine umfassende Sammlung erotischer Literatur verbarg, darunter einige höchst seltene Ausgaben, angefangen bei *Die Geschichte der O* über *Justine oder Vom Missgeschick der Tugend* bis hin zu *Die Philosophie im Boudoir*, prachtvoll gebundene Werke, aber momentan leider unerreichbar. Bevor ich diese Schätze, die mich erregten, in den Händen halten durfte, musste ich erst den Schlüssel zu dieser Vitrine finden.

Frustriert, weil es vorerst kein Herankommen an die begehrten Werke gab, beschloss ich, einen Spaziergang zu machen, um zu sehen, was sich im Viertel seit meinem letzten Besuch in Paris verändert hatte.

Ich informierte Consuela, dass ich außer Haus essen würde und sie über ihre Zeit verfügen könne, bis ich mich eingerichtet hätte. Ich nahm die Mappe mit der Nachlassliste mit und lief die Rue de Beaune zum Boulevard Saint-Germain hinauf.

Eine unvorhergesehene Begegnung

Vor der Terrasse des Café Flore blieb ich stehen, und nachdem ich mich in einem Korbstuhl niedergelassen hatte, machte ich mich daran, den Nachlass, den mein Vater zu Lebzeiten festgesetzt hatte, eingehend zu studieren. Die Erbstücke für meine Cousins und Cousinen, die ich schon vorher zur Kenntnis genommen hatte, übersprang ich und entdeckte nun mit Staunen, dass mein Vater mit der Präzision eines Uhrmachers eine Reihe von Objekten hinterließ, die, wenn man mich fragte, von einer innigen Beziehung zwischen ihm und den Erben zeugten.

Meine Aufgabe war es, jeden einzelnen dieser Begünstigten aufzusuchen und ihm seinen neuen Besitz persönlich zu übergeben. Jedes Stück war exakt beschrieben, um einen Irrtum meinerseits auszuschließen. Die Erbnehmer waren mit ihren vollständigen Adressen eingetragen. Einige Namen erregten meine Neugier ganz besonders, zumal darunter eine bemerkenswerte Zahl junger Frauen war.

Das Merkwürdigste an dieser Inszenierung war die Reihenfolge, in der ich die Erbstücke ausliefern sollte. Ein geradezu labyrinthartiger, esoterischer und erotischer Parcours, der mich von Paris in verschiedene europäische Städte und sogar in ferne Länder führen sollte.

In einem Telefonladen besorgte ich mir ein Handy und ließ mich dann bei Chez Vauvenargues nieder, um dort zu Abend zu essen. Ich beschloss, einen der ersten Erben auf meiner langen Liste anzurufen. Bei meinem Cousin Jean fing ich an. Am Telefon meldete sich seine leicht dümmliche älteste Tochter. Nachdem ich meinen Namen genannt hatte, sagte sie mir, dass ihr Vater nicht da sei, und rief nach ihrer Mutter: »Maman, Cousin Charles ist am Telefon«, wobei sie den Hörer fallen ließ, der geräuschvoll auf ein Möbel aufschlug.

Violaine, die Blaublütige in der Familie, erklärte mir, dass Jean geschäftlich in den Vereinigten Staaten sei und erst in zwei Wochen zurückkäme und dass er außerdem inzwischen bei seiner Schwester Christine wohne. Ich gab ihr meine Nummer, damit er mich anrufen konnte, wenn er zurück war, verabschiedete mich höflich und legte erleichtert auf. Dann nahm ich wieder meine Liste zur Hand und wählte die Nummer eines der nächsten Namen auf der Liste.

Estelle Debas war eine entfernte Cousine, die meinem Vater sehr am Herzen lag. Das letzte Mal hatte ich sie auf Jeans Hochzeit vor zwanzig Jahren gesehen; ich erinnerte mich, dass sie immer der Liebling meines Vaters gewesen war und dass auch Christine sie jedes Mal besuchte, wenn sie nach Paris kam. Estelle wohnte in Versailles. Ich rief sie an und sagte ihr, dass ich wieder in Frankreich sei.

Dann informierte ich sie über die Erbschaft, die ich ihr übergeben sollte, und wir vereinbarten, uns am nächsten Samstag zum Mittagessen in einem Restaurant in Versailles zu treffen, wo sie und mein Vater oft hingegangen waren. Für Estelle war eine Sammlung von *netsuke* vorgesehen, die ich in einer der Schreibtischschubladen meines Vaters finden sollte.

Während ich meinen Kaffee trank, machte ich mich mit der nächsten Person auf meiner Liste vertraut. Diesmal handelte es sich um einen bekannten Couturier in der Rue Cambon, der die Leitung eines berühmten Modehauses übernommen hatte. Mein Vater vermachte ihm sämtliche Ausgaben von *La mode illustrée* von 1820 bis 1900. Das musste eine ziemlich umfangreiche Sammlung sein, vermutlich brauchte man für den Transport einen Lieferwagen. Mein Vater hatte vermerkt, dass besagte Sammlung sich in Kisten, die mit Etiketten versehen waren, auf dem Dachboden befand.

Ich wählte die Nummer des Modeschöpfers, man ließ mich einen Augenblick warten, dann erkannte ich seinen deutschen Akzent. Nachdem ich ihm meinen Namen genannt hatte, reagierte er sehr charmant. Auch der Couturier hatte an der Beerdigung teilgenommen. Er bot mir an, mir am kommenden Montag den Lieferwagen seines Modehauses zu schicken, um die Sammlung abzuholen, die als Geschenk entgegennehmen zu dürfen er sich sehr geehrt fühlte, und lud mich zum Mittagessen ein.

Mir wurde klar, dass ich in den nächsten Wochen ziemlich viel zu tun haben würde, vor allem, wenn ich jeden einzelnen der Erben meines Vaters persönlich treffen musste. Aber das hatte durchaus auch angenehme Seiten, denn bestimmt würde ich auch einige Frauen kennenlernen.

Ich machte mich auf den Heimweg und schlenderte den Boulevard Saint-Germain entlang. Auf der Terrasse des Deux Magots entdeckte ich einen meiner Kollegen vom CNRS, dem nationalen Forschungszentrum, der sich gerade angeregt mit zwei hübschen Frauen unterhielt. Er erkannte mich und winkte mich zu sich. Ich setzte mich an den Tisch, und mein Bein berührte das der jungen Frau zu meiner Linken. Sie zog ihr Bein nicht zurück, ganz im Gegenteil. Wir wurden einander vorgestellt, und ich merkte mir ihren Namen, Chantal Mazurie.

Mein Kollege fragte mich, ob ich meinen Schildkröten den Rücken gekehrt hätte. Die beiden Frauen, die bei dem Namen

Galapagos, an einem Ort wie dem Deux Magots denkbar exotisch, aufgehorcht hatten, wollten alles über die Schildkröten, die Inseln und mich selbst wissen. Ohne es zu wollen, war ich zum Zentrum ihrer Aufmerksamkeit geworden und die Galapagosinseln zum Vorwand einer Annäherung seitens Chantal, die betont nonchalant ihre zarten Finger auf meinem Handgelenk abgelegt hatte.

Ich erklärte meinem Kollegen den Grund meiner Rückkehr nach Paris, und er sprach mir sein Beileid aus. Ich erzählte ihm auch von den Sammlungen meines Vaters, was das Interesse der ganzen Tischgesellschaft weckte. Dann gab ich meinem Freund meine Handynummer und meine Adresse und lud ihn zu einer kleinen Führung durch die Sammlung ein, wann immer es ihm passte.

Chantal beugte sich vor, um einen Blick auf meine Nummer zu erhaschen, sagte, dass sie im Institut de France arbeite, und fragte mich, ob sie sich ebenfalls meine Sammlungen ansehen dürfe. Ich nickte lachend und setzte meinen Weg fort.

Vor dem Tor angekommen, tippte ich den Zugangscode ein, drückte gegen die schwere Flügeltür und holte, während ich den gepflasterten Hof überquerte, den riesigen Eisenschlüssel zur Haupteingangstür aus meiner Tasche. Ich war nunmehr zu Hause, dieses große Haus mit all seinen Schätzen gehörte mir, und ich war noch immer ganz benommen von diesem Gedanken. Ehe ich in mein Zimmer ging, das Consuela sorgfältig hergerichtet hatte, machte ich einen Abstecher in das Büro meines Vaters und öffnete die Schublade, in der sich die *netsuke* befinden sollten.

Ich fand ein Kästchen aus Sandelholz, in dem, jeweils sorgfältig in Seidenpapier eingeschlagen, zehn handbemalte Elfenbein-*netsuke* lagen. Die japanischen Miniaturskulpturen bestanden aus je zwei Figuren in eindeutigen erotischen Posen. Wenngleich die Stellung jedes Mal anders war, so penetrierte doch, gleichsam als einendes Moment, der Penis des Mannes die Vulva der Frau. Ich stellte sie vor mir auf dem Schreibtisch auf und fragte mich, aus welchem Grund mein Vater meiner Cousine Estelle diese erotische Kollektion vermachte, die so mancher Frau die Schamröte ins Gesicht getrieben hätte. Dann löschte ich das Licht, schloss die Tür hinter mir und ging in mein Zimmer. Schon bald wurde ich auf Morpheus Armen davongetragen; und meine Träume waren von lebenden *netsuke* bevölkert, die eine wilde Sarabande tanzten.

Eine Überraschung kommt selten allein ...

Zum ersten Mal seit meiner Ankunft in Paris Anfang der Woche gönnte ich es mir auszuschlafen. Es war nach zehn Uhr, als ich endlich geduscht, rasiert und angezogen die Treppe zum Büro hinunterlief.

Consuela war bei der Arbeit, wusch und bügelte die zerknitterte Wäsche aus meinen Koffern. Mit ihrem unnachahmlichen portugiesischen Akzent riet sie mir, ein paar Boutiquen aufzusuchen und meine Garderobe auf den neuesten Stand zu bringen. Sie war offenbar der Ansicht, dass meine abgetragenen Klamotten meiner neuen Rolle als Gentleman nicht gerecht wurden. Ich fragte sie nach den Schlüsseln des Hauses und vor allem nach den Autoschlüsseln, denn ich wollte den Wagen in eine Werkstatt bringen, die mir der Notar empfohlen hatte, um die Papiere auf meinen Namen umschreiben zu lassen. Dann holte ich den Wagen aus der Garage und fuhr zur Rue de la Pompe, hupte kurz und fuhr die Einfahrt hinunter, die ins Werkstattinnere führte. Sanft und vollkommen geräuschlos kam der Wagen zum Stehen. Der Mechaniker begrüßte mich herzlich und stellte sich vor: »Ich heiße André, was kann ich für Sie tun?«

Ich legte Schlüssel und Fahrzeugschein auf den Schreibtisch, dazu eine beglaubigte Kopie des Testaments meines Vaters und fragte ihn, wie lange es dauern würde, den Wagen umschreiben zu lassen.

»Das hängt von Ihnen ab«, sagte er, »und davon, was Sie ausgeben wollen. Die normale Prozedur dauert eine Woche und kostet dreihundert Euro, mein Expressservice kostet tausend Euro, und morgen Mittag ist alles geregelt.«

Ich nahm zur Kenntnis, dass man in diesem Land für Geld immer noch fast alles bekam, und gab meine Zustimmung für den schnelleren Weg.

Inzwischen war es Mittag geworden, und mein Blick fiel auf ein kleines Restaurant mit blumengeschmückter Terrasse. Ich hatte mich gerade hingesetzt, als mein Handy klingelte. Ein wenig überrascht, da ich ja noch gar keine Zeit gefunden hatte, meine Nummer unters Volk zu bringen, ging ich dran. Es war Chantal, die gleich ihren ganzen Charme spielen ließ und mir vorschlug, am späten Nachmittag etwas trinken zu gehen. Wir verabredeten uns im La Rhumerie, so hatten wir es nicht weit zur Rue de Beaune, wo sie sich die berühmte Sammlung ansehen konnte.

Zu Hause machte ich mich daran, die *netsuke*-Kollektion wieder vorsichtig in ihr Sandelholzkästchen zu packen. Dann stieg ich auf den Dachboden, wo, irgendwo in diesem unbeschreiblichen Durcheinander, die Kisten mit den Ausgaben von *La mode illustrée* sein sollten. Ich fand sie schließlich, leicht angestaubt, in einer Ecke zwischen einem wundervollen Zauberspiegel mit vergoldetem Holzrahmen und einem Dutzend Paar Skier in allen erdenklichen Stadien der Abnutzung.

Wieder unten, stieß ich im Aktenschrank auf ein weiteres Kästchen, etwas größer als das *netsuke*-Kästchen. Dieses war aus Chinalack und mit so fein gearbeiteten Einlegearbeiten aus Jade und Perlmutt, dass jeder Antiquitätenhändler, der sich auskannte, ins Träumen geraten wäre.

Ein goldenes Schloss mit einem kleinen, an einer Kette befestigten Schlüssel hielt meiner Neugier nicht lange stand, und ich öffnete das Kästchen. Das also war die Olisben-Sammlung für meine Cousine Christine. Jedes der teilweise mehrere Jahrhunderte alten Stücke war einzeln in ein Säckchen aus schwarzer Seide eingepackt. Und jedes war ein Kunstwerk für sich. Einige der chinesischen Olisben aus fein gearbeitetem Elfenbein glichen auf verblüffende Weise einem männlichen Penis.

Andere aus edlem Holz wiederum, schätzungsweise aus Thailand oder Vietnam, waren stilisierter in ihrer Darstellung und glatt wie Porzellan. Die Vorhaut eines vermutlich birmanischen Olisbos stellte einen Buddha dar. Wieder andere waren goldüberzogen oder mit einem zwei- oder dreifarbigen Stein aus Indonesien geschmückt. Das schönste Stück war zweifellos ein überlebensgroßer Phallus, in dessen Vorhaut Edelsteine eingefasst waren.

Christine konnte sich als stolze Besitzerin einer seltenen und ausgefallenen Sammlung von vermutlich unschätzbarem Wert betrachten. Zweifellos wusste mein Vater, was er tat, als er sie zur Erbin eines solchen Schatzes machte. Vorerst aber freute ich mich darauf, bald von ihr zu hören und ihr diese Sammlung überreichen zu können, wenn sie das nächste Mal nach Paris kam. Ich beschloss, ihr ein paar Zeilen zu schreiben, um sie über ihr Erbe zu informieren.

Der Beginn einer wunderbaren Liaison

Bei einem Rumpunsch aus Martinique auf der Terrasse des La Rhumerie lernte ich Chantal besser kennen. Sie war hübsch, hatte zarte Hand- und Fußgelenke, und ihr geöffneter Mantel ließ unter ihrem modischen T-Shirt wohlgeformte Brüste erahnen.

Chantal redete viel, und so erfuhr ich unter anderem, dass sie gerade dabei war, ihren Magister in Archäologie zu machen. Ihren südlichen Akzent verdankte sie ihrer Herkunft aus dem Aveyron. Sie hatte glückliche und friedliche Jahre auf dem Gymnasium eines kleinen Winzerstädtchens verbracht und war dann nach Paris gekommen, um an der Sorbonne zu studieren. Wegen ihrer hervorragenden Leistungen hatte sie schon im zweiten Studienjahr einen der begehrten Praktikumsplätze ergattert. Sie hatte ein paar Reisen unternommen, ein Praktikum bei einer Ausgrabung in Tunesien absolviert, und wie alle hübschen und weniger wohlhabenden Studentinnen hatte sie diverse Aushilfsjobs angenommen, um über die Runden zu kommen. Zwischen den Zeilen las ich, dass sie nicht gerade prüde und vielleicht zu einem amourösen oder zumindest erotischen Abenteuer bereit war. Nach dem zweiten Punsch wurde sie sehr zugänglich und anschmiegsam.

Wir beschlossen, gleich nebenan im Les Frères Blanc in der Rue de Buci zu Abend zu essen. Wie üblich war der Laden brechend voll, und wir hatten Glück, im hinteren Bereich einen freien Platz auf der langen Bank zu ergattern. Ohne ihren Mantel kam Chantal erst richtig zur Geltung, und einige Tischnachbarn schienen ihre hübschen Kurven ebenso sehr zu schätzen wie ich.

Der Geräuschpegel war ziemlich hoch und machte ein vertrauliches Gespräch so gut wie unmöglich. Als wir das Restaurant verließen, war der Abend noch jung. Ich schlug vor, in einem kleinen Jazzclub in der Rue Jacob noch etwas zu trinken. Sie willigte ein, und untergehakt schlenderten wir durch die engen Straßen von Saint-Germain. Sie hatte ihren Kopf an meine Schulter gelehnt und schmiegte sich in meinen Arm, die Nacht war mild, und ich war glücklich.

Wir erreichten das Écume des Nuits und suchten uns einen kleinen Tisch etwas abseits der Band, damit wir uns unterhalten konnten. Sie wollte mehr über meine Arbeit und mein Leben wissen, das bislang nicht besonders aufregend gewesen war. Meine Erfahrungen mit Frauen beschränkten sich auf ein paar Bettgeschichten in meiner Studentenzeit und gelegentliche kurze Affären während meiner Aufenthalte in Mexiko und auf den Galapagosinseln.

Chantal fragte mich, ob ich mit Prostituierten schlief. Ich entgegnete, dass man eine Prostituierte in Paris nicht mit einer in San Cristobál de las Casas in Chiapas vergleichen könne. Eine hübsche, aber arme kleine Mexikanerin war froh über ein Abenteuer mit einem französischen Gringo, auch wenn sie sich vermutlich immer darüber im Klaren war, dass das Ganze keine Zukunft hatte.

Es überraschte mich, dass Chantal mir solche Fragen stellte. Sie schien meinen Erfahrungen in Liebesdingen viel Bedeutung beizumessen. Im Laufe unseres Gesprächs wurde mir bewusst, dass ich noch nie wirklich in eine Frau verliebt gewesen war und dass meine Leidenschaften bisher mehr intellektueller denn sinnlicher Natur waren.

Die Band spielte einen Blues, und Chantal wollte tanzen. Auf der Tanzfläche klammerte sie sich an mich wie eine Ertrinkende. Sie presste sich mit ihrem ganzen Körper gegen mich und verschränkte ihre Arme in meinem Nacken. Ich umschlang ihre Taille und ließ eine Hand über ihren festen, runden Po wandern, zog sie dann an mich und schob meinen Finger unter ihren Rockbund und in ihre Pospalte. Die Seide ihres Rocks glitt unter meinen Fingern geschmeidig zur Seite und schmeichelte ihren harmonischen Formen. Die unvermeidliche Reaktion ließ nicht lange auf sich warten, und mein pochender Penis drückte gegen ihren Bauch. Der Blues verschaffte mir einen nicht zu verachtenden Vorteil, und Chantal schmiegte sich sehnsuchtsvoll an mich; dann hob sie den Kopf, und unsere Lippen vereinten sich in einem zarten Kuss, dem gleich weitere, leidenschaftlichere Küsse folgten.

Wir schwebten in einer anderen Galaxie, kümmerten uns weder um die Leute um uns herum noch um den Kellner, der uns weitere Getränke andrehen wollte. Es war, als hätten wir das Telefonkabel herausgezogen, um die Welt um uns herum zu vergessen.

Ein lauter und wilder Swing, der die baldige Schließung des Clubs ankündigte, holte uns in die Realität zurück. Es war drei Uhr morgens. Chantal, die inzwischen leicht betrunken war, stellte fest, dass ihr nur noch ein paar Stunden Schlaf blieben, bis sie im Büro sein musste, wo man sie zu einer wichtigen Besprechung erwartete.

Sie wohnte in Levallois, und der Gedanke, um diese Zeit durch die ganze Stadt zu fahren, behagte ihr nicht besonders. Sie fragte, ob ich sie nach Hause bringen könne. Stattdessen schlug ich ihr vor, bei mir zu übernachten. Sie könne mein

Schlafzimmer im Erdgeschoss haben und so ein paar Minuten länger schlafen. Sie nahm den Vorschlag an.

Fünf Minuten später drückte ich das Haustor auf und zog Chantal an der Hand hinter mir her. Ironisch stellte sie fest, dass die Ausstattung geringfügig luxuriöser sei als die ihrer kleinen Zweizimmerwohnung in der Banlieue. Ich schaltete den Lüster in der Eingangshalle ein und zeigte ihr mein Studentenzimmer. Dann sagte ich ihr, dass ich selbst im zweiten Stock schlafen würde und sie nichts zu befürchten hätte.

»Nein, ich schlafe bei dir«, entgegnete sie entschlossen.

Wir stiegen die große Treppe hinauf, und zum ersten Mal in meinem Leben würde ich in meinem eigenen Haus das Bett mit einer hübschen Frau teilen. Auch Chantal war ein bisschen eingeschüchtert. Ich bot ihr einen Schlafanzug an, doch sie entgegnete, dass sie immer nackt schlafe. Es kostete mich beträchtliche Mühe, ins Bett zu gelangen, ohne dass sie meine Erektion bemerkte, dann machte ich das Licht aus. Sie rutschte an mich heran, ihr warmer Körper schob sich auf mich, ihr Bein hob sich über meinen Bauch, ihr Bauch presste sich auf meinen und ließ mir keine andere Wahl. Mein Penis glitt zwischen ihre bereits feuchten Schamlippen, sie rückte sich ein wenig zurecht, und ich spürte, wie ich sanft in ihren Unterleib eindrang, der sich langsam zu bewegen begann. Ihre Brüste, zwei süße runde Äpfel, kreisten auf meiner Brust.

Sie umschlang mich mit beiden Armen und küsste mich; ihre Zunge erkundete meinen Mund und meine Lippen. Dann verstärkte sie die Bewegung ihres Beckens, schlug immer kräftiger gegen mein Schambein und stieß kleine Schreie aus.

»Ich komme, ich komme, o Gott, mach weiter, ich komme!«

Ich spürte ebenfalls meinen Saft aufsteigen, und wir explodierten gemeinsam. Als sie kam, warf Chantal den Kopf hin und her und stützte sich mit den Händen ab, damit ich tiefer in sie eindringen konnte. Dann sank sie in meine Arme; so blieben wir reglos liegen, mein Penis pochte, und ich spürte voller Wonne das Zucken ihrer Vagina. Langsam rollte sie sich von mir herunter, und immer noch keuchend, die Beine leicht geöffnet, sah sie mich an. Sie hob den Kopf, küsste mich auf den Mund, schob ihre Zunge zwischen meine Zähne und suchte die meine. Spielerisch bissen und leckten wir uns. Es kam, wie es kommen musste. Ihre Hand suchte nach meinem noch feuchten Penis, begann ihn zu streicheln, und sofort kam er wieder zu Kräften. Sie öffnete langsam ihre unglaublich weichen Schenkel, und diesmal drang ich sanft in sie ein, stieß bis zum Anschlag in ihre von unserem vorangegangenen Liebesspiel noch feuchte Höhle. Chantal stieß bei jedem Stoß, den sie im Inneren ihres Körpers spürte, ein beinah katzenartiges Miauen aus, dann beschleunigte ihr Becken den Rhythmus, suchte nach einem immer tieferen Kontakt, bis uns ein neuer Orgasmus überwältigte. Chantal stöhnte in ihrer Ekstase und presste sich an mich, dann entspannten sich ihre Muskeln langsam, und sie streckte sich in dem durchwühlten Bett aus. Wir drückten uns eng aneinander, Körper an Körper, ich schlang die Arme um sie, glücklich und erschöpft, und schließlich wurden wir vom Schlaf übermannt.

Die durch die Ritzen der Jalousien hereinfallenden Sonnenstrahlen weckten mich. Den Kopf tief in den Kissen vergraben, schlief Chantal ihren Rausch aus. Es klopfte, ich sprang aus dem Bett, schnappte meine Schlafanzughose und stürzte an die Tür. Davor stand Consuela, das Frühstückstablett in der Hand. Sie lächelte und flüsterte: »Ich bringe Ihnen noch eine Tasse …« Man hätte meinen können, dass meine Cousine Christine sie an derartige Situationen gewöhnt hatte.

Ich stellte das Tablett ab und weckte meine süße Gefährtin, die sofort nach der Uhrzeit fragte. Sie sprang entsetzt auf und war mit einem Satz im Bad, um zu duschen. Anschließend trocknete sie sich mit einem großen Handtuch ab, setzte sich splitternackt hin, aß ein Croissant und trank einen Kaffee zog sich eilig an, küsste mich und eilte die Treppe hinunter, wobei sie mir noch zurief, dass sie mich im Laufe des Tages anrufen würde.

Es kehrte wieder Stille ein, ich frühstückte in Ruhe, schätzte dabei besonders den starken Kaffee und plante meinen Tag. Ich musste den Wagen abholen und bei der Bank vorbeifahren, mein Portemonnaie war seit meiner Ankunft deutlich schmaler geworden. Consuela hatte die Post auf den Tisch gelegt; ein Brief zog meine Aufmerksamkeit auf sich. Er trug eingravierte Initialen, gefolgt von einem & Cie., die Adresse befand sich in der Rue de Provence. Ich öffnete den Umschlag und sah mir seinen Inhalt an.

Es war eine Nachricht des Bankberaters und Freundes meines Vaters, der mich bat, in der Bank vorbeizukommen, wann es mir beliebte, um einige Papiere in Ordnung zu bringen. Mehr stand nicht in dem Brief, und da ich inzwischen an Überraschungen aller Art gewöhnt war, machte ich mir keine Gedanken. Ich rief einfach an und bekam die Sekretärin an den Apparat. Diese bot mir sofort einen Termin für den übernächsten Tag an, einen Freitag, den Dreizehnten.

Ich musste auch zu einem Blumengeschäft, um einen Strauß für meine Cousine Estelle zu bestellen, die mich liebenswürdigerweise für den Samstag eingeladen hatte. Ich rief ein Taxi und sichtete, während ich auf es wartete, weiterhin die Post. Als Nächstes weckte der Poststempel eines

Briefes aus Thailand meine Neugier. Auf der rechten Seite war der Umschlag mit einer hübschen Briefmarke versehen, auf der ein Elefant mit einer Art goldenem Rückenpanzer abgebildet war. Ich steckte den Brief in meine Tasche, um ihn während der Fahrt zu lesen, und ging hinaus, um draußen auf das Taxi zu warten.

Mit eindrucksvoll quietschenden Reifen hielt der Wagen vor mir. Ich stieg ein und nannte dem Fahrer die Adresse, der sich sofort ins Verkehrsgetümmel einfädelte. Ich holte den Brief aus der Tasche, brach das Siegel auf und faltete die drei darin enthaltenen Briefbogen auf. Die Nachricht, auf Englisch verfasst und in einer Handschrift, die an die eckigen Buchstaben der Thaischrift erinnerte, war an meinen Vater gerichtet. Der Verfasser, der offenbar nicht über den Tod meines Vaters informiert war, schrieb Folgendes:

Mein liebster Édouard,
ich warte voller Ungeduld auf nähere Informationen zu deiner nächsten Reise nach Chiang Mai. Ich bin stolz, dir verkünden zu können, dass ich den Kauf des goldenen Buddhas, den wir bei deiner letzten Thailandreise gemeinsam entdeckt haben, mit Erfolg abgeschlossen habe.

Ich habe ein kleines Vermögen ausgegeben, um diesen Schatz zu erwerben, aber ich bestätige dir mit Stolz, dass ich den Kauf unter Berücksichtigung des Budgets und der Mittel, die du mir letzten Juni dazu zur Verfügung gestellt hast, tätigen konnte. Ich habe bei der Ayuttahya-Bank in Chiang Mai einen Safe gemietet, um den Buddha bis zu deiner Ankunft, die hoffentlich früher sein wird als erwartet, sicher zu verwahren.

Ich habe kürzlich mit einem chinesischen Antiquitätenhändler über diesen Buddha gesprochen, natürlich ohne ihm zu verraten, dass wir die Besitzer sind. Er hat mir gesagt, dass dieser

Buddha nach Ansicht eines britischen Archäologen, den er vor mehreren Jahren in Saigon kennengelernt hat, birmanischen Ursprungs ist und vielleicht während der japanischen Invasion in Rangun im Jahre 1943 gestohlen und versteckt wurde.

Nach seinem Verschwinden haben viele Antiquitätenhändler versucht, ihn im Shan-Staat wiederzubeschaffen. Einige von ihnen wurden von den Shan getötet; anderen wurde gegen ein hohes Lösegeld die Freiheit geschenkt; wiederum andere wurden nie wiedergesehen. Die Händler für chinesische Kunst schätzen, dass dieser Buddha aus dem siebzehnten Jahrhundert stammt, der Blütezeit des birmanischen Reiches. Die Statue ist einzigartig, denn sie ist, soweit bekannt ist, die einzige, die Buddha mit einem überdimensionalen erigierten Penis darstellt. Er hat außerdem gesagt, dass dieser Buddha vermutlich aus der Shwedagon-Pagode in Rangun stammt, wo er zu Ehren seiner Männlichkeit mit Sicherheit in einer besonders prachtvollen geweihten Stätte aufbewahrt und fast ausschließlich von Frauen verehrt wurde.

Ich hoffe, dass die Mädchen in Paris nicht deine ganze Zeit in Anspruch nehmen und du deine kleine thailändische Geliebte nicht vergessen hast. Lass mich so bald wie möglich wissen, wann du nach Bangkok kommst. Ich werde Dang bitten, mich zum Flughafen zu fahren, um dich abzuholen und dich endlich wiederzusehen, da ich mich sehr nach deiner Gesellschaft sehne.

Mit meiner ganzen Liebe, meiner Zärtlichkeit und tausend Küssen,

hoffentlich bis bald
Pad

Der Fahrer hielt vor der Werkstatt in der Rue de la Pompe. Ich gab ihm einen Zwanzig-Euro-Schein und stieg aus. Nachdenklich steckte ich den Brief in meine Tasche und ging die Einfahrt zur Werkstatt hinunter.

Ich musste einen Augenblick warten, dann reichte André mir den Fahrzeugschein, der nun auf meinen Namen lautete. Ich dankte ihm, setzte mich hinters Steuer und fuhr vorsichtig aus der Werkstatt.

Ich musste zur Rue de Beaune zurück und mich an die Arbeit machen, mir zunächst einmal einen Überblick über die Sammlungen im ersten Stock verschaffen, um die Erbstücke zu identifizieren und den restlichen Erben zuzuordnen, und schließlich musste ich Termine vereinbaren, um die Objekte zu den jeweiligen Empfängern zu bringen. Es wurde Nachmittag, und ich hatte erst fünf von den etwa fünfzig Exponaten auf meiner Liste identifiziert.

Im ersten Stock entdeckte ich eine wundervolle Sammlung exotischer Schmetterlinge, phönizische Teebecher aus Glas und Alabaster mit Goldbordüren, eine Sammlung chaldäischer Siegel, römische Miniaturen, baktrische Armreifen aus Elektrum, byzantinische Ikonen, armenischen Silberschmuck, persische Krieger- oder Erotikminiaturen und andere Kostbarkeiten. Das Haus war die reinste Schatzkammer. Ich sammelte die Erbstücke, die auf meiner Liste standen, auf einem Tisch und stellte fest, dass mich die nächsten beiden Auslieferungen nach denen, die ich bisher in die Wege geleitet hatte, quer durch Europa führen würden. Nachdem ich Estelle getroffen hätte, musste ich zunächst nach Mailand und Zürich, danach nach Straßburg, Aix-en-Provence und Barcelona, davon abgesehen, dass ich höchstwahrscheinlich auch nach Übersee musste, um Christine zu treffen.

Der Weg, den mein Vater sich ausgedacht hatte, wurde noch komplizierter: Edinburgh, Bangkok, Toulouse und Istanbul. Und jedes Mal würde ich einen Unbekannten treffen, der vermutlich sehr viel mehr über mich wusste, als ich je über ihn erfahren würde.

Das Telefon klingelte. Chantal war dran und wollte wissen, ob ich am Abend schon etwas vorhätte. Ohne groß nachzudenken, sagte ich ihr, dass ich Zeit hätte. Bevor sie auflegte, sagte sie, dass sie mich um neunzehn Uhr abholen würde.

Ich hatte noch keine Zeit gefunden, mir über den Abend mit ihr Gedanken zu machen. Ich fand sie angenehm, schön, erotisch, klug, und vor allem besaß sie eine Qualität, die ich bei Frauen mehr schätzte als alles andere: Sie stellte keine Fragen, die ich nicht beantworten konnte oder wollte. Sie war sanftmütig, leidenschaftlich im Bett, hatte Klasse, und sie schien das Leben zu lieben und es sich nicht unnötig schwer zu machen. Bedeutete sie mir etwas? Sie war mir zwar nicht gleichgültig, doch mein Leben war momentan so chaotisch, und die Ereignisse überschlugen sich, sodass ich mir über derart ernste Dinge keine Gedanken machen konnte. Aber die Vorsehung wollte offensichtlich, dass ich auch heute Abend mit der zauberhaften jungen Frau essen ging, und tief in meinem Inneren fühlte ich mich ein wenig geschmeichelt.

Die Nächste auf der Liste war eine Franca di Villanova aus Mailand. Für sie waren zwei ägyptische Schminklöffel aus Ebenholz vorgesehen, die aus der vierten Dynastie stammten. Um sie zu konservieren, hatte mein Vater sie vakuumverpackt.

Sie ähnelten dem wunderbaren Schminklöffel im Saal für ägyptische Kunst im Louvre. Ein tolles Geschenk für eine vollkommen Fremde. Ich griff zum Telefon und wählte die Nummer in Mailand. Eine noch junge Frauenstimme mit leichtem italienischem Akzent sagte nur: »Franca.«

Ich sagte meinen Namen.

»Sie sind der Sohn von Édouard. Ich konnte Ihren Vater

vor seinem Tod leider nicht mehr sehen, es ist furchtbar … Er fehlt mir so …«

Ich nannte Franca den Grund meines Anrufs. Es trat ein Moment des Schweigens ein, in dem ich ihre Erregung förmlich spürte. Ich verabredete mich mit ihr für Donnerstag in der kommenden Woche und versprach ihr, ihr meine genaue Ankunftszeit bald mitzuteilen. Ich nahm mir vor, bequem mit dem Zug zu reisen. Dann legte ich auf und machte mich für das Abendessen fertig. Wir würden den Wagen nehmen und uns ein Bistro auf der Île de la Jatte suchen, wo man direkt am Seine-Ufer sitzen konnte.

Das Essen mit Chantal verlief angenehm, und uns wurde beiden bewusst, dass wir ein Stadium erreichten, in dem wir einzuschätzen versuchten, wie unsere Beziehung sich entwickelte. Ich erzählte ihr zum ersten Mal von der Aufgabe, die ich zu erledigen hatte, und von den Reisen, die für die nächsten Tage und Wochen auf dem Programm standen.

Und ich erzählte ihr, was Consuela über meine Garderobe gesagt hatte, und fragte sie, ob sie ein wenig Zeit für mich hätte, um mich beim Kauf neuer Kleidung zu beraten. Ich hatte nie viel übriggehabt für Mode und nie besonderen Wert auf mein Äußeres gelegt. Für mich waren eine Jeans und ein alter Blazer schon das Maximum an Eleganz.

»Jederzeit gerne«, entgegnete sie, »das wird sicher lustig, mit dir shoppen zu gehen, ist doch für eine Pariserin wie mich kein Problem.«

Ich fuhr sie nach Levallois zurück, dem Industrievorort, in dem sie in einer dunklen kleinen Straße wohnte. Wir küssten uns lange. Chantal fing an, mich durch meine Hose hindurch zu streicheln, zunächst nur zaghaft, dann, je größer mein Penis wurde, immer energischer. Mein Atem ging schneller, und ich beschloss, dem Ganzen einen Riegel vorzuschieben, sonst würde ich sie noch auf Knien anflehen, mich mit nach oben zu nehmen. Als ich nach Hause kam, war es fast Mitternacht. Auf der Konsole neben dem Eingang lag eine kurze Nachricht von Consuela. Christine hatte aus Montreal angerufen und erwartete meinen Anruf am Freitag gegen achtzehn Uhr, Lokalzeit. Ich schnappte mir ein Buch aus dem Vitrinenschrank der Bibliothek und ging ins Bett.

Messieurs ... & Cie.

Der Donnerstag war ein recht außergewöhnlicher Tag. Ich hatte mich mit Chantal der Einfachheit halber, da es für sie mit der Metro aus Levallois leichter zu erreichen war, für zehn Uhr im Café de la Paix an der Place de l'Opéra verabredet. Wir tranken einen Kaffee, um uns für unseren Einkaufsmarathon zu stärken.

Was ich in den ersten Geschäften zu Gesicht bekam, war unverschämt teuer. Ich schlug Chantal vor, uns einfach treiben zu lassen, bis wir die passenden Schuhe finden würden. Was im wahrsten Sinne des Wortes geschah, als wir vor einem bekannten Schuhgeschäft stehen blieben. Chantal riet mir zu einem Paar amerikanischer Slipper und einem Paar ausgesprochen eleganter schwarzer Dobbs.

Dann gingen wir zu einem Herrenausstatter, wo ich mich für ein Tweedsakko und zwei Hosen entschied. Man nahm meine Maße und sagte mir, dass ich die geänderten Sachen am Nachmittag abholen könne. Wir wechselten die Straßenseite, und in einem weiteren Laden vervollständigte Chantal meine Garderobe mit ein paar Hemden und Krawatten. Ich war erschöpft und fragte mich insgeheim, wie Frauen es schaffen, den ganzen Tag durch Geschäfte zu laufen. Aber immerhin besaß ich jetzt eine Garderobe, die meinem neuen Leben angemessen war. Einkaufen macht hungrig, also gingen wir zum Mittagessen ins Persil Fleur.

Nachdem ich meine geänderten Sachen abgeholt hatte, bestand Chantal darauf, mir dabei zu helfen, die vielen Taschen zur Rue de Beaune zu bringen. Dort angekommen, bat ich Consuela, uns einen Tee zu kochen und auch gleich irgendetwas zum Abendessen zu zaubern, Hauptsache, sie machte keinen Stockfisch.

Ich legte Chantal den Arm um die Taille und zeigte ihr die Objekte, die ich für die Übergabe vorbereitet hatte. Ich öffnete das Sandelholzkästchen mit den *netsuke* und breitete sie auf dem Tisch aus. Chantal errötete ein wenig, als sie die kleinen Figuren sah, die auf so besondere Weise miteinander verbunden waren.

Belustigt nahm sie eine nach der anderen in die Hand, um die zehn Liebesstellungen zu betrachten, die sie darstellten. Mir wurde klar, dass Chantal ziemlich gut wusste, was *netsuke* sind. Sie erklärte mir, dass sie aus Japan stammten und in der Sexualerziehung von Mädchen der gehobenen Gesellschaft eingesetzt wurden. Noch heute werden in Japan, sehr zur Freude der westlichen Touristen, erotische *netsuke* hergestellt. Die *netsuke* meines Vaters, so erklärte sie, stammten aus der Zeit der Minamoto-Shogune und waren wundervolle Arbeiten.

»Für wen sind sie?«, fragte sie.

»Für eine Cousine, Estelle. Sie ist nicht mehr ganz jung, aber sie hat sich gut gehalten. Wir haben uns für Samstagmittag in Versailles verabredet.«

»Ich würde dich so gern begleiten, um sie kennenzulernen. Sie muss etwas ganz Besonderes sein«, sagte Chantal ein wenig neidisch.

Dann packte ich den Rahmen mit dem amerikanischen Schatzbrief aus, der auf einen meiner Vorfahren ausgestellt und von Benjamin Franklin unterschrieben war. Chantal war begeistert.

»Das ist ein sehr wertvolles historisches Dokument, es muss heute ein Vielfaches der angegebenen Summe wert sein.«

Und ich hatte mich darüber lustig gemacht, was mein Vater meinem Cousin Jean vermacht hatte …

Schließlich öffneten wir das Kästchen, das die Olisben-Sammlung für Christine enthielt. Chantal nahm einen Dildo nach dem anderen in die Hand und betrachtete sie eingehend, darum bemüht, archäologisches Interesse zu zeigen, während sie diese außergewöhnlichen Objekte bewunderte. Ich bemerkte ein leichtes Zittern ihrer Hände, als sie einen verblüffend realistisch wirkenden chinesischen Olisbos aus Ebenholz nahm. Die Wangen gerötet und schneller atmend umklammerte sie das Objekt am Schaft, dann gab sie es mir zurück, mit feuchten Händen und einem seltsamen Leuchten in den Augen.

Um auf andere Gedanken zu kommen, wandten wir uns weniger erotischen Objekten zu, und Chantal sah sich die Ausgaben von *La mode illustrée* an, die für den Modeschöpfer in der Rue Cambon bestimmt waren, und schließlich die beiden ägyptischen Schminklöffel, in die sie sich regelrecht verliebte. Dann verließen wir das Esszimmer und gingen in die Bibliothek meines Vaters hinüber. Sie war beeindruckt, obwohl sie den Ort kühl und wenig einladend fand. Ich zeigte ihr den Bücherkatalog, stieß damit jedoch auf wenig Interesse. Sie gestand, dass sie für Literatur nicht viel übrighatte.

Wir gingen nach oben, und ich zeigte ihr die Kunstsammlungen. Jetzt war es endgültig um sie geschehen, sie betrachtete die seltenen Stücke, nahm sie in die Hand, begutachtete sie ehrfürchtig und mit der ganzen Liebe, die eine Vollblutarchäologin für derartige Kunstgegenstände von unschätzbarem Wert empfindet.

Ich zog die Liste zurate. Eines der nächsten Objekte sollte ein skythischer Krug aus Gold sein, der für einen Freund meines Vaters bestimmt war, der in Zürich lebte. Ich nahm Chantal an der Hand, und gemeinsam folgten wir den Anweisungen, bis wir das Museumsstück auf einem Regalbrett in einer Vitrine entdeckten.

»Wie ist dein Vater daran gekommen? Jedes Museum der Welt würde sich um so ein Meisterwerk reißen!«

Chantal war überwältigt. Sie fügte hinzu: »Ich habe im Louvre vor ein paar Jahren eine einzigartige Ausstellung gesehen, *Das Gold der Skythen*. Dieses Stück hätte dort ohne weiteres ausgestellt werden können.«

Wir wickelten den Krug, der wie ein Widderhorn geformt war, in Seidenpapier und legten ihn zu den anderen Objekten auf den Tisch im Esszimmer. Ich spürte, wie Chantal beinah unmerklich zitterte.

»Frierst du?«, fragte ich.

»Nein, ich bin nur ein bisschen aufgeregt, so viele wunderbare Objekte …«

Consuela klingelte zum Abendessen. Sie servierte uns einen gegrillten Petersfisch mit Fenchel. Der Fisch war zart, und ein Hauch von Zitronensaft machte ihn noch schmackhafter. Ein kleiner Muscadet Sur Lie mit einer frischen und fruchtigen Note hob unsere Laune. Dann stellte Consuela uns einen Teller Erdbeeren mit Sahne und eine Thermoskanne Kaffee hin und bat um Erlaubnis, nach Hause gehen zu dürfen, damit sie ihre Lieblingsserie im Fernsehen nicht verpasste.

Ich fragte Chantal, ob ich sie nach Hause fahren solle. Lächelnd fragte sie zurück: »Muss ich denn nach Hause? Ich frage mich, ob es in diesem Haus nicht zufällig einen Olisbos gibt, den ich benutzen kann …«

»Eventuell gibt es so was im Arbeitszimmer meines Vaters …«

Sie entschied, sich das einzige Zimmer, das sie noch nicht kannte, genauer anzusehen. Sie legte einen Arm um meine Schultern und schmiegte sich verliebt an mich. Wir gingen hinauf, um das besagte Büro zu erkunden, das neben dem Schlafzimmer meines Vaters lag. Vielleicht verbargen sich in dem alten Schreibtisch mit den Rollen unter den Füßen noch weitere Schätze. Chantal griff nach einem länglichen roten Velourssäckchen.

»Na bitte«, sagte sie, als sie den Knoten der Kordel löste, die den Sack verschloss.

Dann hielt sie triumphierend einen wunderbaren Dildo aus Elfenbein hoch, in den seltsame Zeichen eingraviert waren. Das leicht vergilbte Material zeugte von seinem Alter. Fachmännisch stellte Chantal fest: »Die Inschrift ist in Sanskrit, das Objekt dürfte also aus Indien stammen.«

An der Basis war ein kleiner Buddha im Lotussitz eingraviert, der mit beiden Händen sein riesiges Geschlecht hielt.

»Schenkst du ihn mir?«, fragte Chantal.

»Wenn du artig bist«, entgegnete ich leicht dämlich.

Sie lächelte und setzte die Erkundung fort. Wir durchstöberten eine Schublade, wo wir überrascht ein Album mit eindeutig pornografischen Fotos des Starlets entdeckten, das meinen Vater zu unserem letzten Treffen begleitet hatte.

»Ich weiß, dass es dich aufwühlt. Es ist nicht leicht, wenn man feststellt, dass ein Elternteil nicht dem Bild entspricht, das man von ihm hatte. Denk nicht darüber nach, Charles, uns geht es doch gut, uns beiden, oder nicht?«

Sie zog mich am Ärmel zu meinem Schlafzimmer. Dort holte sie meine neuen Sachen aus den Tüten, die sich auf dem Bett türmten, und fing an, sie in meinen Kleiderschrank und meine Schubladenkommode zu räumen. Chantal verhielt sich wie eine Schwester und eine Geliebte zugleich. Ich war gerührt und wusste gar nicht, wie ich auf ihre Fürsorglichkeit und Freundschaft reagieren sollte.

Meine Unbeholfenheit schien sie nicht allzu sehr zu kümmern. Sie zog sich aus und sprang ins Bett, zündete eine Duftkerze an und löschte das Licht. Ich legte meine Kleider über die Lehne eines Voltaire-Sessels, ging ins Bad, um mich zu waschen, kam zurück und schlüpfte unter die Decke. Ein indirektes und zitterndes weiches Licht erfüllte das Zimmer. Chantal schlug die Bettdecke zurück und lag nackt, wie Gott sie geschaffen hatte, vor mir und spreizte ihre Beine.

»Sieh genau hin, Charles, wie er in mich eindringt.«

In der rechten Hand hielt sie den Elfenbeindildo, mit der linken spreizte sie ihre Schamlippen. Sie brachte das Objekt in Position und ließ es ganz langsam in ihre Vagina hineingleiten. Ihr Kiefer zitterte, ihr Mund war halb geöffnet, sodass man ihre Zungenspitze sehen konnte. Sie betrachtete ihre Hand, die langsam den Olisbos in ihren Unterleib schob.

Dann zog sie ihn ebenso langsam wieder heraus. Ich war vollkommen überwältigt, und ohne es zu wollen, legte meine Hand sich auf meinen Schwanz, der angesichts dieses faszinierenden erotischen Schauspiels anschwoll.

»Das ist so gut«, flüsterte sie.

Sie bewegte den Dildo immer schneller, ihre Schenkel spannten sich unwillkürlich ruckartig an, um sich gleich wieder zu entspannen.

»Charles, leg deine Hand auf meine, mach es mir, ja, genau so, mit mir zusammen.«

Chantal neigte ihren Kopf, betrachtete ihre Brustmuskeln und ihre hart gewordenen Brüste mit den aufgestellten Brustwarzen. Ich legte meine Hand auf die ihre und versuchte, der

Bewegung des Elfenbeinobjekts zu folgen. Dann verkrampfte sie sich plötzlich und wurde von einem Lustschrei geschüttelt, der dem Brüllen eines wilden Tieres, einer brünstigen Löwin glich. Sie sank ins Bett zurück, befriedigt und glücklich.

»Charles, das war totaler Wahnsinn, so bin ich noch nie gekommen, du warst da, es war so schön …«

Sie schmiegte sich in meine Arme, bedeckte meinen Mund und meine Brust mit Küssen, leckte dabei mit ihrer rauen Katzenzunge über meine Brustwarzen. Dann legte sie ihren Kopf auf meinen Bauch und nahm meinen Schwanz in den Mund. Ihre Lippen begannen, in irrwitzigem Tempo an meinem Penis auf und ab zu gleiten, der sich spannte wie ein Bogen. Ihre Zunge kitzelte das Bändchen an meiner Vorhaut, und die köstliche Folter ging weiter. Mit beiden Händen umfasste sie meinen Penis und meinen Hodensack und fing an, daran zu lecken. Ihre Zunge leckte von unten nach oben über meinen Penis, kitzelte meine geschwollene Eichel und die Hautfalten. Plötzlich nahm sie meinen Schwanz ganz in den Mund, und ich spürte ihren hinteren Gaumen. Sie schob ihn ganz tief in ihren Rachen, bis ihre Lippen ihre Hände berührten, die meinen steifen Penis hielten. Dann begann sie, den Kopf wild auf und ab zu bewegen, die Lippen fest um meinen Penis geschlossen, hielt knapp über der Eichel inne, um meinen Schwanz gleich wieder in den Mund zu nehmen, spielte mit der Zunge, zog die Formen meines Schwanzes nach. Wie besessen machte sie weiter, bis ich mich ergoss, schluckte mein Sperma bis zum letzten Tropfen und leckte mich ab, um noch die letzten Reste von meinem Saft zu erhaschen.

Dann hob sie sanft den Kopf, lächelte mich an und küsste mich. Ich nahm sie in meine Arme, und eng umschlungen begannen wir von Neuem unser Liebesspiel. Ich drehte sie auf den Rücken und öffnete sanft ihre schlanken Beine. Mit einer

Hand spreizte ich ihre Schamlippen und drang in sie ein, zuerst langsam, dann immer schneller und heftiger, stieß meinen Schwanz, so tief es ging, in sie hinein. Chantal begann leise zu stöhnen, dann klammerte sie sich an meinen Rücken und presste sich bei jedem Stoß an mich. Wir erreichten eine Art sinnlicher Ekstase, und in einer nicht abreißenden Serie kleiner Orgasmen brüllte Chantal wie eine Pantherin. Schließlich explodierte auch ich und spritzte abermals in sie hinein. Mein Penis pulsierte in der warmen Feuchtigkeit, die ihren Venushügel flutete.

Es war bereits hell, als Consuela leise an die Tür klopfte. Ich zog meinen Morgenmantel über und öffnete. Vor der Tür stand ein riesiges Tablett mit einem verlockenden Frühstück und duftendem schwarzem Kaffee. Ich stellte alles auf das Bett und weckte Chantal sanft. Sie schlief wie ein Kind, mit ihrem glatten und unschuldigen, von blonden Locken gerahmten Gesicht. Ich überraschte mich dabei, wie ich immer mehr Zuneigung empfand zu diesem rührenden Mädchen mit dem grazilen Körper einer »fausse maigre« – wie man die sehr schlank wirkenden Frauen nennt, die dennoch an den richtigen Stellen Rundungen haben –, den festen und elastischen Brüsten und einem Temperament, das einem in der Liebe nichts verwehrte.

Sie öffnete ein Auge, und sofort erschien ein Lächeln auf ihrem Gesicht, grub ein hübsches Grübchen zwischen ihre Wange und ihre vollen Lippen. Als sie sich aufrichtete, um sich, an die Kissen gelehnt, aufzusetzen, hätte sie beinah das Tablett, das auf dem Bett gefährlich schwankte, umgestoßen. Ich brachte die Situation wieder unter Kontrolle und machte es mir neben ihr bequem, goss Kaffee in die Tassen, während sie mir eine Scheibe Toast großzügig mit Erdbeermarmelade bestrich. Als sie ihr Frühstück beendet hatte, eilte sie unter die Dusche, kam zurückgerannt, um, mit noch feuchtem Haar, ihr Kleid und ihre Schuhe anzuziehen, küsste mich stürmisch und verkündete, dass sie den Tag im Institut de France verbringen würde und ich sie später anrufen solle.

Gerührt und vor allem erstaunt über diese junge Frau, die wie ein Wirbelwind in mein Leben getreten war und die, leicht wie ein Schmetterling, nicht im Geringsten von dem zarten Band zwischen uns beunruhigt schien, begann ich ernsthaft, sie für mein Wohlergehen unerlässlich zu halten. Ich empfand ein bisher ungekanntes Gefühl, das des Verlangens gemischt mit Zuneigung. War das Liebe? Jedenfalls hatte seit meiner unvorhergesehenen Begegnung mit Chantal ein neues Gefühl von mir Besitz ergriffen, hatte mein Leben einen neuen Sinn bekommen. Was dachte sie über mich? Es war das erste Mal, dass mir eine derart dumme Frage durch den Kopf ging.

Ich fand wieder auf den Boden der Tatsachen zurück, dachte an meinen Termin um elf Uhr bei dem Bankberater meines Vaters. Mir blieb gerade noch Zeit, ein letztes Croissant zu essen und einen Schluck Kaffee zu trinken, dann fing ich an, mich fertig zu machen, weihte den schicken Anzug ein, den ich am Vortag gekauft hatte. Die Krawatte zu binden gelang mir erst beim zweiten Anlauf. Hatte ich das während meines langen Aufenthalts auf einem Archipel verlernt?

Consuela wartete auf Anweisungen für den Tag. Es war Zeit, Ordnung in mein Haus zu bringen. Ich betraute sie mit der Aufgabe, mir eine Putzfrau und einen Teilzeitgärtner zu suchen, der den Hof wieder in Schuss brachte und ihn angenehm gestaltete. Sie lächelte breit, glücklich darüber, welch wichtige Position sie nunmehr bekleidete und dass ich ihr so viel Vertrauen entgegenbrachte.

Gleich darauf fiel mir siedend heiß ein, dass ich keine Ahnung hatte, wie ich diese Leute bezahlen sollte. Mit meinem Gehalt als Forscher am CNRS würde ich mein neues Heim und meine Angestellten nicht bezahlen können. Ich hoffte insgeheim, dass mein Vater mir Bargeld hinterlassen hatte, damit ich diese Kosten decken konnte.

Aber wie sollte ich mich als Junggeselle um die Instandhaltung eines solchen Anwesens kümmern? Meine dürftigen handwerklichen Fähigkeiten würden mit Sicherheit nicht ausreichen. Derlei dunklen Gedanken nachhängend, begab ich mich zu dem Termin mit dem Bankier.

Die Bank in der Rue de Provence befand sich in einem alten Stadtpalais, zu dem man durch einen wundervollen Innenhof gelangte. Ich fuhr durch das schmiedeeiserne Tor und sagte zu dem Wachmann, der mir einen Parkplatz neben einem alten schwarzen Peugeot 404 zuwies, dass ich einen Termin hätte. In der Eingangshalle führte mich die Empfangsdame sogleich in einen kleinen, mit grünem Samt ausgekleideten Salon im Stil Napoleons III., dessen massive Mahagonimöbel mit Sicherheit seit mindestens hundert Jahren auf genau demselben Platz standen.

Ich befand mich im Bauch der protestantischen Bank Frankreichs, dieser alten Hugenotten, die sich bereichert hatten, indem sie erst dem König, dann dem Empire und schließlich der Republik Geld liehen. Konservativ, sparsam, steif wie ihre Pastoren und trocken wie das Holz ihrer Möbel. Und doch hatten sie die industrielle Entwicklung Frankreichs vorangetrieben. Eine Familie verdiente ihr Geld mit Reedereien, eine andere im Bankwesen, eine dritte mit Eisenhütten und Maschinenbau, die vierte mit internationalem Handel und Auslandsinvestitionen. Man heiratete untereinander, rottete sich zusammen, verband sich mit der protestantischen Bank der Schweiz. An diese großen Momente erinnerten Kupferstiche, die den finsteren und sterbenslangweiligen Salon schmückten.

Fünf Minuten verstrichen, ein Angestellter brachte mir einen Kaffee auf einem Silbertablett und entschuldigte sich für die Verspätung Monsieur Henris, der noch telefonierte. An diesen Orten sagte man nie den Familiennamen, der Vorname des Partners genügte.

Schließlich kam der Bankier herbeigeeilt, mit Stentorstimme und Metzgerstatur, die die Vermutung nahelegte, dass er das Bankermetier in den Markthallen von Paris gelernt hatte. Aber er war herzlich und liebenswürdig. Nachdem wir uns einander vorgestellt und ein paar Höflichkeitsfloskeln ausgetauscht hatten, bat er mich in sein Büro. Er erzählte mir ausführlich von meinem Vater, schmückte seinen Bericht mit zahlreichen faszinierenden Details aus. So erfuhr ich, dass mein Vater sein ganzes Leben lang durch größere Transaktionen hohe Gewinne erzielt hatte. Er war in Finanzdingen sehr bewandert gewesen und hatte sein Geld klug angelegt.

»Er hat meinen Rat immer befolgt«, sagte der Finanzexperte stolz.

Doch für Monsieur Henri galt die Devise, dass Zeit Geld war. Und so öffnete er eine Aktenmappe aus bordeauxrotem Leder und holte einen Stoß Papiere hervor. Während er mich darüber unterrichtete, welche Instruktionen mein Vater ihm für den Fall seines Ablebens gegeben hatte, schob er mir ein Scheckbuch mit dem ehrwürdigen Namen seiner Privatbank herüber, bat mich, Unterschriftenkarten und Aufträge auszufüllen, die ihn ermächtigten, in meinem Namen Transaktionen vorzunehmen, und schließlich überreichte er mir einen Kontoauszug. Als ich die letzte Zeile las, wurde mir schwindelig.

Eine Reihe von Nullen sagte mir, dass auf meinem Konto

mehrere Millionen Euro verfügbar waren. Ich sah Monsieur Henri ungläubig an. Er versicherte mir, dass es sich nur um eine kleine Summe handele, die mein Vater angesetzt hatte, damit ich fürs Erste versorgt wäre.

»Und das ist nicht alles«, sagte er, »soviel ich weiß, werden Sie in Kürze nach Zürich fahren, wo Sie der Herr, mit dem Sie sich dort treffen, zu unserem Geschäftspartner führen wird. Dort wartet ebenfalls etwas auf Sie. Was genau, das kann ich Ihnen nicht sagen.«

Er beteuerte noch, dass er stets zu meiner Verfügung stünde, ich müsse nur seine Assistentin anrufen, wenn ich irgendetwas bräuchte. Der Bankier begleitete mich zur Tür. Er begutachtete den Wagen meines Vaters und konnte sich eine anerkennende Bemerkung nicht verkneifen.

»Passen Sie gut darauf auf«, sagte er, ehe er wieder nach drinnen verschwand.

Als ich nach einer Weile wieder zu mir gekommen war, wurde mir plötzlich bewusst, dass ich das Haus ohne einen Cent in der Tasche verlassen hatte. Ich kehrte also in die Bank zurück und fragte die Empfangsdame, wo der Schalter sei.

Sie führte mich zum anderen Ende des Gangs und stellte mich dem Kassierer vor. »Monsieur ist der Sohn von Monsieur Édouard de T...« Auf dem Gesicht des Kassierers erschien ein Lächeln, und er fragte, was er für mich tun könne. Ich nahm meinen ganzen Mut zusammen und bat ihn, mir fünfzigtausend Euro zu geben. Noch nie in meinem Leben hatte ich so viel Geld in den Händen gehalten. Ohne mit der Wimper zu zucken, legte der Kassierer Bündel zu je fünfhundert Euro auf den Tisch, die von der roten Papierbanderole mit dem Siegel der Banque de France zusammengehalten wurden. Ich verstaute das Geld in der Ledermappe und zog, so gut es ging, den Reißverschluss zu.

»Geben Sie acht«, riet der Kassierer, »ich rate Ihnen, für Ihre Einkäufe lieber Ihr Scheckbuch und Ihre Bankkarte zu benutzen.«

Ich dankte ihm, er konnte ja nicht ahnen, warum ich so viel Geld abgehoben hatte.

Als ich aus dem Innenhof der Bank hinausfuhr, hätte ich um ein Haar einen Pizzaboten auf einer Vespa umgefahren, der mich anbrüllte und mir den Mittelfinger zeigte. Ich war reich, und ich war so überwältigt von dem Gefühl, dass ich unvorsichtig wurde.

Während meiner ganzen Kindheit und Pubertät war mein Vater der größte Geizhals gewesen, den man sich vorstellen konnte. Als ich einmal während der Ferien auf unserem Gut im Limousin ein Fahrrad haben wollte, gab er mir seinen alten englischen Drahtesel, der schon in den Kriegsjahren durch die Straßen von Paris gefahren war. Meine Cousine Christine bekam ein nagelneues Gitane mit Zehngangschaltung, mein Cousin Jean fuhr schon in der Ente seiner Mutter spazieren. Als all meine Freunde mit dem Mofa durch Paris fuhren, knatterte ich mit einer alten Solex hinterher, und bei jeder kleinen Steigung musste ich strampeln. Zum Staatsexamen bekam ich dann die alte Ente meiner Mutter.

Mein ganzes Leben als Einzelkind verbrachte ich bescheiden im Schatten meiner Cousins und Cousinen, in schäbiger Kleidung, ohne einen Sou. Fleißig, aber arm, gab ich mein ganzes Forschergehalt auf Campingplätzen und in einfachen kleinen Restaurants aus.

Nun hatte ich fünfzigtausend Euro in der Tasche, fuhr einen wunderbaren Schlitten, hatte keine Sorgen mehr und nur einen Gedanken: Ich wollte so schnell wie möglich die Verteilung des Erbes hinter mich bringen. Danach konnte ich mir dann in Ruhe Gedanken darüber machen, was ich mit dem Palais in der Rue de Beaune, den Sammlungen, der Bibliothek und unserem Landgut im Limousin anfangen sollte. Nun aber wollte ich mich erst einmal austoben, mir Dinge leisten, von denen ich vor einer Woche nicht einmal zu träumen gewagt hätte.

Das Komische aber war, dass ich mich nicht in der Lage fühlte, das allein zu tun. Ich brauchte eine Komplizin, und wie ich so die belebte und brodelnde Rue Montmartre hinunterfuhr, musste ich an Chantal denken.

Plötzlich wurde mir klar, dass ich keine Ahnung hatte, wo ich sie erreichen konnte. Bisher hatte immer sie die Initiative ergriffen und mich angerufen, ich wusste nicht einmal, wie die Straße hieß, in der sie in Levallois wohnte. Ich trat mir im Geiste in den Hintern, während ich durch die Rue Réaumur fuhr. Schließlich hielt ich vor einem Laden der France-Télécom und fragte nach der Nummer des Institut de France. Nach mehreren gescheiterten Versuchen stieß ich endlich auf die richtige Nummer und vernahm Chantals Stimme.

»Hast du viel zu tun?«, fragte ich. »Ich muss dich so bald wie möglich sehen.«

An der Erregung in meiner Stimme merkte sie, dass etwas Wichtiges passiert sein musste.

Sie schlug vor, uns um fünfzehn Uhr vor dem Musée des Sciences Naturelles zu treffen. Ich legte auf, fuhr in Richtung der großen Boulevards, zur Oper und der Rue de la Paix hinunter, um den Wagen in der Tiefgarage an der Place Vendôme abzustellen. Wie ein hilfloser kleiner Junge fand ich mich vor der Säule wieder und wusste nicht, wohin ich mich wenden sollte. Ich ging wie auf Wolken, rannte dann fast über den Platz in Richtung Rue Saint-Honoré, wo ich begann, mir Schaufenster anzusehen.

Ich kaufte in einem Laden, an dessen Namen ich mich

nicht einmal mehr erinnerte, unzählige Krawatten und Hemden, geriet vor dem Schaufenster des Juweliers Clerc in Verzückung, obgleich ich nicht den geringsten Schimmer hatte, was ich kaufen wollte.

Eine Eterna auf einem Ständer mit blauem Rahmen und mit goldenen Ziffern und Zeigern lockte mich. Endlich konnte ich meine alte Timex durch eine richtige Uhr eintauschen! Ich betrat den Laden und zeigte auf das Objekt meiner Begierde, die affektierte Verkäuferin sah vorwurfsvoll auf meine Uhr. Die Uhr meiner Träume hatte einen gesalzenen Preis. Er lag weit über dem, was ich mir hatte vorstellen können.

Doch die Arroganz der Verkäuferin war für mich die reinste Provokation: Der Ziege würde ich zeigen, mit wem sie es zu tun hatte! Ich erklärte, dass ich die Uhr kaufen wolle. Sie war immer noch unfreundlich, machte sich widerwillig daran, die Rechnung auszufüllen, und fragte mich, auf welchen Namen sie die Garantie ausschreiben solle. Als ich ihr meinen Namen nannte, errötete sie vor Verwirrung. Sie nahm mein Geld, fing an, sich zu entschuldigen, nannte mich Monsieur le Baron und fragte mich, ob sie mir noch anderweitig behilflich sein könne.

Die junge Frau war das perfekte Beispiel für den Snobismus der meistbesuchten Einkaufsstraße von ganz Paris. Allmählich fand ich Gefallen daran, sie zu provozieren. Mir fiel plötzlich Chantal ein, und ich setzte mir in den Kopf, ihr ein Geschenk zu kaufen. Ich bat also die Verkäuferin, mir Damenschmuck zu zeigen.

Ratlos stand ich vor vier Vitrinen mit kostbarem Schmuck. Während ich mir die Uhr umband, die der Uhrmacher für mich passend gemacht hatte, versuchte ich, mir die Anstandslektionen meiner Mutter in Erinnerung zu rufen. Man durfte einem Mädchen vor der Verlobung keinen Ring schenken, ebenso wenig ein Diamantenkollier oder eine Brosche.

Ohrringe oder ein Armband – das waren passende Freundschaftsgeschenke. Ich entschied mich für ein Armband mit vier Rubinen im Cabochonschliff in Zargenfassung. Ein klassisches Schmuckstück, schlicht und, wie ich fand, sehr geschmackvoll. Die Verkäuferin, die sich nunmehr sogar zu einem Lächeln hinreißen ließ, verpackte mein Geschenk hübsch in einem mit dunkelblauem Samt bezogenen und mit dem Clerc-Emblem versehenen Schmuckkästchen. Ich nahm mein Wechselgeld entgegen und setzte zufrieden meinen Weg fort. Zum ersten Mal wurde mir bewusst, wie angenehm es ist, Geld zu haben. Es verlieh einem eine außergewöhnliche Macht, die einem eine Welt voller bis dato ungeahnter Möglichkeiten eröffnete.

Ich fuhr bis zum Jardin des Plantes und parkte, noch etwas zu früh für meine Verabredung, vor dem Musée des Sciences Naturelles. Ich versteckte die Ledermappe im Handschuhfach, ebenso das samtüberzogene Schmuckkästchen mit meinem ersten Geschenk für eine Lady, das dieser Bezeichnung würdig war. Im Sonnenschein sah ich Chantal die Stufen des alten Gebäudes herablaufen, und im Gegenlicht konnte ich ihre hübschen Beine bewundern. Hüpfend näherte sie sich dem Auto, riss die Tür auf und warf sich in meine Arme.

»Ich freu mich so, dich zu sehen, also, schieß los«, sagte sie aufgeregt.

»Ich habe meinen Bankberater getroffen beziehungsweise den Bankberater meines Vaters. Chantal, ich habe gerade festgestellt, dass ich reich bin! Um elf Uhr hatte ich nur noch ein paar Kopeken auf meinem Konto, und um Viertel nach elf habe ich herausgefunden, dass ich die Taschen voller Geld habe. Ich weiß noch gar nicht, wie mir geschieht … Komm, wir werden jetzt mal eine hochherrschaftliche Runde drehen.«

»Aber ich habe nichts anzuziehen ...«

In der Hinsicht war Chantal wie alle Frauen: Wenn man mit ihnen ausgehen wollte, hatten sie nie etwas anzuziehen.

Die junge Frau las meine Gedanken: »Ich weiß, Charles, du lädst mich ein, aber ich habe wirklich nichts, was ich tragen könnte. Mir geht es da wie dir, oder besser gesagt, so wie es dir vorher ging. Ich bin eine mittellose Wissenschaftlerin mit einem kleinen Forschergehalt, am Monatsende muss ich sehen, wie ich über die Runden komme, und meine Garderobe stocke ich immer im Schlussverkauf auf.«

Sie hatte das mit leisem Ärger gesagt, offenbar war sie aufrichtig. Und mit einem Mal musste ich an meine schwierigen Jahre denken, in denen ich nur deshalb etwas beiseitelegen konnte, weil ich bei meinen Auslandsaufenthalten bei Gastfamilien wohnte. Ich startete den Wagen und fuhr langsam Richtung Jardin du Luxembourg.

»Chantal, mach mal das Handschuhfach auf, da ist was für dich drin ...«

»Das hier?«, fragte sie und nahm überrascht das Schmuckkästchen.

»Als ich aus der Bank gekommen bin, habe ich mir gleich eine neue Uhr zugelegt, sieh mal«, sagte ich und zeigte ihr meine funkelnagelneue Eterna. »Ich wollte dir auch gern was schenken, aber ich wusste nicht, was. Eine Uhr hast du ja, schau dir an, was ich für dich ausgesucht habe.«

Sie öffnete das Kästchen und betrachtete überwältigt das Armband. »Das ist wirklich für mich?«

Ich sagte Ja, und sie begann mitten im Pariser Verkehr zu schluchzen, und die anderen Autofahrer um uns herum sahen mich mit großen Augen an.

Eine junge Mutter kurbelte sogar das Fenster hinunter und beschimpfte mich. »Mistkerl!«, rief sie, in dem Glauben, dass ich meine Freundin schlecht behandelte. Chantal wusste nicht, ob sie lachen oder weinen sollte, schlang dann schließlich die Arme um mich und bedeckte mich mitten auf der Place Edmond-Rostand mit Küssen, dass ich fast auf einen Lieferwagen vor mir aufgefahren wäre.

»Vielleicht sollten wir lieber anhalten, bevor noch eine Katastrophe passiert«, sagte ich lachend.

Ich fand einen Parkplatz. Chantal legte ihr Armband an, und wir stiegen aus. Im Schatten einer Platane lud uns ein Tischchen auf einer Caféterrasse ein. Wir ließen uns nieder, ich bestellte einen Whiskey auf Eis. Chantal sah lachend zu mir: »Ich hätte gern einen Cocktail mit drei Farben, egal was, Hauptsache, es sind drei Farben.«

Der Kellner, der vermutlich dachte, wir wären leicht angeheitert, fragte nicht weiter nach. Und waren wir das nicht vielleicht auch ein bisschen? Chantal hörte nicht auf, mich auf den Hals zu küssen, versuchte, mir Knutschflecken zu machen, und tätschelte mich wie ein seltsames Tier. Leicht erregt ließ ich meine Hände über ihre nackten und warmen Schenkel wandern, und sie hinderte mich nicht daran.

Ich rief Consuela an, um ihr mitzuteilen, dass ich zum Abendessen nicht nach Hause kommen würde. Sie erinnerte mich daran, dass ich um achtzehn Uhr Pariser Zeit Christine in Montreal anrufen sollte, und gab mir ihre Telefonnummer. Außerdem kündigte sie mir an, dass sich am nächsten Morgen um neun Uhr ein Gärtner vorstellen würde.

Ich versuchte, mich zu widersetzen, gab vor, meine Cousine Estelle mittags in Versailles treffen zu müssen. Consuela ließ sich nicht erweichen. »Dann kommen Sie einfach nicht so spät nach Hause.« Und dann fügte sie noch hinzu: »Viele Grüße an Mademoiselle Chantal.« Consuela hatte einen guten Riecher, oder Christine hatte sie einfach gut ausgebildet.

In der Rue Madame reihte sich eine Boutique an die andere; ich nahm Chantal bei der Hand, und wir bummelten die Straße entlang. Wir kauften dies und das, meine Süße ließ sich von braven bis aufreizenden Kleidern und Kostümen in Versuchung führen, und zur Vervollständigung ihres Outfits fanden wir in einem Schuhgeschäft vampartige dunkelrote High Heels. Bei Chez Céline suchte ich eine Tasche aus, in die Chantal ihre Schminkutensilien räumen konnte, die aus jeder hübschen Frau einen furchterregenden Vamp machen konnten. Und da wir schon einmal dabei waren, befand ich, dass ein Dessousladen ein würdiger Abschluss für unsere Shoppingtour wäre, und sagte zu Chantal, dass ich den Laden gleich am Arm der begehrenswertesten Frau von ganz Paris verlassen würde. Sie ging auf das Spielchen ein, ich setzte mich auf ein Sofa und wartete geduldig auf die Verwandlung der Nymphe.

»So, fertig!«

Ich sah hoch, und vor mir stand tatsächlich die hübscheste Frau von Paris. Chantal hatte ihre langen blonden Locken hochgesteckt und trug ein Kleid mit einem atemberaubenden Dekolleté, das ihren zarten und runden Busen erahnen ließ, der kurze enge Rock gab den Blick frei auf ihre langen Beine, und dazu trug sie die dunkelroten Schuhe, die es mir vom ersten Augenblick an angetan hatten.

Chantal war schön, fast nicht wiederzuerkennen. Kaum hatte sie ihr braves Studentinnenkleid und ihre Slipper abgelegt, war sie zu der Gefährtin geworden, um die einen jeder Mann beneidet. Wir beschlossen, unsere vielen Tüten und Päckchen zum Auto zu bringen. Der Tag neigte sich dem Ende zu, und die milde Luft des Abends lud zum süßen Leben ein.

Ich fragte Chantal, wozu sie Lust hätte. Sie sagte, sie hätte sich immer schon gewünscht, einmal im Ritz einen Aperitif zu trinken. Für sie ein bisher unerreichbarer Traum, und auch ich hatte diesen Prachtbau an der Place Vendôme noch nie von innen gesehen.

Wir machten uns auf den Weg, überquerten die Seine, fuhren am Carrousel und der Pyramide des Louvre vorbei, dann die Rue de Rivoli bis zur Place Vendôme hinauf und drehten eine Runde um den Platz, ehe wir vor dem Ritz hielten. Der Portier empfing uns mit einem riesigen Regenschirm, obgleich weit und breit kein Tropfen Regen fiel, drückte mir ein Ticket für den Wagen in die Hand und gab der Drehtür einen Schubs, als wir in das Heiligtum eindrangen. Wir schlenderten durch die verspiegelte Eingangshalle bis zur Bar, und der Maître d'Hôtel führte uns an einen Tisch, der von allen Seiten gut sichtbar war. Interessiert nahm Chantal das elegante Völkchen zur Kenntnis, das sich im Hotel traf: hübsche Frauen, Frauen, die nicht mehr ganz so jung waren, sich aber vornehmlich für allzeit bereite Schwerenöter interessierten, mürrische Witwen der gehobenen Gesellschaft, die blutjunge Mädchen im gerade heiratsfähigen Alter begleiteten, und etwas weniger sittsame junge Frauen auf der Jagd nach ihrem nächsten Opfer, betuchte Männer, die auf der Suche nach dem Duft der Frauen aus fernen Ländern gekommen waren.

»Ich hab Angst, dass du in Zukunft häufiger allein hierherkommst, jetzt, wo du reich bist …«, sagte Chantal lachend.

Ein junger Hotelboy bot uns Zigarren an. Chantal bestand darauf, dass ich eine nahm. »Ich will sehen, wie du als Geschäftsmann aussiehst!«

Ich entschied mich für eine kleine Puro von La Aurora, eine milde und leichte Zigarre aus der Dominikanischen Republik, die ich bei einem Aufenthalt in Palenque entdeckt hatte, und ich zündete sie, wie es Brauch war, mit einem langen Streichholz an. Chantal fand, dass ich stolz wirkte. Sie selbst rauchte stinkende Marlboros, und ich schlug ihr vor, eine Schachtel milderer und weniger aggressiver ägyptischer Zigaretten zu nehmen. Sie wählte eine aus, die nach ihrem Geschmack war.

Wir hatten eine Flasche Dom Pérignon bestellt und kamen allmählich in Stimmung. Chantal beugte sich zu mir. »Meinst du, wir könnten im Grand Véfour essen? Ich war noch nie dort, aber man isst dort in Separees, das habe ich mal in einem Bericht in der *Paris Match* gelesen. Glaubst du, wir bekommen dort einen Tisch?«

Ich rief den Maître d'Hôtel, versuchte, ein wenig steif zu wirken, und bat ihn, uns einen Tisch im Grand Véfour zu reservieren.

»Für Monsieur ...?«, fragte er feierlich.

»Charles de T...«

Er entfernte sich, indem er drei Schritte rückwärts machte – sicher hatte er das in der Schule der Palasthotels gelernt –, und kam wenige Minuten später mit zerknirschtem Blick wieder.

»Monsieur, im Véfour war kein Tisch mehr frei, ich habe mir erlaubt, bei Ledoyen zu reservieren. Ist Ihnen das angenehm?«

Ohne mit der Wimper zu zucken, nickte ich. Chantal sah mich mit großen Augen an. Ich hatte noch nie einen Fuß in dieses legendäre Restaurant an den Champs-Élysées gesetzt, wo die Pariser Society speiste. Chantal kannte das berühmte Restaurant nur aus Zeitschriften wie *Point de Vue*, die bei ihrem Friseur in Levallois auslagen. Doch mithilfe des Champagners stellte sich schnell Vorfreude ein.

Ich wollte dem Boy gerade mein Parkticket geben, als ich merkte, dass wir leicht angetrunken waren. Ich ging zur Rezeption und fragte den Mann mit den goldenen Schlüsseln, ob für den Abend ein Chauffeur verfügbar sei, da ich den Abend so fortzusetzen gedachte, wie wir ihn begonnen hatten. Mürrisch versuchte er, uns für den Abend einen kompletten Wagen inklusive Fahrer aufzuschwatzen. Pech für ihn, wir beschlossen, zu Ledoyen ein Taxi zu nehmen.

Wir saßen bereits eine Weile an einem Tisch, der mit Tafelsilber und vornehmen Kristallgläsern eingedeckt war. Schweigsam studierte Chantal die Menükarte in ihren Händen und wirkte ein wenig hilflos angesichts der Komplexität der Karte, und so beschlossen wir, uns das Vergnügen nicht zu verderben und einfach zwei bereits zusammengestellte Menüs zu bestellen, was uns die Qual der Wahl erheblich erleichterte, zumal bei diesen Menüs die passenden Weine zu den verschiedenen Gängen empfohlen wurden. Nach der Bestellung nutzte ich die kurze Wartezeit, um Christine anzurufen.

Ihre helle Stimme klang erstaunlich nah. Ich sagte ihr, dass mein Vater gestorben sei, und an ihrer Stimme merkte ich, wie sehr es sie bekümmerte. Sie hatte die Nachricht bereits in einer E-Mail von Violaine erhalten.

Ich sagte ihr, dass ich ihr ihr Erbe zu überreichen hätte, woraufhin sie mich ganz selbstverständlich nach Montreal einlud.

»Ich frage mich, was die Zollbeamten von dem Erbstück halten …«

Sie brach in Gelächter aus, und zu meiner Überraschung sagte sie, dass sie schon ahne, was für eine Art von Erbe mein Vater ihr vermachen könne. Sie versicherte, dass sie alles Nötige veranlassen würde, damit es keine Schwierigkeiten gäbe, wenn ich kommen würde. Ich gab noch zu bedenken, dass die Reise recht lang sei. Sie beruhigte mich und sagte mir, dass es von Paris bis nach Montreal nur ein Steinwurf sei, sechs Flugstunden in der ersten Klasse, die wären im Nu vorbei. Ich versprach, sie wieder anzurufen, und sagte ihr zum Abschied, dass ich sie fest umarme.

Als ich mein Gespräch beendet hatte, bemerkte ich, dass Chantal sich langweilte. Sie betrachtete ihr Armband und zupfte nachdenklich daran herum. Dieser Tempel der Gastronomie hatte ihre gute Laune vertrieben. Ich legte meine Hand auf die ihre, sie sah mich an wie ein geprügelter Hund.

»Das ist meine Schuld, ich wollte ja unbedingt in so ein nobles Restaurant. Wir hätten uns lieber ein intimeres Restaurant suchen sollen.«

Ich sagte, dass wir jederzeit gehen könnten, und küsste sanft ihre Hand.

»Erzähl mir von dir, ich weiß so wenig über dich.«

»Weißt du, Charles, ich bin vielleicht nicht die, für die du mich hältst. Als ich dich kennengelernt habe, war es, als würdest du frischen Wind in mein Leben bringen. Du kamst von weit her, wirktest ein wenig orientierungslos, und vielleicht war ich auch ein bisschen geblendet von dem tollen Haus, dem Wagen und nun deinem Reichtum. Ich hab nicht mit alldem gerechnet, was seit Montag geschehen ist. Verstehst du, Charles? Vor einer Woche wusstest du nicht einmal, dass es mich gibt. Dann haben wir uns im Deux Magots getroffen, und jetzt sitzen wir hier als turtelndes Liebespaar. Du weißt nicht, woher ich komme, was ich mache, und vor allem weiß ich nicht, was du von mir erwartest, also hör mir zu und entscheide anschließend, ob es nicht besser ist, wenn wir uns nicht mehr sehen.«

Ihr Tonfall war pathetisch, sie hatte Tränen in den Augen. Ich beruhigte sie, sagte ihr, dass ich keine Vorurteile hätte und bereit sei, mir alles anzuhören, dass man nach vorn blicken müsse und nicht zurück. Chantal sah mich mit den Augen eines gehetzten Rehs an und begann, von ihren Studentenjahren an der Sorbonne zu erzählen. Ihr früheres Leben im Aveyron war bestimmt gewesen von kleinen Affären und großen Studien, damit sie nicht als Gattin eines Provinznotars mit einem Stall voller Kinder enden musste. Chantal war ehrgeizig, sie wollte nach Paris und sich in der Archäologie, ihrer Leidenschaft, einen Namen machen.

In der Hauptstadt dann erwies sich das Leben als weniger rosig als angenommen, und sie musste kämpfen, um über die Runden zu kommen. Sie hatte alle möglichen Studentenjobs angenommen: Sie hatte bei Gilbert gebrauchte Bücher verkauft, als Teilzeitkraft in einer Galerie gearbeitet, gelegentlich für billige Kataloge gemodelt und viele andere, weit weniger glanzvolle Jobs gemacht. Ihr Leben änderte sich schlagartig, als sie einen Senator aus Mittelfrankreich kennenlernte, der sie als Sekretärin und Assistentin einstellte.

Chantal verstand sehr schnell, dass sie weniger seine Sekretärin als seine Assistentin sein sollte, und sie begann, den noch jugendlichen Mann zu Treffen mit Freunden an nicht sehr ehrbare Orte zu begleiten. Das Geld konnte sie gut gebrauchen, und Chantal lernte alle möglichen Leute kennen, Industrielle, die um einen Gefallen oder einen Staatsvertrag baten, Bürgermeister aus der Provinz, die auf politische Pfründe lauerten, Abgeordnete und Ränkeschmiede jeglicher Couleur, die den Schutz eines mächtigen Senators suchten.

Chantal gestand, die Bekanntschaft wichtiger Minister gemacht zu haben, und vor allem ihrer Geliebten und gewisser hübscher, ausgekochter und gieriger Musen, die von faulen Kompromissen im Bank- und Geschäftswesen sowie in der Erotikindustrie lebten.

Der Senator war nicht nur leichtfertig, er liebte auch gewagte Spielchen. Chantal hatte sich mit ihm ins Pariser Nachtleben gestürzt und das Lido und noch weniger empfehlenswerte Lokale besucht. Kurz, sie gestand: »Ich bin keine Heilige. Wenn du eine ehrbare Frau suchst, solltest du dich woanders umsehen.«

Das Essen neigte sich dem Ende zu, wir waren beim Kaffee angelangt, als Chantal fragte: »Was denkst du von alldem?«

Ich sagte, dass ich ihre Ehrlichkeit zu schätzen wüsste, und beteuerte, dass ich nicht auf der Suche nach einer Frau zum Heiraten und Kinderkriegen sei und dass mich ihre Erzählungen eher neugierig gemacht hätten. Ich bat sie, mir ein Leben zu zeigen, das ein wenig aufregender war als das, das ich bislang geführt hatte.

»Chantal, ich habe entdeckt, dass mein Vater in seinem Haus ein ziemlich buntes Völkchen empfangen hat und eine Schwäche für recht freizügige und eindeutige Kunst hatte. Ich bin nicht besonders prüde, aber ich hatte nie die Zeit oder Gelegenheit, mich der Libertinage und den Sinnenfreuden hinzugeben. Meine Cousine Christine ist eine bekannte Vertreterin des internationalen Jetsets, sie ist ziemlich unsolide und hat nur eines im Sinn: das Vergnügen in all seinen Formen. Und an dem Punkt, an dem ich in meinem Leben nun angelangt bin, bin ich bereit, mich in ein Leben der Vergnügungen und verrückten Abenteuer zu stürzen.«

»Und würde es dir gefallen, wenn ich dich dabei führe?«, fragte Chantal.

»Warum nicht?«

Ich verlangte die Rechnung, die man mir mit weißen Handschuhen brachte, ich bezahlte mit meiner nagelneuen Kreditkarte und bat den Oberkellner, uns ein Taxi zu rufen. Im Laufe des Abendessens waren wir wieder so weit nüchtern geworden, dass wir den Wagen in der Garage des Ritz abholen konnten.

Chantal lehnte sich schwer an meinen Arm, und als ich sie um die Taille fasste, merkte ich, dass sie außer ihrem Balconnet-BH unter ihrem kurzen Kleid nicht viel anhatte. Als wir im Taxi Platz nahmen, rutschte der Rock an ihren nackten Schenkeln hoch, und ihr kurz geschnittenes blondes Vlies ließ ihre rosigen Schamlippen durchschimmern.

Die Gelegenheit ließ ich mir nicht entgehen. Ich fing an, sie zu streicheln, und nahm sie, unter dem diskreten Blick des Fahrers, in den Arm. Sie legte ihre Hand auf meinen bereits hart gewordenen Schwanz, der von meiner Hose zurückgehalten wurde. Es war nur eine kurze Fahrt bis zum Ritz. Wir stiegen aus, ich reichte dem Portier mein Parkticket und zog Chantal in den Hoteleingang, damit sie nicht fror. Kurz darauf stand unser Wagen bereit.

Chantal legte sich fast auf den breiten schwarzen Ledersitz und bat mich, die Heizung ein wenig aufzudrehen und Musik zu machen. Als routinierte Radio-Énergie-Hörerin begann sie sofort, im Rhythmus der Rockmusik auf ihrem Sitz zu wippen.

»Wohin fahren wir?«, fragte ich.

»Zum Bois de Bologne«, verkündete Chantal, »ich will dir etwas zeigen.«

Wir kehrten zu den Champs-Élysées zurück, drehten eine Runde um die Étoile und bogen in die Avenue Foch ein. Als wir die Porte Dauphine erreichten, bat Chantal mich, drei Runden um den berühmten Platz zu drehen. Nach zwei Runden bemerkte ich, dass uns zwei Wagen folgten, ein grauer BMW und ein Cabrio.

»Bieg nach der dritten Runde in die Allee zum Bagatelle ein«, sagte sie. Ich tat, wie geheißen. Wir wurden immer noch verfolgt, und ich fragte Chantal, was das für ein Spielchen sei. Sie sagte, ich solle still sein und langsamer fahren. Die beiden Verfolger überholten uns, und wir konnten die Gesichter der Insassen sehen, die auch in unseren Wagen blickten.

»Jetzt folge du ihnen«, sagte Chantal.

Langsam fing das Spiel an, mich zu erregen, ich hatte die Frau im BMW gesehen, ein wunderbares Geschöpf mit schwarzem, zu einem Dutt hochgestecktem Haar, nackten Schultern und seltsam blauen, fast violetten Augen.

Von den beiden im Cabrio hatte ich nur üppige rote Locken und ein Gesicht voller Sommersprossen gesehen. Der erste Wagen fuhr zu einem Parkplatz. Ich stellte mich neben ihn, das Cabrio hielt rechts neben mir. Wir ließen unsere Scheiben herunter, da offenbar alle die Absicht hatten, miteinander zu reden. Chantal beugte sich zu mir herüber, fasste mich am Nacken, um mit der Frau mit dem schwarzen Dutt zu reden. Dabei rutschte eine ihrer hübschen Brüste aus ihrem BH und stellte sich im Licht einer Laterne zur Schau. Die Frau fragte, wohin wir fuhren, ich blickte Chantal fragend an. Chantal fragte zurück, was sie für Pläne hätten.

»Zum Roi René, habt ihr Lust, mitzukommen?«

Wieder sah ich zu Chantal, die mir erklärte, dass das Lokal außerhalb der Stadt lag. Ich erwiderte, dass wir am nächsten Tag viel zu erledigen hätten und die Einladung leider ablehnen müssten. Die Frau mit dem Dutt sprach mit ihrem Mann, und dann fuhr der BMW wieder los und begab sich erneut auf die Jagd.

Chantal beugte sich nach rechts zu dem Mann im Cabrio, die rothaarige Frau schlug vor, im Club 2 + 2 etwas trinken zu gehen. Chantal nickte und sagte: »Wir treffen uns dort.« Das Cabrio fuhr los. Ich startete ebenfalls den Wagen. Zu mir sagte sie: »Fahr zur Place de la Contre-Scarpe und dann die Rue Mouffetard runter. Wenn wir Glück haben, können wir am Boulevard Claude-Bernard parken.«

Dann fuhr sie fort: »Warst du schon mal in einem Swingerclub?«

Ich verneinte. Sie beschrieb mir den Club, ein recht vornehmes Etablissement, wo sich exhibitionistisch oder voyeuristisch veranlagte Paare trafen oder Paare, die bereit waren, ihre Partner zu tauschen oder in jeder erdenklichen Form zu teilen.

Chantal erklärte mir auch die Regeln des Clubs.

»Es ist immer die Frau, die den Partnertausch vorschlägt, der Mann akzeptiert die Wahl seiner Partnerin oder lehnt ab. Man geht nie sofort zum Akt über, sondern zieht sich dazu diskret in die dafür vorgesehenen Bereiche zurück.«

Dann, mit einem Mal besorgt, fragte sie: »Hast du Lust, es auszuprobieren, oder sollen wir lieber umdrehen?«

Mich erregte ihr Vorschlag, aber mir war auch etwas mulmig zumute, denn ich hatte keine Ahnung, wie ich mich an einem solchen Ort verhalten musste.

»Charles, du musst mir sagen, wonach dir ist, ich werde nichts tun, was du nicht möchtest. Wann immer du gehen willst, gehen wir.«

Fast gleichzeitig mit dem anderen Paar erreichten wir die diskrete Tür des Clubs 2 + 2. Wir wurden freundlich empfangen und zu viert zu einem Tisch geführt, wo wir eine Flasche Champagner bestellten. Dann machten wir uns miteinander bekannt: Chantal, Charles, Robert und Perrine. Perrine war lustig und lebhaft und von Kopf bis Fuß voller Sommersprossen. Ihre bauschige weiße Bluse mit weitem U-Boot-Ausschnitt gab den Blick frei auf ihre spitzen Brüste mit rosigen Brustwarzen und die für Rothaarige typische zarte, nur leicht gebräunte Haut. Sie trug hohe Absätze, die ihre aus dem ultrakurzen schwarzen Rock herausragenden langen Beine noch länger wirken ließen. Robert war ein gut aussehender Typ mit leicht femininen Gesten. Das gestreifte Hemd unter seinem Blazer war bereits fast bis zum Bauchnabel aufgeknöpft, und kaum hatte er sich gesetzt, streichelte seine Gefährtin demonstrativ seinen Penis, der seine Hose deutlich ausbeulte.

Wir tranken auf die noch junge Nacht. Ein Stück weiter war ein Paar bereits so gut wie nackt, die Frau kniete vor ihrem Mann und hatte angefangen, ihm langsam, aber energisch einen zu blasen.

Auf der Tanzfläche tanzten ein paar ausgesprochen hübsche Frauen, eine davon die Inhaberin des Lokals, und streichelten einander dabei. Eine von ihnen lüftete im Takt der Musik ihren schwarzen Lederrock und zeigte ihre rasierte Vulva. Ihre Gefährtin drückte sich an sie und streichelte sie forsch. Chantal hatte ihren Arm um meinen Hals gelegt, sodass ihre hübschen Brüste erneut aus dem Push-up hervorsprangen. Sie suchte nach dem Reißverschluss meiner Hose, öffnete ihn und schob ihre Hand hinein, bis sie meinen heißen Schwanz fand.

Perrine schlug vor, tanzen zu gehen, wir standen auf, zupften unsere Kleidung zurecht und begannen, Seite an Seite zu tanzen. Perrine schlang ihren Arm um meine Taille, und irgendwann tanzten wir im Viereck, die beiden Frauen einander gegenüber, wir Männer die Arme um die Schultern unserer Freundinnen gelegt, um unsere Bindung zu stärken, während wir tanzten, oder um uns von der Musik treiben zu lassen. Perrine und Chantal rieben ihre Brüste aneinander. Ich spürte, wie Hände sich an mir entlangtasteten, meinen noch offenen Hosenschlitz fanden, hineingriffen und anfingen, meinen Schwanz zu massieren, was meine Erregung noch erheblich steigerte. Robert warf plötzlich den Kopf in den Nacken, und ich hatte das Gefühl, dass ihm eine ähnliche Behandlung zuteilwurde. Wessen Hände waren es? Die inzwischen nackten Brustwarzen der beiden Ladys tanzten vor meinen Augen. Perrine legte eine Hand auf Chantals Brüste und streichelte sie sanft, dann beugte sie sich vor und nahm eine Brustwarze in den Mund, biss hinein und saugte daran. Die langsame Musik brach ab, und wir trennten uns. Ein paar der Gäste setzten sich wieder und befummelten sich im Sitzen weiter, einige Paare strömten fiebrig zu einem Gewölbekorridor, an dessen Wand eine gepolsterte Bank stand.

Chantal zog mich in den Korridor, wir gingen eine Treppe hinunter und gelangten in einen Raum, in dem Paare es miteinander trieben, während andere ihnen dabei zusahen und angesichts der erotischen Aktivitäten und des vielen nackten Fleischs in Wallung gerieten. Allein der Anblick dieser ineinander verschlungenen und sich wollüstig aufbäumenden Körper erregte mich, und das sagte ich Chantal.

Sie schmiegte sich an mich, nahm meinen Schwanz in die Hand, ging auf die Knie, um mir einen zu blasen. Ich konnte ihrer Geschicklichkeit nicht lange standhalten, und die Explosion ließ nicht lange auf sich warten. Sie schluckte alles und lutschte weiter zärtlich meinen Schwanz, bis er sich ein wenig beruhigt hatte, dann schob sie ihn in meine Hose zurück.

»Mach es mir mit der Hand, Charles, bitte, ich kann nicht mehr, lass mich kommen.«

Chantal stand auf und lehnte sich gegen die Natursteinwand, meine Hand wanderte an ihrem Schenkel hinauf bis zu ihrer feuchten Möse, ich schob erst meinen Zeigefinger, dann meinen Mittelfinger in ihre Spalte, ihre geschwollenen Schamlippen öffneten sich wie eine Blüte. Sie rieb sich an meiner Hand, dann stieß sie einen langen Schrei aus, beinah ein Röcheln, und ihre warme Flüssigkeit ergoss sich über meine Hand. Nach einer Weile gingen wir nach oben und verschwanden in den Toiletten, um uns ein wenig zu beruhigen und frisch zu machen.

Ich schlenderte zu Robert und Perrine. Perrine war gerade damit beschäftigt, den Penis ihres Mannes zu massieren. Als sie mich sah, ließ sie von ihm ab und zog mich auf die Tanzfläche. Ein schmachtender Blues wurde gespielt, und sie schmiegte sich eng an mich. Ich spürte ihre harten Brustwarzen, denn mein Hemd war weit aufgeknöpft. Sie ließ ihre Hand zu meinem Penis gleiten und tastete ihn ab.

»Chantal hat dich schon geleert, mein Süßer, aber ich werde dich ein zweites Mal leeren …«

Perrine gehörte zu den Frauen, die gern die Initiative ergreifen. Unser Tanz hatte sich inzwischen mehr in ein Schwanken und Aneinanderreiben verwandelt, was in dem allgemeinen Wogen der Körper der anderen Tänzer, die die Tanzfläche bevölkerten, nicht besonders auffiel.

In dem Durcheinander hatte ich Chantal aus den Augen verloren, und meine Hände waren viel zu sehr damit beschäftigt, Perrines Pobacken zu streicheln, die von dem dünnen Riemen ihres Stringtangas getrennt wurden. Nicht nur ich hatte Gelegenheit, sie zu streicheln, immer wieder ließen sich andere neugierige Hände auf den beiden festen Halbkugeln nieder. In unserem sinnlichen Taumeln waren wir ans andere Ende der Tanzfläche geraten, wo der Korridor ins Verlies führte, als Chantal gerade aus der Toilette kam. Perrine nahm sie bei der Hand, und zu dritt gingen wir die Treppe hinunter. Perrine schob mich auf ein Sofa, setzte sich auf mich, das Gesicht Chantal zugewandt, die meine Hose öffnete und mit beiden Händen meinen Schwanz nahm, um ihn

Perrine in die Möse zu schieben. Perrine begann sich auf und ab zu bewegen, und rieb sich dabei an Chantal, die nach ihren Brüsten griff und sie gierig küsste. Ich packte Perrine an den Hüften und klammerte mich fest an sie, um tiefer in sie einzudringen.

Auf unserem erotischen Höhenflug nahmen wir um uns herum nichts anderes mehr wahr. Während unseres wilden Liebesspiels bemerkte ich plötzlich Robert, der uns beobachtete und dabei masturbierte. Perrine griff nach seinem Schwanz und fing an, ihn zu lutschen. Mit einem ungeheuren Lustschrei explodierten wir gemeinsam, dann brauchten wir erst einmal eine Weile, um wieder zu uns zu kommen. Ich erhob mich zitternd, Chantal nahm mich am Arm, und gemeinsam stiegen wir die Treppe hoch und ließen unsere Freunde sich weiter im Verlies austoben. Ich war wie berauscht. Dieses erste Eintauchen in die Welt des Partnertausches war mir buchstäblich zu Kopf gestiegen. Chantal setzte sich neben mich und sah mich ernst an.

»Bist du mir böse, Charles?«

Sofort protestierte ich und erklärte ihr, dass dieser Abend mir eine vollkommen ungeahnte Welt eröffnet hatte und dass ich von einem Mahlstrom der Gefühle und unglaublich erotischer sexueller Begegnungen mitgerissen worden war, wie es sie in meinem Leben bis zum heutigen Abend noch nie gegeben hatte.

»Willst du mich denn noch?«, fragte Chantal mit flehendem Blick. »Du hältst mich jetzt bestimmt für eine Schlampe, die nichts Besseres zu tun hat.«

Verwundert sah ich sie an.

»Chantal, ich habe dich doch darum gebeten. Ich wollte Abenteuer erleben und war voll und ganz damit einverstanden. Natürlich bin dir nicht böse, du hast mir lediglich die

Augen geöffnet und mir eine Lebensart gezeigt, die ich nicht kannte. Ich werde meine Einstellung zur Moral wohl überdenken müssen, aber ich bin dir überhaupt nicht böse, ganz im Gegenteil.« Ich nahm sie in meine Arme und versuchte, sie zu beruhigen.

»Was hältst du davon, wenn wir nach Hause fahren und in Ruhe darüber reden?«

Sie nickte, ich bezahlte die Rechnung, und wenig später saßen wir wieder im Wagen. Ich fuhr zur Rue de Beaune; Chantals blonder Kopf ruhte auf meinem rechten Oberschenkel. Nachdem ich den Wagen geparkt hatte, folgte sie mir wortlos ins Schlafzimmer. Als ich sie in den Arm nahm, zitterte sie.

Ich machte zwei Tassen Tee und stellte sie auf den Nachttisch. Chantal saß nachdenklich auf der Bettkante. Ich setzte mich neben sie und sagte: »Möchtest du bei mir einziehen? Würdest du dich in diesem großen Haus wohlfühlen? Wir könnten es versuchen, was meinst du? Wir sind heute Abend so weit gegangen, für mich ist es, als hätte sich heute endgültig Vertrautheit zwischen uns eingestellt, eine Partnerschaft besiegelt.«

Sie sah mich mit sanftem Blick an und schien nicht sehr überzeugt.

»Morgen fahren wir zu Estelle«, sagte ich. »Und anschließend könnten wir nach Deauville weiterfahren. Was hältst du davon?«

Chantal lächelte schwach.

»Lass uns morgen darüber reden, ja?«

Sie zog sich aus und kroch unter die Decke. Ich löschte das Licht und legte mich zu ihr. Und dann schliefen wir wie die Murmeltiere.

Meine Cousine Estelle

Wir waren sehr spät aufgestanden, und Consuela hatte den Gärtner bitten müssen, später wiederzukommen. Nach einer kurzen Dusche und einem schnellen Frühstück schnappten wir uns das *netsuke*-Kästchen, sprangen in den Wagen und fuhren nach Versailles. Chantal war bester Laune und sang eines von Bruels populärsten Liedern, das auf der Kassette lief, mit.

Nach einer halben Stunde waren wir da.

Wir parkten den Wagen in einer kleinen Nebenstraße, und als wir das Restaurant erreichten, saß meine Cousine Estelle bereits an einem Tisch und trank wie üblich einen Ginfizz. Ich stellte ihr Chantal vor, sie lächelte ihr freundschaftlich zu. Estelle hatte ein strahlendes Lächeln, ihre grünen Augen funkelten wie Smaragde, und obgleich sie nicht mehr ganz jung war – sie musste inzwischen etwa sechzig Jahre alt sein –, hatte sie nichts von ihrer Anziehungskraft eingebüßt. Estelle ließ bestimmt noch viele Herzen höherschlagen. Als ich ihr das sagte, entgegnete sie, dass ihr letzter Liebhaber gerade mal dreißig gewesen sei und sie sich sehr glücklich fühle. Chantal mochte sie auf Anhieb, und die lebenslustige alte Dame erwiderte ihre Freundschaft.

Wir bestellten beim Kellner, der uns diskret die Tageskarte vorgelegt hatte, einen Aperitif.

»Charles, ich werde dir kein Beileid aussprechen. Du

weißt, wie gern ich dich habe, genauso wie deinen Vater, wir müssen keine Höflichkeitsfloskeln austauschen.«

Estelle hatte immer eine Schwäche für mich gehabt und mich in den Semesterferien oft mit in Urlaub genommen. Sie war nicht so streng wie meine Mutter, bei ihr durfte ich tun und lassen, was ich wollte. Sie hatte immer zahlreiche Leute um sich. Sie besaß ein kleines Haus in der Heidelandschaft oberhalb der Calenques von Cassis, und abends ging sie mit den Nachbarn im Grandhotel Bridge spielen, sodass ich am Hafen und in der kleinen Bucht herumstreunen konnte.

Estelle hatte sich einige britische Eigenheiten zugelegt, trank unentwegt Ginfizz oder Tee, wenn es nicht gerade ein Bordeaux oder Sauternes war, und fuhr nur kleine englische Sportwagen. Ich hatte in ihrem alten MG fahren gelernt und meine Fahrprüfung gemacht.

»Eines Tages wirst du den MG erben, aber noch bin ich zu jung, um ihn dir zu überlassen«, hatte sie einmal zu mir gesagt, als ich mir den Wagen für einen Ausflug nach Aix-en-Provence leihen wollte.

Sie plauderte ein wenig über meinen Vater, ohne jedoch genauer darauf einzugehen, welcher Art ihre Beziehung gewesen war. Stattdessen erzählte sie von einer Reise nach Äthiopien und Dschibuti, die sie in den Sechzigerjahren gemeinsam mit ihm unternommen hatte. Dabei hatten sie auch einen Abstecher nach Harare gemacht, um das Anwesen von Rimbaud zu besichtigen.

Außerdem hatten sie sich mit einem Freund von Henri de Monfreid in einer Spelunke in Dschibuti betrunken, und Estelle schwor darauf, dass mein Vater Monfreid vor dem Krieg Gewehrtaschen verkauft hatte. Dieser verfügte über Beziehungen, die es ihm erlaubten, sie zu einem sehr viel höheren Preis an einen Emir von der somalischen Küste weiterzuverkaufen, der ihn in Perlen bezahlte, und das alles direkt vor der Nase der Italiener. Somalia war damals italienische Kolonie gewesen.

Estelle lachte über diese gelinde gesagt ungewöhnlichen Erinnerungen, ungewöhnlich vor allem für mich, der ich meinen Vater noch nie über seine Begegnung mit Henri de Monfreid hatte reden hören. Ich gab Chantal ein Zeichen, und sie holte das *netsuke*-Kästchen aus einem Einkaufskorb, der Consuela gehörte. Siedend heiß fiel mir ein, dass die Ärmste mir einen Gärtner vorstellen wollte. Das hatte ich völlig vergessen. Ich rief sie per Handy an.

Missmutig warf sie mir vor, ich sei schon wie Christine, die auch immer alles vergaß. Was mich wiederum daran erinnerte, dass ich Christine und ihre Einladung vergessen hatte. Der Freitagabend hatte mich eindeutig verwirrt.

»Estelle, mein Vater hat Ihnen etwas hinterlassen, was ich Ihnen geben soll. Das ist auch der Grund, weshalb ich Sie belästige. Hier ist ein Kästchen für Sie, das Ihnen bekannt vorkommen müsste. Vielleicht erzählen Sie mir, warum mein Vater es Ihnen vermacht hat, falls ich nicht zu indiskret bin.«

»Dein Vater war wirklich ein charmanter Mann. Er hat nicht vergessen, dass ich die Einzige war, die ihn nach seiner Südostasienrundreise in Marseille abholen konnte, wo er mit einem Schiff der Messageries Maritimes ankam.

Er hatte jede Menge Koffer dabei, die er per Kurier nach Paris schickte. Nur einen Koffer behielt er bei sich und ein Paket, in dem sich dieses Kästchen befand. Ich fuhr ihn zum Flughafen Marignane, und ehe er nach Paris flog, lud er mich zum Mittagessen ein.

Im Flughafenrestaurant öffnete er das Kästchen und zeigte mir eine kleine Skulptur. Ich war gleichermaßen fasziniert von der kunstvollen Arbeit wie von dem Akt, den sie darstellte. Woraufhin dein Vater sagte: ›Tja, Estelle, du bist die Einzige in der Familie, die nicht prüde ist.‹

Ich bat ihn, mir eine der Figuren zu schenken. Er sagte, er könne sie nicht voneinander trennen, weil sie ein Ensemble für seine Sammlung seien. Doch er versprach, dass ich die *netsuke*-Sammlung eines Tages erben würde.«

Unser Mittagessen verlief fröhlich. Estelle stellte Chantal Fragen unter dem Vorwand, dass sie auf mich aufpassen müsse, damit ich nicht zu viele Dummheiten machte, und wenn ich schon welche machte, dann wenigstens die richtigen.

Später im Café lud Estelle uns nach Cassis ein und versicherte uns, dass es in ganz Frankreich keinen besseren Ort zum Nacktbaden gäbe.

Mit einem Augenzwinkern schärfte sie Chantal schließlich ein, meine erotische Erziehung zu vervollkommnen. Bevor sie uns verließ, trat Estelle ganz dicht an mich heran und flüsterte mir zu:

»Die Kleine ist prima, kümmere dich gut um sie …« Dann fügte sie laut hinzu: »Weißt du, der MG wartet immer noch auf dich.«

Würdevoll schritt Estelle in ihrem malvenfarbenen Seidenkostüm davon, die Krempe ihres Strohhuts flatterte im Wind. Wir gingen zum Auto.

»Und, Chantal, machen wir den kleinen Ausflug?«

Chantal schlang die Arme um meinen Hals und küsste mich.

»Wir fahren, wohin du willst, aber wenn ich dich erinnern darf: Wir haben nicht mal eine Zahnbürste.«

Es war Wochenende, und wir entflohen über die Nationalstraße in Richtung Meer. Wir würden uns Honfleur und seinen Blumenmarkt, der noch heute die Freizeitmaler anzog, ansehen können, außerdem das Meer und »Les Planches«, die berühmte Promenade von Deauville. In dem Badeort angekommen, drehten wir erst einmal eine Runde durch die Boutiquen, um das Nötigste für die Nacht zu kaufen, und beschlossen dann, im Hotel Royal abzusteigen. Wie jedes Frühjahr gab es noch ein paar freie Zimmer, obgleich die Engländer bereits invasionsartig den Ärmelkanal überquert und sich in der Normandie niedergelassen hatten.

Die Atmosphäre des Hotels war denkbar steif, und der riesige Speisesaal eignete sich wenig für verliebtes Geplauder. Die Müdigkeit streckte uns fast nieder, denn die kurze und bewegte vorangegangene Nacht hatte ihren Spuren hinterlassen, woran die Schatten unter unseren Augen keinen Zweifel ließen. Nach dem Essen wechselten wir in den Salon, um auf der Terrasse noch einen Absacker zu trinken und das außergewöhnlich milde Wetter zu genießen. Arm in Arm, ein Glas in der Hand, saßen wir da und blickten versonnen auf die Zukunft, die uns strahlend erschien wie der Sonnenuntergang über dem Meer. Als wir herzhaft zu gähnen begannen, gingen wir in unser Zimmer, zogen uns aus, krochen erschöpft unter die Decke und atmeten die frische Meeresluft ein.

Die Sonne weckte uns; eine Spottdrossel saß auf einem Lindenzweig im Park und zwitscherte ein Lied. Ich bestellte uns Frühstück, und Chantal fing an, mich zu streicheln und zu lutschen. Meine Erektion faszinierte sie, sie machte sich einen Spaß daraus, wie eine junge Katze zärtlich mit den Krallen nach meinem harten Schwanz zu schlagen, und ich erschauerte am ganzen Körper, als durchzuckten mich kleine Stromstöße. Ich gab ihr einen Klaps auf den Po, dann suchten meine Finger nach ihrer Möse und ihrer rosigen Rosette. Mein Zeigefinger glitt in ihre bereits feuchte Höhle, gleich darauf begann mein Mittelfinger, sanft ihren Anus zu erkunden. Es klopfte an der Tür, und wir mussten unser ausgelassenes Spiel unterbrechen. Ich wickelte mich in ein Bettlaken und öffnete die Tür. Ein hübsches junges Zimmermädchen in adretter Uniform trat ein. Sofort stieg ihr Schamröte ins Gesicht, als sie Chantal entdeckte, die nackt und mit gespreizten Beinen auf dem Bett lag, in einer Pose, die es dem Mädchen erlaubte, ihren bezaubernden und fast vollständig rasierten Venushügel zu sehen. Chantal rührte sich nicht, das Mädchen drückte mir verlegen das Frühstückstablett in die Hand und lief türknallend davon.

Wir aßen genüsslich unser Frühstück und verspeisten das Brot nur mit der normannischen Butter bestrichen, denn sie war so köstlich, dass es einem Verbrechen gleichgekommen wäre, noch Marmelade obendrauf zu geben. Chantal sagte, dass sie nachgedacht hätte und sie, wenn ich noch immer einverstanden sei, zu mir in das Haus in der Rue de Beaune ziehen würde. Sie sagte das mit erregter, beinah zitternder Stimme, aus Angst, ich könne meine Meinung geändert haben. Ich nahm sie in meine Arme, und so verharrten wir einen Moment – ein Augenblick unendlicher Zärtlichkeit und Intimität, während von fern das Geräusch der Wellen zu uns drang, die auf dem Strand erstarben. Dann duschten wir in aller Ruhe, seiften uns unter dem wohltuenden Nass gründlich ein.

Kichernd wie zwei Teenager zogen wir die Klamotten an, die wir am Tag zuvor gekauft hatten und die uns plötzlich zu Bewusstsein brachten, dass unser Outfit uns in Paris als Pärchen outen würde, das das Wochenende am Strand von Deauville verbracht hat. Wir stiegen in den Wagen und traten die Heimreise über den Chemin des Écoliers an. Es war fast zehn Uhr abends, als wir in Paris unsere Einfahrt passierten.

Am nächsten Morgen musste Chantal zur ethnographischen Fakultät, um ein paar Unterlagen abzuholen. Am späten Nachmittag wollte sie ihre Sachen zusammenpacken, und sie schrieb mir ihre Adresse in Levallois-Perret auf, damit ich sie abholen käme und wir ihre Sachen im Kofferraum transportieren könnten.

Eine Sache bereitete Chantal Kopfzerbrechen. Wie würde ich mit ihren Freunden zurechtkommen? Einige waren ehemalige Kommilitonen, ein paar andere aber unterhielten mit meiner Liebsten Beziehungen, die ich nicht recht zu durchschauen vermochte. Chantal hatte ihr Leben gelebt, und sie musste selbst entscheiden, was sie mir von ihrer Vergangenheit erzählen wollte und was nicht, jedenfalls war es nicht an mir, Geständnisse von ihr zu erpressen, das hätte ich völlig unpassend, ja, abstoßend gefunden. Ich erklärte ihr meine Position, sie nickte und sagte, dass ich allerdings viel Geduld mit ihr haben müsse. Für mich war mein neues Leben sehr einfach. Noch vor wenigen Wochen hatte ich auf den Pazifikinseln ein einsames Forscherleben geführt. Heute ging es mir ein wenig wie meiner Cousine Christine: Ich war ein glücklicher, sorgloser Mensch, der noch nicht wusste, wie er sich in einer Welt zurechtfinden sollte, die er nicht kannte, von der er jedoch ahnte, welche Vorzüge, Fallen und Zwänge sie bereithielt.

Als wir in unserem Bett lagen, begannen wir mit Spielchen, die alles andere als unschuldig waren. Ob wohl die Austern, die wir gegessen hatten, etwas damit zu tun hatten? Gut möglich. Chantal setzte sich auf meine Brust und bot meiner gierigen Zunge ihre feuchte Vulva dar. Sie reichte mir den Dildo, den sie in der Schublade meines Vaters gefunden hatte, und forderte mich auf, ihn in ihre vor Lust schon überlaufende Möse zu schieben. Dann nahm sie das Gerät selbst in die Hand und führte es sich langsam ein, während meine Zunge ihre Rosette bearbeitete, um meinen Fingern den Weg zu bereiten. Plötzlich wurde sie von Wollust geschüttelt, die mich bald überschwemmte. Sie zog das Gerät heraus, ich betrachtete ihre Schamlippen, die sich öffneten und schlossen und aus denen ein feuchtes Rinnsal auf meine Brust troff, ein Nektar, den ich kosten musste, und ich leckte begierig meine Finger ab, die sich in ihre Möse verirrt hatten.

Aber damit gab Chantal sich noch nicht zufrieden. Sie nahm meinen harten Schwanz, stülpte ihren Mund darüber, umschloss ihn fest mit Lippen und Zunge und bewegte ihren Kopf dann auf und ab, immer schneller, unwiderstehlich, saugte lustvoll. Mit ihren langen Fingern befeuchtete sie meine Pofalte, stimulierte dabei meine knallharten Eier, ließ die Finger weiter bis zum Anus gleiten und versuchte, den Zeigefinger hineinzuschieben. Es gelang ihr, und ich kam sofort und vergoss mein Sperma über ihre Brüste und ihren Hals.

Dann sah sie mich mit ihrem Engelsgesicht an, nahm mich mit unendlicher Zärtlichkeit in die Arme und streichelte mich mit ihrer zarten Hand. Von einer Sekunde zur anderen verwandelte sich Chantal von einer Sexbestie in ein Wesen von unwirklicher Zartheit. An jenem Abend wusste ich, dass sie die Geliebte sein würde, die mich alle mir bisher verwehrten Paradiese und verbotenen Höllen würde entdecken lassen. Schon jetzt waren wir ein Paar, das durch ein tiefes Einverständnis verbunden war, bereit, alle fleischlichen Lüste zu erforschen, als wären wir durch ein einzigartiges und unsichtbares Band auf immer mit dem Heiligtum der Aphrodite verbunden.

Die Reise nach Mailand

Der Montag war für den Transport der Kisten mit den Modemagazinen vorgesehen, die mein Vater dem berühmten Couturier in der Rue Cambon vermacht hatte. Gegen dreizehn Uhr nahm ich ein Taxi, um zu dem Mittagessen zu fahren, zu dem er mich eingeladen hatte. Ich wurde in dem wundervollen Salon des Modehauses empfangen, der der kosmopolitischen Klientel für private Anproben diente. Der Herr des Hauses erschien in Begleitung zweier seiner Lieblingsmodels. Ich erkannte die große und schlanke, beinah magersüchtige Brünette, die regelmäßig auf den Titelseiten der Frauenzeitschriften von Paris bis New York zu sehen war.

Sie hatte ein vornehmes, aristokratisches Auftreten, und es lag etwas Einschüchterndes in ihrem Blick, zumindest für diejenigen, die so wie ich in modischen Dingen wenig Erfahrung hatten. Auf liebenswürdige Weise blätterte der berühmte Designer in einer der Zeitschriften, die seine Lieferanten ihm zuvor gebracht hatten, und versicherte, dass diese Sammlung für ihn von unschätzbarem sentimentalem Wert sei. Und es rührte mich, als er mir anbot, mir eine Kreation des Hauses für meine Ehefrau oder Freundin auszusuchen.

Nachdem ich mich von ihm verabschiedet hatte, spazierte ich über die großen Boulevards in Richtung Oper. Mir fiel ein, dass ich nach Mailand und Zürich musste, und da das

Thomas-Cook-Reisebüro nur einen Katzensprung entfernt war, nutzte ich die Gelegenheit und reservierte gleich meine Fahrkarte für den Nachtzug nach Mailand. Anschließend würde ich mit dem Intercity über Zürich zurückfahren, und ich reservierte von dort meine Fahrt im TGV nach Paris für den Freitagnachmittag. Dann stieg ich in die Metro in Richtung Saint-Germain-des-Prés. Der Wagen war brechend voll. In der ersten Kurve verlor ich das Gleichgewicht und wurde gegen eine Frau geschleudert, die mit dem Rücken zu mir stand und ein Kleid trug, das ihre üppigen Rundungen zur Geltung brachte. Ohne es zu wollen, spürte ich ihren festen Hintern. Sie reagierte auf den Kontakt, indem sie sich an mich drückte. Zu meiner Überraschung blieb sie auch nah bei mir stehen, als ich das Gleichgewicht wiedergefunden hatte. Mein Schwanz reagierte sofort, und ich betete, dass meine Erektion nicht allzu auffällig war. Doch der Wagen war so voll, dass niemand etwas bemerkte. Das änderte sich, als in der nächsten Kurve die Frau gegen mich geschleudert wurde und sie daran Gefallen zu finden schien. Ganz ohne Zweifel hatte sie meine Erektion durch ihr hauchdünnes Kleidchen bemerkt, blieb aber enger als nötig an mich gedrängt stehen. Die Schwellung meines Penis konnte ihr nicht entgehen, doch die junge Frau drückte sich weiterhin hartnäckig gegen mich. Da ich mit dem Rücken bereits an der Abteilwand stand, konnte ich nicht weiter zurückweichen, und mein Schwanz bohrte sich zwischen ihre runden Pobacken. Ich legte meine Hand auf ihre Hüfte. Sie drehte sich um und sagte leise, dass sie an der nächsten Station aussteigen würde. Nun erst merkte ich, dass ich vergessen hatte, an der Rue du Bac auszusteigen, und dass die Metro schon in die Station Sèvres-Babylon einfuhr. Die Frau hatte ein schönes ovales Gesicht mit hübschen Grübchen an den Winkeln ihrer vollen Lippen. Ihre grauen Augen sahen mich einen Moment forschend an, und wie ein dummer Junge senkte ich beinah unterwürfig den Blick.

Die Metro hielt, ich folgte meiner neuen Bekanntschaft, und auf Höhe des Platzes an der Rue de Sèvres ging ich schließlich neben ihr. Sie hauchte mir einen flüchtigen Kuss auf die Wange und erklärte, dass sie ganz in der Nähe wohne.

»Rue du Cherche-Midi, folgen Sie mir und klingeln Sie bei Apartment drei, aber sehen Sie zu, dass die Concierge es nicht mitbekommt!«

Wie ferngesteuert folgte ich der schönen Unbekannten. Ich wartete, bis sie im Haus verschwunden war, dann klingelte ich an der Tür, die sogleich aufsprang. Ich stürzte ins Treppenhaus und fand im zweiten Stock eine halb geöffnete Tür.

»Kommen Sie rein, ich werde Sie schon nicht fressen!«

Leicht verschämt trat ich in die Wohnung, meine Erektion war wie weggezaubert. Ich fand mich in einem Wohnzimmer mit roten Tapeten und purpurfarbenen Möbeln wieder. Es sah aus wie in einem Bordell. Auf dem Kaffeetisch türmten sich Hochglanz-Modemagazine unter einer riesigen Schwefellampe mit seltsamen Farben. Die Schöne war irgendwo in der Wohnung verschwunden und tauchte plötzlich wieder auf. Nun trug sie ein höchst unanständiges schwarzes Seidenkleid, das nur notdürftig ihren Busen bedeckte und durch das ihre rosigen Brustwarzen hindurchschimmerten. Sie drehte sich um und zeigte dabei einen Rücken, der einen Heiligen um den Verstand gebracht hätte. Diese Haut wie Satin, dieser vollkommene Rücken, ihre wie einstudierten Gesten – all das bestätigte mir, dass das Vögelchen höchst flatterhaft war und seine Wirkung perfekt unter Kontrolle hatte. Mit einem Mal fühlte ich mich wie eine Geisel, von der man eher einen Dienst als eine Gefälligkeit erwartet.

»Übrigens, nennen Sie mich Charlotte.«

Ich gab ihr die Hand.

»Charles.«

Die Schöne setzte sich aufs Sofa und schürzte ihre roten Lippen. Der erste Kuss war zart und sanft, der zweite stürmisch. Gewaltsam verschaffte Charlotte sich Zugang zu meinem Mund, und eine forsche und spitze Zunge suchte nach der meinen. Schnell kamen auch die Hände ins Spiel, und ich tastete mich zu zwei wunderbaren Brüsten vor, deren geschmeidige und aufgestellte Nippel sich meinen Liebkosungen entgegenreckten, und sofort regte sich mein gefangener Penis, was Charlotte nicht entging. Während unsere Münder sich suchten und liebkosten, hatten Charlottes Hände rasch meinen Schwanz in Beschlag genommen.

In Windeseile lagen meine Klamotten verstreut auf dem Teppich, und unsere fast nackten Körper stürzten sich begierig aufeinander und berührten sich immer gezielter. Die Schöne hatte sich meines Schwanzes bemächtigt wie einer Trophäe und huldigte ihm mit Lippen und Händen und bedachte ihn mit Gesten, dass man hätte meinen können, er sei ein Tempelturm von Angkor Wat.

Ich kümmerte mich indessen um eine Brust, deren harte und rosige Knospe ich kitzelte, und um den Po des schönen Kindes, und alles sagte mir, dass Charlotte bereit war zum Finale, denn meine Hand war schon ganz nass von ihrer Möse.

Plötzlich trat eine Pause ein. Charlotte stand auf, drehte sich um, beugte sich über die Sofalehne und reckte mir ihren Po mit ihrer pulsierenden Rosette und ihrer rot leuchtenden Spalte entgegen.

»Nimm mich, schnell, beeil dich, ich halt es nicht mehr aus!«

Ich erhob mich also ebenfalls und näherte mich mit meinem aufgerichteten Penis langsam dem dargebotenen Po. Charlotte öffnete sich noch mehr, spreizte mit beiden Händen ihre perlmuttfarbenen Pobacken. Ich nahm meinen Schwanz in die Hand und führte ihn an ihre pulsierende Möse, die Schamlippen quollen förmlich über vor Lust. Dann presste ich meine Eichel gegen die Spalte, die sich wie eine Blume öffnete.

»Ja, jetzt, fest«, hauchte Charlotte.

Mit nur einem Stoß drang ich in die Schöne ein, die immer lauter stöhnte. Mein Schwanz glitt in den engen Tunnel, der ihn fest umschloss. Charlotte stieß einen Schrei aus, ruderte mit den Armen, warf ihren Kopf, ihr herrliches Haar hin und her.

»Jetzt nimm mich von hinten«, sagte sie dann mit beinah flehender Stimme.

Vorsichtig zog ich mich aus ihrer noch pulsierenden Vagina zurück. Sie nahm meinen Schwanz und steckte ihn in ihre Rosette, dann begann sie, meine Stöße zu erwidern, sodass ich tief in sie eindrang. Es dauerte nicht lange, schon hatte sie meine Standhaftigkeit besiegt, und ich kam, wobei ich mich fest an sie presste.

Langsam glitt sie auf das Sofa. Ich verharrte so, wie ich war, ich fühlte mich schwach auf den Beinen. Sie zog mich an sich und küsste mich.

»Überrascht?«

Ich nickte, das Abenteuer hatte mich leicht aus der Fassung gebracht, und ich hatte Schuldgefühle gegenüber Chantal, die sicher schon auf mich wartete.

»Ich weiß, wie du dich fühlst. Jeder Mann, der nicht gerade ein total abgebrühter Macho ist, ist verwirrt, wenn er den Annäherungsversuchen einer Frau nachgegeben hat. Außerdem gibt es sicher eine Frau in deinem Leben, und du fragst dich, ob du ihr gestehen sollst, was dir gerade passiert ist. Mach dir nicht zu viele Sorgen. Entweder vergisst du unser Intermezzo ganz schnell, oder du erzählst es ihr, und vielleicht hat sie ja auch Lust, mich zu treffen. Wo ich wohne, weißt du ja jetzt. Und nun zieh dich an und lass mich allein, ich geh heute Abend aus.«

Ehe ich mich versah, fand ich mich im Regen auf der Straße wieder und machte mich auf den Weg zur Metro. Ich war aufgewühlt und wusste nicht, was ich von der ganzen Sache halten sollte. Musste ich mich Chantal gegenüber schuldig fühlen, und sollte ich ihr von meiner Begegnung mit Charlotte erzählen, von dieser für mich völlig neuen Erfahrung, von einer Frau ausgesucht, angemacht und gevögelt worden zu sein?

Chantal war noch nicht zurück, und Consuela war zum Einkaufen gegangen, wie sie mir in einer Notiz mitteilte. Ich nutzte die Ruhe im Haus und nahm mir erneut die Nachlassliste meines Vaters vor. Nach dem skythischen Krug für den Mann in Zürich folgte als Nächstes eine Offiziersuhr aus glänzendem Messing, die für einen Uhrmacher in Straßburg bestimmt war. Ich ging ins Büro, um sie dort zu suchen, und fand sie auf einem Regal zwischen Nippes, die ich mir noch nicht genauer angesehen hatte. Ich nahm die Uhr und wollte sie gerade aufziehen, als ich eine ins Metall gravierte Widmung entdeckte: »Für Joachim Murat, Marschall von Frankreich, mit Dank, Bonaparte.« Und ein Datum: 1803.

Ich schlug den Namen des Empfängers nach: ein gewisser Paul Neuschwader, Uhrmacher in Straßburg. Ein weiteres Rätsel auf dieser Liste, die auf mich immer mehr den Eindruck eines Initiationsparcours machte.

Mein Blick fiel auf das nächste Erbstück: allem Anschein nach eine Originalausgabe der Zenturien von Michel de Nostre-Dame, Nostradamus genannt, die ich nach den Angaben meines Vaters in der großen Bibliothek im Erdgeschoss finden sollte. Das Werk war für eine Buchhändlerin in Aix-en-Provence bestimmt, Élodie d'Ansouis. Das in schweres Leder eingebundene Buch stand an seinem Platz, in Mittelfranzösisch verfasst, vermutlich von einem unbekannten Mönch eines provenzalischen Klosters kopiert, doch, wie es sich gehörte, durch eine Signatur und einen nunmehr unauslöschlichen Tintenfleck vom Verfasser beglaubigt.

Der nächste Name auf der Liste war der Name einer Frau, Magdalena Puig. Sie besaß einen Antiquitätenladen in der Altstadt von Barcelona. Sie sollte eine Tang-Vase bekommen, die ich in einer Teakholzkiste auf dem Dachboden finden würde. Tatsächlich entdeckte ich das Objekt problemlos und stellte es neben die anderen Schätze auf den großen Tisch im Esszimmer. Die Vase war wundervoll, und auch wenn ich mich mit chinesischen Antiquitäten überhaupt nicht auskannte, zeugten doch ihre seegrüne Farbe und ihre feine Struktur von ihrer Qualität.

Ich war gerade dabei, die drei Objekte ihren jeweiligen Empfängern zuzuordnen, als ich Chantal zurückkommen hörte. Ihre leichten Schritte hallten auf den Holzdielen, und sie rief schallend: »Wo bist du?« Sie kam ins Esszimmer und fiel mir um den Hals, begutachtete dann die Wunderdinge auf dem Tisch und tat die Offiziersuhr gleich als gewöhnlich ab.

»Die Widmung ist nicht ganz so gewöhnlich«, bemerkte ich.

Chantal drehte die Uhr um, las die Widmung und stieß einen anerkennenden Pfiff aus. Dann betrachtete sie die Namen der weiblichen Empfänger und fragte mich, ob sie eifersüchtig sein müsse.

»Keine Ahnung, ich kenne sie nicht und weiß nicht, ob sie

hübscher sind als du«, zog ich sie auf. »Aber auf jeden Fall musst du mir helfen. Ohne dich schaff ich es nie. Ich habe mir die Fahrkarten und Platzreservierungen für Mailand und Zürich besorgt. Ich nehme morgen Abend den Nachtzug und komme am Samstag wieder. Aber danach möchte ich dich gern, sooft es geht, mitnehmen. Wir fliegen zusammen nach Montreal zu Christine und dann nach Bangkok zu der Freundin meines Vaters. Das Semester ist doch zu Ende. Es sei denn, du möchtest nicht mit.«

Sie warf sich mir in die Arme und sagte, dass sie mit mir hinfahren würde, wohin ich wollte.

»Übrigens, der Modezar aus der Rue Cambon schenkt dir ein Stück aus seiner Kollektion.«

Chantal stieß ein kleines überraschtes Ah! aus und gestand mir dann, dass sie sich in einem so edlen Designerstück nicht wohlfühlen würde.

»Das ist nicht mein Stil«, sagte sie.

Lachend sagte ich ihr, dass sie sich eines Tages schon daran gewöhnen würde. Dann machten wir uns an die Arbeit, bereiteten die Objekte, die ich auf dem Tisch zusammengestellt hatte, für die Auslieferung vor und packten sie ein, bis Consuela uns zum Abendessen rief. Beim Essen arbeiteten wir den Zeitplan für die nächsten Tage aus.

Ich übertrug Chantal die Aufgabe, uns zwei Flugtickets mit der Air France nach Montreal zu buchen, wo meine legendäre Cousine mich erwartete.

Nach dem Essen beschlossen wir, einen Spaziergang durchs Viertel zu machen, und liefen durch die kleinen Straßen von Saint-Germain-des-Prés. Wir erreichten das Cluny an der Ecke Rue de Buci und ergatterten gerade noch einen freien Tisch auf der vollen Terrasse. Es war mild, und die flanierenden Menschenmassen zwangen uns förmlich, gut aussehende Jungs und hübsche Mädchen zu betrachten. Überraschenderweise interessierte sich Chantal mehr für die Frauen als für die Männer. Besonders eine gut gebaute junge Frau brachte sie ins Schwärmen, und sie machte mich auf ihre zur Schau gestellten Vorzüge aufmerksam.

Ich musste über Chantals Bemerkungen schmunzeln. Ich fragte mich, ob ich ihr von der nachmittäglichen Episode mit Charlotte erzählen sollte. Schließlich kehrten wir zurück und hatten in dem großen Haus sturmfreie Bude.

Am nächsten Morgen begann Chantal, die vor mir aufgestanden war, mit der Planung des Tages. Nachdem sie gefrühstückt hatte, bat sie Consuela, meinen Koffer für meine Reise nach Mailand zu packen, danach reservierte sie mir ein Zimmer im Hotel Principe di Savoia, worum ich mich bislang noch nicht gekümmert hatte. Dann schlug sie mir vor, den Aufenthalt in Mailand zu nutzen, um mir einen anständigen Koffer zu kaufen, denn meine schäbige Lederreisetasche sei meiner unwürdig.

Ich nahm es zur Kenntnis, während ich die Schminklöffel für Franca di Villanova und den Krug einpackte, der für den geheimnisvollen Mann in Zürich bestimmt war.

»Wie sie wohl ist, deine Franca di Villanova«, sagte Chantal und schmollte wie ein eifersüchtiges kleines Mädchen.

»Ich rufe dich an und erzähle es dir, versprochen.«

Ein Taxi brachte uns zum Bahnhof Gare de Lyon. Ich kaufte ein paar Zeitschriften und einen Roman eines Autors, den ich nicht kannte. Dann suchten wir den Wagen, in dem ich nach Italien fahren sollte. Chantal drückte sich an mich und gab mir einen innigen Kuss. Ich spürte, dass sie aufgeregt war, immerhin war es unsere erste Trennung, seit wir ein frisch verliebtes Paar waren.

Es war auch das erste Mal, dass sich jemand um mich sorgte und mich bat, auf mich aufzupassen und schnell wiederzukommen. Wie anders war es gewesen, wenn ich zu meinen langen Reisen und Auslandsaufenthalten aufgebrochen und in den Zug oder ins Flugzeug gestiegen war, ohne jemanden zurückzulassen, der mich vermisste.

Ein Schaffner pfiff, die Türen würden sich jeden Moment schließen. Ich nahm Chantal ein letztes Mal in den Arm und sprang auf die Stufe des Wagens. Sie winkte mir nach, bis ich aus ihrem Blickfeld verschwunden war. Dann machte ich es mir in meinem reservierten Abteil bequem. Der Zigarettengeruch, der sich in den samtbezogenen Polstern festgesetzt hatte, zeugte von einer langen Eisenbahnvergangenheit.

Ich liebe Nachtzüge, in denen man sich richtig einrichtet. Sie besitzen so viel mehr Charme als die TGVs, die mittlerweile ganz Frankreich mit ihrer deprimierenden Anonymität durchfurchen. Im Nachtzug kümmert sich ein Zugbegleiter um die Gäste, macht das Bett, bringt einem eine Flasche Wasser, während ein anderer die Reservierung für den Speisewagen entgegennimmt, wo man natürlich den Tisch mit Unbekannten teilt. Ich muss Chantal unbedingt mal auf eine Zugreise mitnehmen. Vielleicht nach Moskau, vielleicht sogar von dort weiter mit der Transsibirischen Eisenbahn oder mit dem »Palace on Wheels«, dem Zug der Maharadschas, quer über den ganzen indischen Subkontinent?

Das sind die Träume, die das regelmäßige Rattern der Räder, das Schwanken der Wagen auf den Weichen und die Zentrifugalkraft, die einen in den Kurven hin und her schleudert, in einem Vagabundengeist heraufbeschwören. Eine Zugreise ist ein besonderes Raum-Zeit-Gefüge, ein privilegierter Augenblick des Tages, in dem man endlich einmal dazu kommt, seinen Gedanken nachzuhängen.

Ich war über meiner *Geo* eingenickt, als der Vorsteher des

Speisewagens klingelte. Der Speisewagen war gleich neben meinem Wagen, sodass ich nach wenigen Minuten die Tür zum schlauchartigen Übergang aufschob, der die beiden Wagen miteinander verband.

Die Essensgerüche kitzelten meine Nase, und überrascht stellte ich fest, dass ich ein wenig hungrig war. Der Oberkellner wies mir einen Tisch zu, an dem bereits ein Paar saß. Ich setzte mich neben den Mann, sodass die Dame mir schräg gegenübersaß, eine trotz ihres fortgeschrittenen Alters noch sehr hübsche Frau, die in ein schwarzes Kostüm eingezwängt war, durch dessen Jacke sich mit einer gewissen Kühnheit ihr milchig weißer und fester Busen abzeichnete. Ein wundervolles Perlenkollier schmückte ihr Dekolleté und verlor sich zwischen ihren Brüsten. Volle rote Lippen betonten das längliche, von kurzen braunen Haaren gerahmte Gesicht, die Augen waren hinter einer ausladenden Sonnenbrille versteckt. Der restliche Körper wurde von der weißen Tischdecke verschluckt, die ihn so abschnitt, dass sie wie eine Büste wirkte. In der schwarz behandschuhten Hand hielt sie eine lange Damenzigarette mit rosa Papier. In der anderen Hand, an der ein hübscher Ring mit einem funkelnden Smaragd steckte, hielt sie geziert ein Glas Champagner.

Der Mann prostete mir schüchtern zu und hüllte sich dann wieder in sein träumerisches Schweigen. Sie führte das Glas an ihre Lippen, nippte daran und stellte es auf den Tisch zurück. Der Kellner brachte die Karte, ich bestellte einen Sherry und vertiefte mich dann in das Studium der angebotenen Speisen.

»Edgar, warum bieten Sie unserem jungen Freund nicht ein Glas von diesem exzellenten Champagner an?«

Ein wenig verdutzt blickte ich hoch, um festzustellen, dass die schwarzen Brillengläser auf mich gerichtet waren. Edgar, der Ehemann oder Gefährte der Sonnenbrille, gehorchte und bat den Kellner um ein Glas.

»Schenken Sie dem jungen Mann ein …«

Der Kellner füllte mein Glas, ich dankte meinen Tischgefährten und stellte mich vor.

»Sie sind also der Sohn des liebenswürdigen Barons. Wir waren sehr bekümmert, als wir von seinem Ableben erfahren haben. Unser aufrichtiges Beileid. Wir haben Ihren Vater gut gekannt, nicht war, Nora? Ich bin Antiquitätenhändler, wir sind uns auf den Auktionen im Hôtel Drouot oder bei Sotheby's in London begegnet … nicht wahr, Nora?«

Die Sonnenbrille nickte. Ich erklärte ihnen den Grund meiner Reise nach Mailand. Das Paar war auf Geschäftsreise nach Florenz.

»Wir wollen für einen unserer amerikanischen Kunden einen Botticelli kaufen«, sagte Edgar und schickte sein *nicht wahr, Nora?* hinterher. Offenbar verlangte dies der Anstand.

»Nora ist meine Geschäftspartnerin. Seit zehn Jahren versuche ich, sie auch zu meiner Frau zu machen, aber sie weigert sich standhaft«, erklärte Edgar, und mit einem Mal wirkte er sehr müde.

Der Oberkellner war an unseren Tisch zurückgekehrt, um unsere Bestellung aufzunehmen. Ich hatte noch keine Zeit gehabt, die Weinkarte zu studieren. Edgar bestand darauf, mich einzuladen.

»In Gedenken an Ihren Vater«, fügte er hinzu.

Plötzlich wurde er sehr neugierig. Er wollte wissen, ob ich im Stadtpalais in der Rue de Beaune wohnte, in dem, wie er sagte, »Ihr Herr Vater so zahlreiche Kostbarkeiten zusammengetragen hat«. Mit leuchtenden Augen fragte er mich, ob ich einen Teil der Schätze, die ich geerbt hatte, zu verkaufen gedachte.

»Bedenken Sie, junger Mann, dass der Fiskus sehr gierig ist, und ein Nachlass von dieser Größenordnung wird Ihnen ungeheure Kopfschmerzen bereiten.«

Ich fand das Thema ausgesprochen geschmacklos und beschloss, es zu beenden. Im selben Moment trat Nora, die meine Verärgerung zu bemerken schien, Edgar gegen das Schienbein, der sich hinunterbeugte, um die schmerzende Stelle zu massieren.

»Verzeihen Sie, Monsieur«, sagte Nora. »Edgar, halten Sie sich ein bisschen zurück. Ihre Profitgier macht Sie sehr unangenehm.«

Mir war, als hätte ich hinter Noras dunklen Gläsern ein an mich gerichtetes Lächeln ausgemacht. Dann hob sie ihr Champagnerglas, wünschte mir eine angenehme Reise nach Italien, betonte, dass es ihr eine Freude sei, meine Bekanntschaft gemacht zu haben, und fügte spöttisch hinzu: »Nicht wahr, Edgar?«

Verwirrt pflichtete ihr der Antiquitätenhändler bei und konzentrierte sich auf sein Essen. Im selben Moment spürte ich, wie sich ein Fuß vorwagte und mein Bein streichelte. Die Tische im Speisewagen sind nicht sehr groß, sodass der fragliche Fuß an meinem Knie vorbeiglitt und sich ein paar Sekunden zart auf meinem Oberschenkel niederließ. Augenscheinlich von der Landschaft gefangen genommen, knabberte Nora an einer Olive. Dann verschwand der Fuß, und ich konzentrierte mich auf die Gänsesülze.

Der Himmel zog sich zu und nahm phantastische Farben an, von blitzendem Gelb bis zu dunklem Violett. Der Zug fuhr durch die sanft geschwungene Hügellandschaft des Burgund, die Weinberge von Pouilly machten nach und nach Weidelandschaften Platz, wo dickbäuchige Charolais-Rinder friedlich grasten.

»Teurer Freund«, sagte Edgar, »hatte Ihr Vater eigentlich noch diesen berühmten Puvis de Chavanne mit dem Titel *La source*?« Edgar kassierte erneut einen Tritt vors Schienbein. »Die Landschaft, durch die wir gerade fahren, erinnert mich an dieses Gemälde, gerade jetzt in der Dämmerung.«

Edgars Gesicht lief rot an, und Schweiß perlte mit einem Mal von seiner Stirn. Er funkelte seine Partnerin an. Nora rührte sich nicht, die Olive steckte immer noch auf ihrer Gabel.

»Wenn du nicht willst, dass ich Konversation mache, dann mach du es doch!«, sagte er böse.

Nora regte sich immer noch nicht. Der Kellner kam an den Tisch. Dann trat wieder Stille ein, unterbrochen nur von dem Klopfen der Räder auf den Nahtstellen der Schienen. Ein Kontrolleur ging vorüber und verkündete: »Dijon, drei Minuten Aufenthalt.«

Der Zug verlangsamte. Es war fast Nacht geworden, und die wenigen Reisenden, die noch an den Tischen saßen, beeilten sich, in ihre jeweiligen Abteile zurückzukommen. Dann fuhr der Zug wieder an, und das rhythmische Rattern der Räder ertönte erneut. Edgar schien einzunicken, und mit einem Mal, die Gunst einer Kurve nutzend, landete Noras forschender Fuß wieder auf meinem Bein. Sie hatte ihre Position unmerklich geändert, und ihr großer Zeh war im Begriff, bis zum Ansatz meines Oberschenkels hinaufzuwandern. Der Tisch wurde abgeräumt, ihr Fuß rührte sich nicht.

Das Kinn auf die Weste gesunken, schien Edgar den Schlaf der Gerechten zu schlafen. Der Fuß wurde nun deutlich neugieriger und versuchte, sich zu meinem Schritt vorzuarbeiten, wobei er einen unerbittlichen Druck ausübte. Plötzlich nahm Nora ihre Brille ab. Ihre strahlenden Augen deuteten ein Lächeln an, und sie schob ihre beringte Hand zu meiner herüber. Mit einer langsamen Bewegung zog sie die Handschuhe aus und schob den wunderbaren Smaragdring wieder auf den Ringfinger. Unsere Fingerspitzen berührten sich, ihre roten Nägel hinterließen Druckstellen auf meiner Haut, dann zog sie ihre Hand zurück, und ihr Fuß ließ sich nun ohne Umschweife auf einem Körperteil nieder, der mittlerweile leicht angeschwollen war. Ich konnte mich nicht mehr zurückhalten, und jäh machte sich eine heftige Erektion bemerkbar. Noras Fuß erkannte sofort das Interesse meines besten Stücks und fing an, meinen betörten Penis zu streicheln. Schließlich lächelte sie, ihre vollen Lippen schürzten sich zu einem Kuss und ließen für ein paar Sekunden eine Katzenzunge und kleine, eng stehende Raubtierzähne sehen.

Ein junger Kellner brachte das Dessert, Edgar wurde wach, und Noras Fuß kehrte in den Schuh zurück.

»Also, mein junger Freund, Sie verlassen uns in Mailand?«, fragte Edgar.

Ich nickte und erwiderte, dass wir leider nur noch gemeinsam frühstücken könnten. Der Kaffee war serviert, Edgar hatte einen doppelten Cognac bestellt. Ich war inzwischen entnervt von Noras Spiel und freute mich schon auf die Ruhe meines Abteils. Ich entschuldigte mich bei meinen Tischgefährten und kehrte zu meinem Platz zurück. Das Bett war bereits gemacht, und eine Flasche Wasser stand bereit. Ich zog die Vorhänge zu und holte einen Schlafanzug aus meiner Reisetasche. Dann legte ich mich hin, um eine der Zeitschriften zu lesen, die ich aus Paris mitgebracht hatte. Offenbar waren die Artikel nicht sehr interessant, denn ich schlief schon bald ein.

Plötzlich riss mich ein Klopfen an der Tür aus dem Schlaf, ich sprang auf und schnappte meinen Pass – in meiner Benommenheit hatte ich ganz vergessen, dass es in der EU keine Grenzkontrollen mehr gab. Ich öffnete die Schiebetür, und vor mir stand Nora. Wie sie mein Abteil gefunden hatte, würde ich wohl nie erfahren. Jedenfalls trug sie schwindelerregend hohe Absätze. Sie war nicht sehr groß, und ihre langen nackten Beine verschwanden am oberen Ende unter einem Minirock, den man durchaus auch als minimalistisch hätte bezeichnen können. Nun sah ich, was das Tischtuch während des Essens vor mir verborgen hatte.

Sie hatte ihre Kostümjacke abgelegt, die weiße Bluse, die sie darunter trug, war leicht geöffnet und verhüllte nur leidlich ihren üppigen Busen. Unter dem Stoff, der ihre Aggressivität nicht im Zaum zu halten vermochte, zeichneten sich ihre Brustwarzen ab. Der Rock fiel zu Boden, die Bluse öffnete sich, und ehe ich mich versah, stand sie nackt vor mir.

»Nimm mich«, sagte sie mit heiserer Stimme. »Nimm mich, schnell, vergewaltige mich!«, rief sie und zog mich an sich.

Ich dachte, so, wie die Dinge lagen, würde wohl eher sie mich vergewaltigen! Sie riss mir beinah meine Schlafanzugjacke vom Leib und zerrte an meiner Hose. Dann pflanzte sie sich mit ihrer überquellenden Vulva auf meinen Schwanz und stieß einen Schrei aus wie ein wildes Tier. Wie eine Wahnsinnige ritt sie auf mir, hielt sich ihre Brüste, presste sie zusammen und rieb ihre erregten Brustwarzen. Als sie kam, stieß sie einen Schrei aus, den bestimmt auch die Techniker in der Lokomotive hörten, dann sackte sie auf mir zusammen und bedeckte mich mit Küssen, rieb sich an mir wie eine Katze und versuchte, meine Männlichkeit für eine zweite Runde wiederzubeleben. Nora schien sich nicht mehr zu beruhigen, und ihre mangelnde Zurückhaltung machte mich allmählich verlegen. Doch schon war sie auf Knien und beschloss, eine Fellatio vorzunehmen, um meine Lebensgeister wieder zu wecken.

Da klopfte es an der Tür. Nora erstarrte, ich versuchte, meinen Schlafanzug wieder an mich zu bringen.

»Nora, ich weiß, dass du da drin bist, es reicht, Nora, du bringst mich um. Nora, warum tust du das?«, heulte jemand mit weinerlicher Stimme.

Edgar!

»Verpiss dich, du blöder Arsch!«, rief Nora. »Geh schlafen, lass mich in Ruhe, du seniler alter Sack!«

Edgar klammerte sich an die Tür, weinte und klagte, nicht mehr lange, und er würde mit seinem Klopfen und mit seinem Theater die anderen Reisenden aufwecken. Ich warf Nora ihre Kleider zu und befahl ihr schroff zu verschwinden, andernfalls würden wir alle Schwierigkeiten bekommen. Fluchend zog sie sich an. Ich versuchte, Edgar zu beruhigen. Das Haar zerwühlt und die Kleider zerknittert, zog Nora ihre Schuhe an. Ich öffnete die Tür des Abteils und schob sie sanft, aber bestimmt nach draußen, schloss die Schiebetür und legte den Sicherheitsriegel vor. Auf dem Gang spielte sich eine furchtbare Szene ab. Ich hörte Edgar schreien und Nora nach ihm treten, das Ganze untermalt von lautem Gezeter: »Aua! Du tust mir weh! Du Biest!« Ich vernahm auch noch die Stimme des Kontrolleurs, der das Paar aufforderte, sich zu beruhigen und die Rauferei einzustellen, dann kehrte endlich wieder Ruhe ein, und der Wagen wiegte sich im Rhythmus der Räder.

Es dämmerte bereits, als ich erwachte. Über der piemontesischen Ebene ging die Sonne auf, und wir näherten uns Mailand, dessen Vororte nun an uns vorbeizogen. Ich machte an dem kleinen Waschbecken des Abteils eine Katzenwäsche, zog mich schnell an, packte meine Sachen in die Tasche. In wenigen Minuten war ich bereit für die Ankunft und nahm mir vor, mich aus dem Staub zu machen, ehe noch einmal Nora und Edgar auftauchten.

Mit verlangsamtem Tempo fuhr der Zug in den riesigen Bahnhof Milano Centrale ein. Sowie er zum Stehen gekommen war, sprang ich aus dem Waggon und tauchte in der Menge unter. Ich schnappte mir ein Taxi, einen dieser unglaublichen schwarzgrünen Fiats mit phänomenaler Kilometerleistung und abgenutzten Stoßdämpfern. Wenige Minuten später stand ich in der Eingangshalle des Hotels Principe di Savoia.

In meinem Zimmer angekommen, nahm ich ein Bad, und nachdem ich mich rasiert und angezogen hatte, suchte ich mein Notizbuch mit der Telefonnummer und Adresse von Franca di Villanova.

Sie antwortete wieder mit ihrem unnachahmlichen, ein wenig lässigen Akzent.

»Endlich sind Sie da, lieber Charles, ich habe voller Ungeduld auf Ihren Anruf gewartet. Soll ich Sie gegen dreizehn Uhr am Hotel abholen? Dann gehen wir zum Mittagessen. Da Sie mich nicht kennen, halten Sie nach einem nachtblauen Lancia Ausschau, aber ich werde Sie ohne weiteres finden. Ciao.«

Vor lauter Staunen war ich gar nicht dazu gekommen, etwas zu sagen. Ich musste also nur noch die Schminklöffel aus meinem Koffer holen. Den Krug für den Mann aus Zürich würde ich zur Sicherheit im Hotelsafe unterbringen. Plötzlich fiel mir ein, dass ich wegen meiner überstürzten Flucht aus dem Zug ganz vergessen hatte zu frühstücken. Ich rief den Zimmerservice an und bestellte einen Tee und ein paar Croissants, dann schaltete ich den Fernseher ein, um meine dürftigen Kenntnisse der Sprache Dantes aufzufrischen.

Franca di Villanova

Es war etwa Viertel nach zwölf, als ich das Anmeldeformular an der Rezeption ausfüllte, damit ich den berühmten Krug an einem sicheren Ort verstauen konnte. Draußen war strahlendes Wetter, und der Morgennebel, der über Mailand gelegen hatte, hatte sich aufgelöst. Die Sonne schien bereits kräftig, als ich draußen auf Franca wartete.

Ein großer nachtblauer Lancia kam die Allee des Hotels heraufgefahren. Die dunkelhaarige Frau am Steuer mit einem markanten, schönen Gesicht erinnerte mich an eine französische Schauspielerin, deren Filme ich mochte. Franca machte mir ein Zeichen, ich öffnete die Beifahrertür, und schon saß ich neben dieser wunderbaren Frau mit diesem betörenden Parfüm und den kleinen, aber lebhaften schwarzen Augen, die mich fragend ansahen. Ein Hotelpage machte die Wagentür zu, und Franca fuhr los.

»Das ist also Édouards Sohn«, sagte sie und musterte mich, die beiden behandschuhten Hände auf dem Lenkrad. »Sie wissen sicher, dass ich eine seiner Lieblingsmätressen war. Vielleicht sogar die liebste?«

»Nein, Franca, Sie erlauben doch, dass ich Franca zu Ihnen sage? Ich weiß nichts über das Leben meines Vaters. Seit meiner Rückkehr nach Frankreich und der Testamentseröffnung stolpere ich von einer Überraschung in die nächste, also, wenn Sie mir etwas mehr darüber erzählen möchten …«

Sie sah mich schmerzerfüllt an, als brächte die bloße Erwähnung meines Vaters die Erinnerung an glückliche, doch der Vergangenheit anheimgefallene Tage zurück. Ich versuchte, Francas Alter zu schätzen. Mit Sicherheit war sie nicht mehr ganz jung, die Ausdrucksfalten in ihrem eigensinnigen Gesicht erzählten von einem erfüllten Leben. Sie ging vermutlich auf die fünfzig zu, hatte sich aber gut gehalten. Schlank, elegant, rassig – man konnte ihr die italienische Aristokratin beinah ansehen. Sie war geschmackvoll gekleidet und besaß das, was man Sexappeal nennt.

Sie hielt vor der Trattoria dei Fiori, einem Restaurant in der Nähe der Scala. Ein Angestellter kam herbeigeeilt, um den Wagen für uns zu parken, ich nahm mein Päckchen und folgte meiner Gastgeberin in den riesigen geschmückten Saal, der wie ein blühender Garten wirkte. Franca hatte ihren Stammplatz. Ich stellte fest, dass viele Leute, vor allem Frauen, ihr nachsahen und diskret flüsterten, als sie vorbeiging, wobei sie auch mir einen Blick zuwarfen. Wir setzten uns, und ein Kellner kam sofort zu uns, versorgte uns mit imposanten Speisekarten und empfahl uns einen Aperitif.

»Franca, ich bin nach Mailand gekommen, um Ihnen Ihr Erbe zu überreichen, das mein Vater für Sie bestimmt hat«, sagte ich nach dem Austausch der Höflichkeitsfloskeln. »Ich muss gestehen, ich habe noch nicht recht begriffen, warum er wollte, dass ich seine Erben persönlich aufsuche. Hier also ist Ihr Päckchen, aber ich denke, es wäre keine gute Idee, es hier im Restaurant auszupacken.«

»Dann sagen Sie mir, was es ist, Charles, spannen Sie mich nicht auf die Folter ...«

Ich reichte ihr das Päckchen.

»Es handelt sich um zwei ägyptische Schminklöffel, aus der vierten Dynastie, wenn ich mich recht erinnere. Ihre Beschreibung findet sich in der Schachtel. Zur Konservierung wurden sie vakuumverpackt. Mehr weiß ich nicht.«

In Francas Augenwinkel bildete sich eine Träne, dann noch eine. Sie begann leise zu weinen, holte ein Taschentuch aus feinem Batist hervor, um die Tränen abzutupfen. Sie war tief bewegt, was auch mich aufwühlte. Als sie das Päckchen neben sich auf den Tisch legte, fingen ihr Körper und ihre Hände kaum merklich zu zittern an.

»Verzeihen Sie, Charles, Sie können meine Rührung nicht verstehen. Ich werde es Ihnen erklären … Geben Sie mir eine Minute.«

Und damit verschwand sie in Richtung Toiletten. Als sie mit geröteten Augen zurückkam, waren mehrere Minuten vergangen, und sie hatte sich wieder beruhigt. Sie setzte sich zu mir an den Tisch, sah mich eindringlich an, dann begann sie, mir zu erzählen, wie sie meinen Vater kennengelernt hatte, als sie noch eine junge Designerin in einer Firma für Industriedesign in einem Mailänder Vorort gewesen war. Er hatte an sie geglaubt, sie in dem bestärkt, was sie tat, und als sie eines Tages beschlossen hatte, auf eigenen Beinen zu stehen, hatte mein Vater sie finanziell unterstützt. Sie hatte ihr Ziel erreicht, besaß nun ihre eigene Vertriebskette für Designartikel und wurde von großen Firmen beauftragt, damit sie ihren Produktlinien den letzten Schliff gab.

Zur Feier ihres zehnten Firmenjubiläums hatte mein Vater sie auf eine seiner unglaublichen Luxusreisen nach Oberägypten mitgenommen. Und wie üblich hatte er ein seltenes Objekt aufgetan, die besagten Schminklöffel, die er in seiner Sammlung aufbewahrt hatte, doch er hatte Franca versprochen, dass sie sie eines Tages erben würden. Dieser Tag war nun gekommen.

»Wissen Sie, er war ein wunderbarer Mann, er hat mir alles beigebracht, von meinem Beruf einmal abgesehen, aber Eleganz, Liebe, Leidenschaft, Kultur – das alles habe ich ihm zu verdanken. Ich wäre nichts, wenn ich ihm nicht begegnet wäre. Daher müssen Sie verstehen, dass ich so emotional reagiere.«

Ich betrachtete diese Frau, die plötzlich vor meinen Augen zu altern schien, als wäre in ihr etwas erloschen. Erinnerungen schienen auf sie einzustürmen und eine wahre Sturmflut der Gefühle auszulösen.

»Sie können nicht wissen, wie sehr ich Ihren Vater geliebt habe, Charles. Ich verehrte ihn, ich liebte ihn zugleich wie einen Vater und den wunderbarsten aller Liebhaber. Und obwohl ich stets wusste, dass ich nicht die einzige Frau in seinem Leben war, fühlte ich mich doch einzigartig, wenn wir zusammen sein durften. Unser Verhältnis dauerte beinah zwanzig Jahre. Ich habe mit Édouard nur schöne Tage erlebt. Die Tage mit ihm waren so strahlend, dass alles andere mir grau erschien. Er war mein Trost. Jedes Mal, wenn wir uns sahen, war es, als sei er die Belohnung für all meine Anstrengungen. ›Hast du gut gearbeitet, Franca?‹, fragte er, wenn wir uns trafen. ›Ja, ich weiß, dass du gut gearbeitet hast, und jetzt amüsieren wir uns‹, und dann fuhren wir nach Tunesien, Ägypten, in den Iran oder den Jemen.

Wir wohnten in Traumhotels, ich amüsierte mich wie ein kleines Mädchen, während er wichtige Leute traf. Und wir besichtigten Ruinen, Souks voller Magie, wir entdeckten außergewöhnliche Landschaften. Verstehen Sie, Charles? Das ist jetzt alles vorbei, und ich empfinde einen ungeheuren Schmerz.«

Ich wusste nicht, was ich dieser wunderbaren Frau sagen sollte, die an seiner Seite gelebt hatte, die sein Leben und seine Geheimnisse oder zumindest viele privilegierte Momente geteilt hatte. Schließlich bestellten wir das Essen. Mir war kein einziges intelligentes Wort eingefallen, um ihr zu verstehen zu geben, dass ich mit ihr fühlte und ihren Kummer teilte. Und mir wurde bewusst, dass dieser Initiationsweg, den mein Vater bestimmt hatte, als er mir die Verteilung seines Erbes auftrug, mich nicht nur zwang, die Menschen kennenzulernen, die er geliebt hatte, sondern auch sein eigenes Leben, das bei jedem Treffen neu vor meinen Augen entstand.

Franca erzählte mir von ihrer Reise nach Oberägypten, von Stunden, die sie in Feluken auf dem Obernil verbracht hatte, von neuen Ausgrabungsarbeiten, die mein Vater, der die archäologischen Forschungsarbeiten zu einem großen Teil finanzierte, im Namen einer europäischen Universität überwachte. Sie erzählte von heimlichen Treffen mit ägyptischen Fellachen, die ihm unter der Hand Stücke verkauften, die sie während der Arbeit veruntreut hatten. Mein Vater bezahlte diese Artefakte großzügig und versicherte den Verkäufern, die ihn baten, nicht über diese Geschäfte zu sprechen, da sie sonst ihre Arbeit verlieren konnten, absolute Diskretion.

So hatte mein Vater auch die Schminklöffel erstanden, die nun Franca gehören sollten. Das Essen neigte sich dem Ende zu, Franca lud mich ein, sie in ihre Designgalerie in der Via Montenapoleone zu begleiten, um dort einen Kaffee zu trinken. Sie fragte mich, was ich in Paris vorhätte. Sie war nur ein einziges Mal nach Paris gekommen, kurz vor dem Tod meines Vaters, doch da sie ihren Geliebten gern für sich allein gehabt hätte, war sie nur wenige Tage geblieben, denn sie war eifersüchtig auf das illustre Völkchen, das mein Vater in seinem Stadtpalais empfing.

Als wir aus dem Restaurant traten, wurde ich von der Sonne geblendet. Ein Angestellter hatte den Lancia bereits vorgefahren, Franca setzte sich ans Steuer und fuhr wie von der

Tarantel gestochen durch die engen Straßen der Mailänder Innenstadt. Wenige Minuten später kamen wir vor der Galerie an. Franca gab einem Mann den Schlüssel und eilte in das Gebäude. Ich konnte diesem fleischgewordenen Wirbelsturm kaum folgen, der, immer vier Stufen auf einmal nehmend, eine eindrucksvolle Marmortreppe hinaufstürmte, sich in einen Chefsessel aus schwarzem Leder fallen ließ und das kleine Päckchen auf den Glastisch legte. Wenige Augenblicke später waren die beiden Löffel von ihrer Verpackung befreit. Franca nahm den Plastikwürfel in die Hand und sah die beiden Objekte darin aufmerksam an. Ihre Augen wurden feucht, und ich setzte mich ruhig in einen Sessel und wartete, dass sie sich von dem Gefühlsansturm erholte.

Mit einem Taschentuch trocknete Franca ihre Tränen, rief über die Sprechanlage ihre Sekretärin und bat sie, die Akte des Barons und zwei Tassen Kaffee zu bringen. Kurz darauf klopfte es an der Tür, und ein sehr hübsches junges Mädchen mit gewelltem Haar in einem venezianischen Blond kam mit einer Aktenmappe aus braunem Leder herein.

Franca nahm die Mappe und reichte sie mir.

»Das ist für Sie, Charles, ein kleines Geschenk zur Erinnerung an Ihren Vater, und tun Sie mir den Gefallen und besuchen Sie mich diesen Sommer in Portofino. Sie sind bei mir immer willkommen.«

Ich nahm die Aktenmappe, eine wunderschöne Mappe aus feinem Leder im typischen Design von Francas Haus, in das braune Leder war die Schlange aus dem Mailänder Wappen eingestanzt. In einer der Innentaschen befand sich ein Terminkalender aus Wildleder mit den Initialen und dem Wappen meines Vaters und gefüllt mit goldumrandeten Seiten.

Franca erhob sich.

»Danke, dass Sie gekommen sind, Charles, Sie haben mir

wunderbare Erinnerungen zurückgebracht. Kommen Sie nach Portofino, dann können wir in aller Ruhe über Ihren Vater reden.«

Franca legte ihre Hände auf meine Schultern und küsste mich auf beide Wangen: drei Mal, nach italienischer Art … Tief gerührt presste ich die Aktenmappe fest an meine Brust. Die feurige Liebhaberin meines Vaters brachte mich bis zur Treppe, und nach einem letzten Händeschütteln trennten wir uns.

Ich befand mich wieder in der Via Montenapoleone und beschloss, zu Fuß zum Dom zu gehen und mir dabei die Schaufenster der Luxusgeschäfte anzusehen, deren Logos in den Modezeitschriften der ganzen Welt zu sehen waren. Bei Trussardi thronte eine exquisite Reisetasche aus olivgrünem Leder im Fenster. Ich trat ein, entschlossen, meine alte Reisetasche durch dieses elegante Stück zu ersetzen.

Am Dom angelangt, entschied ich mich, die alte Kirche aus weißem Marmor zu besichtigen. Am Hauptschiff dieses riesigen gotischen Bauwerks fanden sich zahlreiche Kapellen, die in ihrem Dunkel mit kostbaren Kunstwerken geschmückte Altäre bargen, die all jenen für die Stadtgeschichte so bedeutenden Heiligen gewidmet waren. Da ich mich noch nie sonderlich für Kirchen interessiert hatte, kürzte ich meine Besichtigung ab und trat schnell wieder in das strahlende Licht auf dem großen Domplatz hinaus.

Ich überquerte die Straße und fand mich in der berühmten Galleria wieder, wo die Mailänder sich gern unter den wachsamen Blicken der beiden diensthabenden Carabinieri in napoleonischer Galauniform auf ein Schwätzchen treffen.

Ich schlenderte weiter und nahm am anderen Ausgang der Galleria ein Taxi zu meinem Hotel. Dort machte ich es mir in einem Sessel gemütlich und rief mit meinem Handy Chantal an. Ihre Stimme klang hell und fröhlich; sie war bester Laune und erzählte mir, dass bei ihrem Umzug alles glattgegangen sei. Beim Mittagessen in der Unimensa hatte sie all ihre Freunde zusammengetrommelt und ihnen die Neuigkeit eröffnet, dass sie mit dem Erben von T. zusammenziehe. Alle hätten applaudiert und Chantal beglückwünscht. Ihre beste Freundin, die ein wenig eifersüchtig war, hatte sie gefragt, ob sie zur Einweihungsparty eingeladen wäre, woraufhin Chantal entgegnet hatte, dass sie es mir überlasse, ihre Freunde einzuladen, wenn ich dazu Lust hätte. Sie hatte außerdem für den nächsten Mittwoch Flugtickets nach Montreal reserviert. Ich gab ihr Christines E-Mail-Adresse, damit sie ihr mitteilen konnte, wann wir zu ihr kämen.

Chantal wollte wissen, wie Franca wäre und ob sie eine potenzielle Rivalin sei. Ich berichtete von unserem Mittagessen und dem Gefühlsausbruch, den die Schminklöffel bei der weltberühmten Designerin ausgelöst hatten. Ich erzählte ihr auch, dass mein Vater viele Jahre lang ihr Liebhaber und auch ein wenig ihr Mentor gewesen war. Zu meiner Überraschung erklärte mir Chantal, dass nicht nur ich davon wüsste und dass in einem Modemagazin einmal ein langes Interview mit Franca abgedruckt gewesen sei, in dem sie der Journalistin erzählt hatte, wie wichtig mein Vater in ihrem Leben gewesen sei.

Schließlich vertraute ich Chantal noch die Episode im Nachtzug mit der Begegnung mit Nora und diesem Schmierenkomödianten von Edgar an, ließ jedoch die schlüpfrigsten Details aus. Sie fand die Geschichte äußerst amüsant, und ich musste ihr versprechen, sie einmal auf eine Reise im Nachtzug mitzunehmen, ganz gleich, wohin. Dann verkündete Chantal, dass sie eine Überraschung für mich hätte, ließ sich jedoch nichts Näheres entlocken. Wir wechselten noch ein paar zärtliche Worte, dann ließ ich sie wieder ihren Beschäftigungen nachgehen.

Es wurde schon dunkel, als ich beschloss, zum Essen auszugehen. Die Luft war mild, und ich machte mich auf die Suche nach einer Caféterrasse, wo ich einen Aperitif zu mir nehmen und mir die Mailänder ansehen könnte. In Italien gibt man sich gern überschwänglich. Die elegant und raffiniert gekleideten Männer umarmen sich theatralisch und klopfen einander geräuschvoll auf die Schultern, die Frauen, die zumeist Grazie, Weiblichkeit und Eleganz vereinen, küssen sich affektiert. In Mailand redet man laut und deutlich, statt wie in Paris zu flüstern.

Amüsiert beobachtete ich die extrovertierten und gutmütigen Menschen, als sich eine Gruppe junger Leute an den Nachbartisch setzte. Soviel ich verstand, machten sie Pläne für den Abend und wollten in einer Taverne an der Porta Ticinese, dem Szeneviertel am Canale Ticino, Pasta essen gehen. Ich zahlte, nahm ein Taxi und nannte dem Fahrer die Adresse, die ich während des Gesprächs aufgeschnappt hatte. Wenig später gelangte ich in ein Mailänder Viertel, in dessen alten Straßen am Kanal sich Antiquitätenhändler, Galeristen, Künstler und Designer jeglicher Couleur niedergelassen hatten. In einladenden Bistros und Kneipen traf sich ein bunt gemischtes Völkchen, das Viertel strahlte aufrichtige Herzlichkeit aus.

Ich besuchte ein paar Kunstgalerien und verharrte eine Weile vor den Werken eines jungen italienischen Künstlers, der sich in die Tradition der Präraffaeliten einreihte. Seine Farben waren leuchtend, in den Gesichtszügen seiner Figuren fand sich in modernisierter Form der Ausdruck der Figuren Botticellis oder Fra Angelicos wieder. Vor allem eines seiner Bilder hatte es mir angetan, sodass ich mich ernstlich in es verliebte. Das Motiv, eine Frau, die gerade nach dem Bad einem Fluss entsteigt, der leuchtend blaue Himmel Italiens, die zarten Gesichtszüge und vor allem die nahezu schamlose Nacktheit der Nymphe schickten einen Adrenalinstoß durch meinen Körper. Ich betrat den Laden, und eine blutjunge Frau kam auf mich zu. Sie war eine von diesen dunkelhaarigen Italienerinnen mit den wässrig blauen Augen, ausnehmend hübsch, wie einem Modemagazin entsprungen. Ich zeigte auf das Bild und fragte nach dem Preis. Der Preis war angemessen, und wir kamen ins Geschäft. Plötzlich war das Mädchen sehr aufgeregt.

»Das ist seit einem Monat das erste Bild, das ich verkaufe. Die Caffardis laufen nicht gut, sie sind nicht mehr in Mode.«

Ich sagte, meiner Meinung nach sei das Bild wunderbar. Woraufhin sie mir von dem Maler erzählte, einem jungen Mann aus Bergamo, der verrückt war nach der Malerei und nach Farben, und mir eine Broschüre mit seinen Werken gab. Ich fragte, ob sie mir das Bild nach Paris schicken könne, da es zu sperrig sei, um es mitzunehmen. Dann gab ich ihr meine Adresse, bezahlte und bat sie, das Werk per Kurier zu schicken, natürlich würde ich für die Kosten aufkommen. Noch immer schien sie überglücklich, ein Bild verkauft zu haben, und da sie vermutlich von der Provision lebte, konnte ich ihre Begeisterung gut verstehen.

Dann versuchte ich mein Glück und fragte sie, ob sie am Abend Zeit hätte, mit mir essen zu gehen. Aus den Augenwinkeln sah sie mich an, musterte mich, um herauszufinden, mit was für einem Menschen sie es zu tun hatte; und offenbar bestand ich den Test, denn sie nahm meine Einladung an und fügte hinzu: »Aber nur zum Essen. Ich geh nicht gleich am ersten Abend mit jemandem ins Bett.«

Ihre direkte Antwort brachte mich etwas aus dem Konzept. Ich wusste nicht, was ich erwidern sollte, und gab irgendeinen Unsinn von mir, stammelte, dass das ohnehin nicht in Frage käme, da ich in Paris erwartet würde.

Fast bedauernd gab sie mir die Hand.

»Es wäre so schön, wenn Sie mich nach Paris einladen würden. Soll ich Ihnen das Bild bringen? Ich würde so gern einmal den Louvre und das Musée du Quai d'Orsay besuchen, vor allem das«, sagte sie ein wenig kokett.

»Sie haben meine Adresse, aber geben Sie mir vorher Bescheid, falls Sie sich entschließen sollten zu kommen. Trotzdem denke ich, es wäre besser, mir das Bild zu schicken. Ich will Sie damit nicht belästigen«, erwiderte ich mit leiser Ironie.

Ich fuhr im Taxi zum Hotel zurück, und kaum war ich in meinem Zimmer, überfiel mich der Schlaf.

Am nächsten Morgen wurde ich vom telefonischen Weckdienst des Hotels geweckt. Nach einem bescheidenen Frühstück holte ich mein Gepäck, bezahlte die Rechnung und sprang in ein Taxi, das mich zum Hauptbahnhof brachte. Der Schnellzug nach Zürich stand schon bereit, ich stieg in den Wagen und suchte meinen Platz auf.

Der Zug setzte sich in Bewegung, und in langsamem Tempo fuhren wir durch die endlosen Vorstädte der norditalienischen Metropole, dann legte der Zug an Geschwindigkeit zu. Nun konnte man bis zum Horizont blicken, und schon ragten vor einem strahlend blauen Himmel die ersten Berge aus der Poebene auf.

Nicht lange, und der Zug erreichte Schweizer Staatsgebiet, fuhr am Luganer See entlang, wo die Stadt in eine Bucht gebettet dalag, vom Zuckerhut des Monte Bré flankiert, sodass sie aussah wie eine Miniaturausgabe von Rio de Janeiro. Hinter Lugano wurde die Landschaft strenger. Der Zug wand sich die Berge hinauf, nahm in kühnen Spiralen den Sankt Gotthard in Angriff, zockelte über Brücken, die reißende Ströme überspannten. Schließlich ging es durch den langen Tunnel, siebzehn Kilometer Dunkelheit, während derer mir ein Steward einen schönen starken Kaffee mit einem köstlichen Stück Honigkuchen anbot. Als wir den Tunnel verließen, tat sich vor uns eine andere Welt auf!

Der Zug beschrieb lange Kurven durch eine karge Landschaft, in der vereinzelt Schweizer Chalets standen, fuhr vorbei an winzigen Wiesen, die von Felswänden überragt wurden, die zur Strenge der Landschaft noch beitrugen. Wir kamen am Vierwaldstätter See vorbei, der die Atmosphäre ein bisschen auflockerte, und eine Stunde später näherte der Zug sich Zürich, der Finanzmetropole der Schweiz. Nach zahlreichen Villen, die den See säumten, hielt der Zug am Bahnhof, die Türen öffneten sich, die Fahrgäste strömten hinaus und eilten beinah im Laufschritt davon.

Ich wandte mich zum Ausgang, stieg in ein Taxi und nannte dem Fahrer auf Englisch die Adresse, denn Schweizerdeutsch verstand ich in etwa so gut wie Chinesisch. Vor einem gutbürgerlichen kleinen Haus hielt das Taxi. Ich klingelte an der Tür, eine Haushälterin mit einer kleinen weißen Schürze empfing mich. Ich sagte ihr, dass ich einen Termin mit Doktor Schweizer hätte, woraufhin sie mich in einen kleinen Salon führte. Nach ein paar Minuten öffnete sich die Tür, und ein weißhaariger Koloss schob sich herein, auf der großen Nase eine kleine, stahlgerahmte Brille, durch die forschend blaue Augen blickten.

Das war der Freund meines Vaters. Doktor Schweizer gab mir die Hand und fasste mich freundschaftlich an der Schulter, um mich in ein großes Arbeitszimmer zu führen, in dem es von Kunstgegenständen nur so wimmelte: unzählige afrikanische Skulpturen und Buddhas von unvergleichlicher Schönheit, von denen, wie ich erkennen konnte, einige Stücke aus der graeco-buddhistischen Kultur des Mongolenreiches stammten. Doktor Schweizer ließ mich in einem tiefen Ledersessel Platz nehmen und klingelte nach der Haushälterin.

»Sie trinken doch etwas, Charles? Wir werden gleich zu Mittag essen, danach werde ich Sie zu unseren Freunden begleiten.«

Ich holte den skythischen Krug aus meiner Reisetasche und reichte ihn dem Doktor.

»Das soll ich Ihnen von meinem Vater geben. Das war sein letzter Wille.«

Der Doktor nahm den Krug, hielt ihn von sich weg, ungläubig und entzückt zugleich. Er drehte und wendete ihn, zutiefst bewegt.

»Wissen Sie, Charles, dieses Geschenk ist der schönste Freundschaftsbeweis, den Ihr Vater mir machen konnte. Er erinnert mich an die schwierigen Momente, die wir gemeinsam erlebt haben, als die Engländer vom letzten König aus Afghanistan vertrieben wurden. Ich war mit archäologischen Ausgrabungsarbeiten in der Nähe von Bamiyan betraut, der Stadt, die später zu traurigem Ruhm gelangte, als die Taliban die Buddhastatuen sprengten. Das Royal Albert Museum in London finanzierte damals die Arbeiten. Wir hatten eine Menge Schätze angehäuft, und ich fürchtete, eine Bande von Fanatikern könne sie zerstören oder stehlen. Ihr Vater verhandelte mit der königlichen Regierung und brachte meine Kollegen und mich aus Afghanistan heraus, und auch all die Schätze, die so der Zerstörung entgingen.

Und die einzige Belohnung, die Ihr Vater angenommen hat, war ein kleines Schmuckstück, das ich als ein Stück aus dem Besitz der Maharani des Großmoguls Akbar identifiziert hatte. Ich wusste, dass Ihr Vater im Laufe der Jahre archäologische Stücke von großem Wert erstanden hatte, wie diesen wunderbaren skythischen Krug. Einige Zeit später wurde ich Konservator seiner Schweizer Sammlung. Ich werde sie Ihnen nach dem Mittagessen zeigen. Mit diesem Geschenk habe ich überhaupt nicht gerechnet, ich danke Ihnen von ganzem Herzen.«

Daraufhin lud Doktor Schweizer mich zum Essen ein. Bei diesem denkwürdigen Mittagessen gesellte sich ein dritter Zeitgenosse zu uns, den ich so schnell nicht vergessen sollte. Dieser nämlich war mein Schweizer Bankier, der mir erklärte, dass mein Vater mir ein beträchtliches Vermögen vermacht hatte, das in seinem Bankhaus auf mich wartete. Fast ironisch versicherte er mir, dass er mein neues Hab und Gut wie ein Familienvater verwalten würde, und informierte mich, dass die Konten zu meiner Verfügung stünden. Was sollte ich nur mit dem ganzen Geld anfangen? Ich war nun wirklich aus der Fassung gebracht und fühlte mich mit der Situation völlig überfordert, was ich Doktor Schweizer treuherzig gestand. Er beteuerte, dass Henri – so hieß der Bankier – das schon für mich erledigen würde und ich mir keine Sorgen zu machen bräuchte. Die beiden Männer leiteten außerdem die Stiftung, die das Privatmuseum meines Vaters verwaltete, und setzten mich über seinen letzten Willen diesbezüglich in Kenntnis. Ein Teil der Sammlung, der die skythischen und mongolischen Kunstwerke umfasste, sollte dem Louvre in Paris vermacht werden, der andere Teil dagegen sollte in der Schweiz verbleiben und dem Völkerkundemuseum in Zürich geschenkt werden.

Die beiden Männer baten mich um meine Einwilligung, die ich ihnen gab. Sie erklärten, dass die Sammlungen den

Namen meines Vaters tragen würden, und Henri versicherte mir außerdem, dass er in meinem Interesse bereits erhebliche Steuererleichterungen für meine nächste Steuererklärung ausgehandelt hätte. Ich erwiderte, dass ich eine Weile bräuchte, um all diese Tranksaktionen zu begreifen. Henri fragte, ob ich verheiratet sei, was ich verneinte, woraufhin er mir eindringlich riet, ihn zurate zu ziehen, falls ich eine Eheschließung erwägen sollte, und betonte, dass es eine weise Entscheidung wäre.

Das Essen neigte sich dem Ende zu, und Henri bat mich, mit ihm in die Bank zu kommen, um ein paar Papiere zu unterschreiben. Doktor Schweizer begleitete mich. In der Bank dann riet mir der Finanzexperte, niemandem von meinem Schweizer Vermögen zu erzählen. Ich fragte ihn, auf wie viel es sich belaufe. Als er mir die Summe nannte, fühlte ich mich, als hätte mich gerade jemand k. o. geschlagen. Die Summe war astronomisch. Ich war wie betäubt, und ich durfte noch nicht einmal mit jemandem darüber reden. Schwindel erfasste mich. Am Ausgang der Bank winkte Doktor Schweizer ein Taxi herbei und fasste mich am Arm. Der Wagen setzte uns vor einem hochmodernen Gebäude direkt am Zürichsee ab. Der Ort war zauberhaft. Am Eingang deaktivierte der Doktor ein Hightech-Sicherheitssystem. Er grüßte den Aufseher, der ausdruckslos vor sich hin starrte, als er uns die Tür zur Stiftung öffnete. Die Menge und der Reichtum der Kunstwerke, die sich in den riesigen Räumen buchstäblich stapelten, verschlugen mir die Sprache.

Die Stiftung wirkte mehr wie ein Lager als wie ein Museum. Die erste Etage war der orientalischen und osteuropäischen Kunst gewidmet, die zweite platzte fast aus allen Nähten mit Werken schwarzafrikanischer Kunst sämtlicher Epochen und afrikanischer Völker. Faszinierend, und doch irgendwie einschüchternd. Der Umfang der Sammlung und die Werke, die sie umfasste, verschlugen mir den Atem.

Der Doktor versicherte mir, dass ich das Haus, wenn die Bilder weg wären, für meine eigenen Zwecke nutzen oder auch verkaufen könne. Ich gestand dem Freund meines Vaters, dass ich ein wenig Zeit bräuchte, um mir darüber Gedanken zu machen, da ich vorerst überwältigt sei von all diesen Reichtümern.

Er lächelte und beteuerte, dass er zu meiner Verfügung stünde und ich ihn jederzeit anrufen könne, wenn ich eine Frage hätte. Dann erkundigte er sich, wann ich nach Paris zurückkehren würde, und ich erklärte ihm, dass ich um zwanzig Uhr den TGV nehmen müsste, der um Mitternacht den Gare de Lyon erreichen würde.

»Warum nehmen Sie nicht das Flugzeug? Dann sind Sie vor Mitternacht zu Hause.«

Ich befolgte seinen Rat und rief Chantal an, um ihr zu sagen, dass ich am Flughafen Charles-de-Gaulle ankäme. Am Eingang des Flughafens verabschiedete ich mich vom Doktor. Er war sichtlich gerührt und bestand darauf, dass ich ihn über meine Entscheidungen auf dem Laufenden hielt. Ich solle nicht zögern, ihn um einen Gefallen zu bitten. Die Minuten, die mir noch blieben, bis mein Flug aufgerufen wurde, nutzte ich, um Schokolade und Zeitschriften für den Flug zu kaufen.

Doch kaum saß ich im Flugzeug, geisterten mir die Bilder meines kurzen Aufenthalts in Zürich durch den Kopf. Wie hatte mein Vater ein solches Vermögen anhäufen können, von dem ich meine ganze Kindheit und Jugend hindurch nie etwas geahnt hatte? Wussten die anderen Familienmitglieder davon? Jean war noch in den Vereinigten Staaten, ihn konnte ich also nicht fragen. Ob Christine etwas wusste?

Kurz vor dem Start rief Chantal zurück, sie wollte mich unbedingt in Roissy abholen. Schnell begriff ich, dass ich meine Zeit verschwendete, wenn ich versuchte, es ihr auszureden. Sie erklärte, dass sie eine großartige Neuigkeit für mich hätte.

»Überraschung«, sagte sie nur.

Der Flug war rasch vorüber, ich hatte gerade Zeit, ein Glas Champagner zu kosten und ein bisschen Schokolade zu naschen. Dann verkündete die Flugbegleiterin schon, dass wir in Kürze auf dem Flughafen Charles-de-Gaulle landen würden, und begann mit dem Ritual.

»Bitte legen Sie die Sicherheitsgurte wieder an und bringen Sie die Rückenlehnen der Sitze in eine aufrechte Position«, während ein Flugbegleiter die letzten Becher einsammelte.

Sobald wir an der Fluggastbrücke angelegt hatten, spuckte die Maschine ihre anonymen Passagiere aus, und ich beeilte mich, zur Passkontrolle zu kommen. Nachdem ich in Rekordzeit die Zollkontrolle hinter mich gebracht hatte, trat ich in den Wartebereich hinaus. Chantal war bereits da, ruderte mit den nackten Armen und warf sich mir an den Hals. Ich küsste sie zärtlich, und sie schmiegte sich an mich. Dann gab ich ihr die Tasche, in der eine große Pralinenschachtel war. Sie nahm meine Hand und zog mich zu den Aufzügen, wenige Minuten später saß ich schon auf dem durchgesessenen Beifahrersitz in meiner alten Ente. Chantal fuhr wie der Teufel, haarscharf an Bussen vorbei, und verfluchte die Autofahrer, die unsere Ente überholten, die sich keuchend über die Autobahn schleppte.

»Zu Hause wartet eine Überraschung auf dich.«

Sie wollte mir nicht sagen, was mich dort erwartete, doch sie war so fröhlich, dass es eine tolle Überraschung sein musste. Nachdem sie im Slalom über die Périphérique gerast war, fuhr sie mit halsbrecherischer Geschwindigkeit die Ausfahrt Avenue Georges V. hinunter.

»Meinst du nicht, es wäre besser, wir würden so lange am Leben bleiben, bis ich deine Überraschung gesehen habe?«

Sie wurde nur unwesentlich langsamer und jagte mit Bleifuß die Quais und den Boulevard Saint-Germain hinunter. Natürlich fahren Enten an sich nicht besonders schnell, doch die minimalistische Konstruktion schaffte es, mir Schauer über den Rücken zu jagen. Vor der Einfahrt bremste sie schließlich ab und fuhr in den Hof, wo ich von dem grellen Licht der beiden Kandelaber der Freitreppe fast geblendet wurde. Ich hatte sie noch nie erleuchtet gesehen; nun war der Hof taghell, und ich sprang aus der Ente. Chantal stürzte los, um die Tür zu öffnen. Ein hübsches Hausmädchen empfing uns und nahm mir meine Reisetasche ab.

Chantal schob mich in den großen Salon, der hell erleuchtet und geschmackvoll in verschiedenen Gelbtönen gestrichen war, die dem ehemals strengen Raum ein freundliches Aussehen verliehen. In der Mitte des Raums standen zwei Paare. Ich erkannte die Freunde vom Institut de France. Chantal hatte sie zu einem Essen eingeladen, einer Art vorgezogener Einweihungsparty. Das Mädchen kam mit einem Eiskübel mit einer Flasche Dom Pérignon zurück. Chantal stellte uns einander vor.

»Das sind Dominique und François, wir studieren gemeinsam. Und das sind Céline und Robert, Céline arbeitet mit mir am Institut, und Robert ist so langweilig wie die Bank, bei der er angestellt ist.« Alle lachten, außer dem armen Robert, der ein wenig beschämt war.

Das Gespräch drehte sich unweigerlich um die französische Politik, die fehlenden Mittel des Instituts, dem es nicht gelang, die Forschungsaufträge von Céline und Chantal zu finanzieren, und um andere Themen, die dafür verantwortlich sind, dass die Konversation beim Aperitif immer langweiliger ist als die beim Digestif. Ich beobachtete Chantal. Sie nahm ihre Rolle als Gastgeberin sehr ernst, war darauf bedacht, ihre Gäste in einem guten Licht dastehen zu lassen, überließ mir jedoch die Rolle des Hausherrn. Ich lud alle ein, eine Runde durch die Bibliothek zu drehen, und Chantals Freunde waren begeistert von all den Schätzen, die sie barg. Ich bemerkte, dass meine süße Gefährtin den Schrank mit den erotischen Büchern absichtlich offen gelassen hatte, und anscheinend zog er unsere Gäste magisch an. Und nicht nur das, dieses kleine Biest hatte auch in einer Vitrine die noch unvollständige Sammlung erotischer Objekte aus dem Büro meines Vaters ausgestellt.

Die Sammlung rief bei unseren neuen Freunden Kommentare, verlegenes Kichern, Glucksen und Komplimente hervor. Vor allem die Kollektion der zwölf *netsuke*, kleiner bemalter Elfenbeinfiguren ähnlich denen, die mein Vater meiner Cousine vermacht hatte, trug uns die Gunst der anderen ein. Als ich erklärte, dass diese Miniaturen am Hof der Minamoto-Shogune der Erziehung der jungen Mädchen dienten, befanden die Gäste, dass die praktische Arbeit der japanischen Erzieherinnen einen gewissen Charme haben musste.

Tatsächlich brachte man den Mädchen anhand dieser Figuren bei, wie sie ihre Herren und Meister befriedigen sollten.

»Alles schon mal da gewesen«, sagte Céline, nahm vorsichtig zwei kleine Figuren und steckte den Penis des Mannes in die bemalte Vulva der Frau.

»Wie ihr seht«, sagte ich, »sind die Geschlechtsorgane vergrößert dargestellt. So konnte man den jungen Mädchen besser zeigen, welchen sexuellen Interaktionen sie sich später zu beugen hatten.«

Das Hausmädchen klopfte an die Tür: »Es ist angerichtet.«

Wir gingen in das Esszimmer hinunter, in dem sich ebenfalls einiges verändert hatte. Die Wände waren mit Rohseide bespannt, und das Parkett war abgeschliffen worden, sodass die Einlegearbeiten, deren Schönheit ich bei all der über die Jahre angesammelten Patina fast vergessen hatte, in ihrer ganzen Pracht erstrahlten. Das Limoges-Porzellan meiner Mutter glänzte, das Tafelsilber war poliert. Chantal hatte wirklich ihr Bestes gegeben, der Tisch war ein Traum. Im Raum waren Kerzenleuchter verteilt, die ich vermutlich seit meiner Kindheit, seit dem Tod meiner Mutter nicht mehr bei einem großen Essen gesehen hatte. Und diesmal saß ich auf dem Platz des Hausherrn. Nur eines störte mich: dass Chantal so weit weg war, am anderen Ende des Tisches, denn ich hätte sie bei diesem ersten Essen gern an meiner Seite gehabt.

Nachdem wir gespeist hatten, machten wir es uns im Salon gemütlich. Die Nacht war noch jung, und Robert schlug vor, etwas trinken zu gehen. Kurz darauf saß also das gesamte Grüppchen hinter Glasscheiben auf einer beheizten Caféterrasse. Chantal drückte sich an mich.

»Hat dir meine Überraschung gefallen?«

Ich gestand, dass ich mit so etwas wirklich nicht gerechnet hätte, und fragte sie, wie es ihr gelungen war, das Haus in nicht einmal einer Woche zu renovieren.

»Ich hatte alles geplant. Kaum dass du im Zug warst, fingen die Malerarbeiten schon an. Weißt du, Consuela ist einfach großartig. Sie hat das Hausmädchen eingestellt und die Maler und den Parkettschleifer engagiert. Ich habe nur die Farben ausgesucht und ein paar Objekte verteilt. Gefällt es dir?«

Sie schmiegte sich verliebt an mich, und ihre Hand, die auf meinem Oberschenkel ruhte, tastete sich zum Objekt ihrer Begierde vor. Ich legte den Arm um ihre Schultern und zog sie an mich. Dabei öffnete sich ihre Bluse und ließ einen nackten

Busen sehen. Ich spürte Erregung in mir aufsteigen. Chantal neigte sich zu meinem Ohr und flüsterte:

»Würde es dir gefallen, wenn ich Céline und Robert für heute Nacht einlade? Robert wird ablehnen, aber Céline wohnt in Malmaison, sie bleibt bestimmt. Und sie ist gut, weißt du?«, sagte sie listig.

Dominique und François verließen uns, sie wohnten am anderen Ende der Stadt und mussten am nächsten Morgen früh aufstehen. Robert ergriff die Gelegenheit, schützte eine furchtbare Migräne vor und machte sich ebenfalls aus dem Staub. Chantal schlug Céline vor, bei uns zu schlafen. Das kleine Luder hatte alles geplant. Sie wusste, dass niemand ihre Freundin nach Malmaison bringen würde und dass die letzten Vorortzüge den Bahnhof bereits verlassen hatten.

Arm in Arm kehrten wir also zu dritt nach Hause zurück. Ich blieb einen Moment im Wohnzimmer, um mein Glas Portwein auszutrinken, Chantal und Céline gingen nach oben, um sich schon einmal für die Nacht fertig zu machen. Ich hörte ihr Gelächter und Célines ausgelassene Schreie, deren rauchige Stimme einen besonders sinnlichen Klang hatte. Dann erfüllte sanfte Musik das Haus, ich erkannte Rondo Veneziano, die ich so oft auf meiner Kompaktanlage auf Galapagos gehört hatte. Neugierig stellte ich mein Glas ab und beschloss, zu Chantal und ihrer Freundin zu gehen.

Die Schlafzimmertür war halb geöffnet, doch ich entschied, erst noch ins Bad zu gehen, ehe ich mich zu ihnen gesellte. Während ich mich unter der Dusche erfrischte, hörte ich Gekicher, das höchst anregende fleischliche Freuden erahnen ließ. Ich zog meinen Bademantel an, versuchte dabei, so gut es ging, eine Erektion zu verbergen, die sich nicht unter Kontrolle bringen ließ. Ich schob die Tür auf und staunte nicht schlecht, als ich das Schauspiel sah, das sich meinen Augen darbot. Chantal hatte ihren Lieblings-Olisbos in der Hand und liebkoste damit Célines feuchte Vulva, deren Schamlippen vor Lust angeschwollen waren. Die klaffende Spalte brachte eine atypisch entwickelte Klitoris zutage, die wie ein Miniaturpenis aussah. An dieser verharrte Chantal, und der Dildo umkreiste sie, während Céline lustvoll stöhnte. Ihr Atem ging schneller, ihre Brustwarzen waren hart geworden, der Warzenhof außen herum dunkel angelaufen.

Das Schauspiel war derart erotisch, dass es mir nicht mehr gelang, meine Erektion zu verbergen. Mein Penis hatte sich durch meinen Bademantel einen Weg gebahnt und richtete sich, steif und zuckend vor Verlangen, auf die beiden jungen Frauen, die umschlungen in dem schon völlig zerwühlten Bett lagen. Chantal bemerkte mich und bedeutete mir, näher zu kommen. Ich gehorchte vorsichtig, um Céline, die kurz vor dem Höhepunkt war, in ihrer Ekstase nicht zu stören. Ohne damit aufzuhören, ihre Freundin zu bearbeiten, richtete Chantal sich auf, griff nach meinem Schwanz und nahm ihn in den Mund, schloss ihre Lippen darüber. Sie saugte, glitt vor und zurück, immer schneller, hingebungsvoll. Céline bemerkte, dass ich da war, denn die rhythmischen Bewegungen des Dildos waren ein wenig ins Stocken geraten. Sie richtete sich auf und wollte sich ebenfalls meines Schwanzes bemächtigen. Ihre Hand griff nach meinem Sack, dann versuchte sie, sich zwischen Chantals Mund und die Wurzel meines Penis zu drängen, um einen Teil meiner Erektion für sich zu beanspruchen.

Sie ging auf die Knie und fing an, mir abwechselnd mit Chantal einen zu blasen, die reinste Folter, in meinen Lenden loderte es. Ich sank auf das Bett, und die beiden jungen Frauen begannen wie zwei ausgehungerte Bestien, sämtliche erogenen Zonen meines Körpers zu erforschen. Célines Zunge erkundete meine Ohren, wandte sich dann meinen Lippen zu, bis sie sich schließlich einen Weg zu meiner Zunge bahnte, mit ihr zu spielen begann und dabei auf meiner Unterlippe herumkaute. Ich tastete nach ihren Brüsten und wollte eine ihrer Brustwarzen in den Mund nehmen, doch Céline entwischte, leckte an meinen Brustwarzen und wanderte schließlich weiter hinunter, bis sie sich wieder über meinen Penis hermachte. Ich spürte, dass ich meinen Orgasmus nicht mehr länger würde zurückhalten können. Chantal war näher gekommen, und ihre Zunge bearbeitete nun wieder zusammen mit Célines Zunge meinen Schwanz. Ich konnte nicht mehr an mich halten, ich schrie meine Lust heraus und überschwemmte die Gesichter meiner beiden Gefährtinnen mit meinem Saft.

Céline begann, das Sperma abzulecken, das an Chantals Körper hinablief, und nun wieder Zuschauer, stellte ich fest, dass das Fest von Neuem begann. Doch diesmal gaben sich Chantal und Céline einem sapphischen Tanz hin, der das ganze Eis Grönlands zum Schmelzen gebracht hätte.

Mit gespreizten Beinen rieben sie ihre Mösen aneinander, und ich konnte ihre vom Nektar glänzenden Schamlippen sehen. Sie küssten sich wild, ihre Zungen vereinten sich, ihre Zähne bissen sich lustvoll. Bei dem Anblick bekam ich erneut einen Ständer und fing an zu masturbieren. Dann stellten sie ihr Gefecht ein, um sich in einer 69er-Stellung zu lecken, und dabei stießen sie von Zeit zu Zeit kleine Schreie aus, um sogleich ihre Zungen wie im Rausch wieder tief in der Spalte der anderen zu versenken. Ich konnte dem Anblick dieser beiden Körper, die in wilder Ekstase dem Höhepunkt zustrebten, nicht widerstehen. Ich sagte mir, dass Chantal und Céline bestimmt nicht die erste Erfahrung miteinander machten, und angesichts all der Schönheit, die sie mir boten, wagte ich kaum, meine Hand auszustrecken, um sie zu streicheln. Ich beschloss, sie mit Küssen zu bedecken, und nahm mir vor, sie zu überraschen, indem ich sie an den empfindlichsten Stellen küsste. So widmete ich mich ausgiebig der zarten Haut im Nacken, am Brustansatz, in den Kniekehlen. Plötzlich zuckte ein Krampf durch ihre Körper, und ein unglaublicher, wunderbarer Höhepunkt schüttelte sie.

Schwitzend sanken sie in die Laken, und während ich sie beide in meine Arme schloss, breitete sich ein heftiger und betörender Duft nach Sex und Parfüm aus. Erschöpft rangen sie nach Atem. Ich streichelte sie sanft, ließ meine Hände über ihre Rundungen gleiten, vom Venushügel bis zu den von Schweißperlen übersäten Brüsten, den spitzen der einen, den runden der anderen. Langsam nahm Chantal meine Anwesenheit zur Kenntnis, denn nun richtete sich mein Penis auf ihrem nackten Bauch wieder auf. Sie bewegte sich kaum merklich, positionierte sich mir gegenüber so, dass mein Schwanz den Eingang in ihre feuchte Höhle fand, dann erhob sie sich vorsichtig, setzte sich auf mich wie eine geschickte Reiterin und ließ meinen Schwanz tief in sich hineingleiten.

Sie begann zu schaukeln, ihr Becken bewegte sich auf meinem Penis auf und ab, wobei ihr Venushügel jedes Mal gegen meinen Bauch schlug. Céline betrachtete Chantal und streichelte ihren Busen. Chantals Hände ruhten auf meiner Brust, sodass sie die Bewegung kontrollieren konnte. Erregt richtete Céline sich auf und platzierte sich über mir, die Perlen ihres Nektars bedeckten ihre Schamlippen und ihre noch immer erigierte Klitoris. Ich begriff, dass sie sich küssten, und ohne es sehen zu können, stellte ich mir vor, wie ihre Brüste sich zärtlich aneinanderrieben und ihre Knospen sich vor Verlangen aufrichteten.

Ich erwiderte Chantals Stoßbewegung, indem ich mein

Becken jedes Mal hob, wenn sie sich auf meinen Schwanz sinken ließ. Céline kniete sich über meinen Mund und begann, sich ebenso auf und ab zu bewegen wie Chantal. Vorsichtig schob ich meine Zunge in ihre Höhle, dann präsentierte sie mir ihre Klitoris, an der ich wie an einem kleinen Schwanz zu saugen begann.

Wir brachten unsere Bewegungen in Einklang, um zu einer neuen, lustvollen Harmonie zu finden, die für mich noch gänzlich unbekannt war und die eine nahezu kosmische Dimension zu erreichen schien. Es war, als wogten unsere drei Körper auf einer gigantischen Welle, die uns davontrug, oder als schwängen wir auf einem Foucault'schen Pendel, das uns, auf den Gipfeln der Lust, schlagartig Hören und Sehen vergehen ließ. Ich saugte an Céline, nahm ihre Klitoris zwischen meine Zähne, um meine Lippen besser über diesen kleinen Penis gleiten lassen zu können, der unter dem Ansturm dieser Wellenbewegung ganze Ströme seines Lustnektars in meinen Mund ausstieß.

Chantal rieb ihre Möse nun auch immer heftiger und wilder an mir, was die herannahende Ekstase ankündigte, und dann war es da, das Feuerwerk, das erotische Nirwana, die Explosion unserer Sinne, sodass wir für einen Moment der Ohnmacht nah waren.

Unser Traum dauerte mehrere Stunden an, dann schüttelten wir die Benommenheit ab, zogen uns, ineinander verschlungen, die Decke über die Köpfe und fielen in einen traumlosen Schlaf, bis der Morgen anbrach.

Als mir durch den Spalt der schweren Vorhänge die Sonne zublinzelte, beschloss ich, leise aufzustehen. Ich duschte und zog mir etwas Leichtes über. Dann ging ich ins Büro meines Vaters hinunter, in dem ich mich inzwischen eingerichtet und bergeweise nutzlose Papiere beiseitegeräumt hatte. Auf dem Schreibtisch lagen in ordentlichen Stapeln Rechnungen von den Malern und anderen Handwerkern, die ihren Beitrag zur Verjüngungskur des Hauses geleistet hatten. Chantal hatte wirklich nicht gegeizt, alles war vom Feinsten, nur die beste geruchlose Farbe zu horrenden Preisen und großzügig berechnete Arbeiten. Chantals Renovierung kostete mich ein kleines Vermögen. Doch zum Teufel mit dem Geiz, das Resultat war überzeugend und geschmackvoll, und darauf kam es an.

In einem gelben Umschlag fand ich unsere Flugtickets nach Montreal. Unsere Reise konkretisierte sich, und ich nahm mir vor, Christine am Nachmittag anzurufen, um unser Eintreffen zu bestätigen. Der Flug war für den nächsten Mittwoch gebucht, in den kommenden Tagen wären wir also mit Kofferpacken beschäftigt.

Es würde meine erste Reise in Gesellschaft einer Frau sein, und ich fragte mich, wie Christine wohl Chantal aufnehmen würde. Die versnobte Art meiner Cousine war berüchtigt, und ihre bissigen Bemerkungen gegenüber Leuten, die ihr nicht zusagten, waren sehr gefürchtet. Ich hoffte, dass Chantal vor ihren Augen Gnade finden und die beiden Frauen Gemeinsamkeiten entdecken würden.

Ich endeckte auch einen Brief vom Notar. Er ließ nicht locker und schlug mir vor, im Herbst eine Auktion im Hôtel Drouot zu veranstalten, um mich aller überflüssigen Artefakte aus den Sammlungen meines Vaters zu entledigen. Der Notar riet mir außerdem, mir von einem Sachverständigen ein Gutachten der Objekte erstellen zu lassen, die ich nicht behalten wollte, und mir schon einmal ein Datum für den Verkauf zu überlegen.

Die Hartnäckigkeit dieses Gesetzesvertreters, der offenbar ein gutes Geschäft witterte, gefiel mir nicht. Mein neues Leben in der Welt der Vermögenden gebot Vorsicht. Es musste eine andere Möglichkeit geben, Kunstliebhabern etwas Gutes zu tun, als diese kommerzielle Art, Sammlungsobjekte unter die Leute zu bringen. Ich war mir auch gar nicht so sicher, ob es meinem Vater gefallen hätte, wenn man seine geliebten Objekte auf einer Auktion verhökerte. Ich dachte an die Sammlung in Zürich, die an bekannte Museen verteilt werden sollte.

Es klopfte an der Tür. Das portugiesische Hausmädchen kam herein und brachte mir einen Kaffee. Mit ihrem charmanten Akzent verkündete sie, dass das Frühstück für Madame in der Küche angerichtet sei. Ich musste lachen, offenbar hatte man ihr beigebracht, dass sie jedes Mal, wenn das Essen bereit war, dies mit den Worten »Es ist angerichtet für Madame« ankündigen musste.

Ich erklärte ihr, dass es bei uns im Haus eher locker zuginge und sie sich nicht mit Spitzenschürzchen als Dienstmädchen verkleiden müsse. Sie wirkte erleichtert und fragte mich, ob sie das Frühstück in Jeans servieren dürfe. Ich nickte und sagte, dass ich »Madame« holen würde. Vor sich hin trällernd, verschwand sie, und ich beschloss, meine beiden Schlafenden wecken zu gehen. Die Szene, die ich vorfand, war eines Gemäldes von Watteau würdig: Nackt lagen Chantal und Céline Arm in Arm und schliefen friedlich. Ich gab Chantal einen Kuss auf die Wange, die, überrascht und vom Sonnenlicht geblendet, die Augen aufschlug.

»Zeit fürs Frühstück, aus dem Bett mit euch, ihr Hübschen!«

Céline murmelte, dass man sie weiterschlafen lassen solle, und drehte sich um. Chantal warf sich mir in die Arme und presste sich an mich.

»Charles, ich liebe dich.«

Dann stand sie auf und schüttelte ihre Freundin Céline. Ich

überließ sie ihrem morgendlichen Ritual und ging wieder in die Küche hinunter, wo das Frühstück auf uns wartete. Ich bat das Mädchen, uns ein Gedeck mehr aufzulegen, und dabei wurde mir klar, dass ich nicht einmal ihren Namen kannte. Ich fragte sie, wie sie hieß, und überrascht und eilfertig entgegnete sie: »Guadalupe.«

Ich dankte ihr und stellte fest, dass sie trotz der markanten Züge eines südportugiesischen Bauernmädchens sehr hübsch war mit ihren Locken, ihren tiefschwarzen Augen und ihrer durchscheinenden lusitanischen Haut.

Sie war erst seit sechs Monaten in Paris und hatte zuvor in einer sehr steifen Adelsfamilie in der Nähe der Esplanade des Invalides als Hausmädchen gearbeitet. Ihre Familie kannte Consuela, und so war sie sozusagen als Schützling der Haushälterin meiner Cousine nach Paris gekommen.

Ihre erste Stelle war ziemlich anstrengend gewesen, und sie hatte keine gute Erinnerung an die beiden Satansbraten ihrer alten »Madame«, die ihr auf der Nase herumgetanzt waren.

Endlich kamen Chantal und Céline, setzten sich an den Tisch und machten sich über die Croissants und Marmeladen her. Ich staunte noch immer darüber, in was für eine Oase Chantal das strenge Haus meines Vaters verwandelt hatte. Sie hatte die Vorräte in den Schränken aufgestockt, den Kühlschrank gefüllt, an dem nun ein Zettel klebte: »So schnell wie möglich auswechseln!« Sie hatte die Küche mit Nippes geschmückt, die sie auf dem Dachboden oder in irgendeiner Rumpelkammer gefunden hatte.

Ich hatte den dringenden Verdacht, dass Consuela an dieser Blitzaktion, in der das ganze Haus auf den Kopf gestellt worden war, mitgewirkt hatte. Dank meiner süßen neuen Freundin fühlte ich mich richtig wohl in diesem Haus, an das ich nicht die allerbesten Kindheitserinnerungen hatte.

»Charles, wir müssen Céline nach Malmaison zurückbringen.«

Céline protestierte, sagte, dass sie mit dem Zug fahren könne. Doch davon wollte Chantal nichts hören.

»Wir müssen sowieso einkaufen gehen. Und ich weiß doch, dass du in deiner riesigen Hütte ganz allein bist und alle Zeit der Welt hast, um nach Hause zu kommen. Außerdem hat Charles bestimmt nichts dagegen, wenn du noch ein bisschen bei uns bleibst«, sagte sie schelmisch.

Ich schlug vor, einen Ausflug zum Flohmarkt von Saint-Ouen zu machen, um einen gebrauchten Louis-Vuitton-Koffer für unsere Reise nach Montreal zu suchen, was begeistert aufgenommen wurde. Wir machten uns fertig, der Wind war noch kühl, obgleich sich der Frühling ankündigte. Während ich auf die Mädchen wartete, öffnete ich die Terrassentür der Bibliothek und ging die paar Stufen in den begrünten Innenhof hinunter, um mir ein wenig die Füße zu vertreten.

Der Hof ließ ziemlich zu wünschen übrig. Er war eine kleine Idylle, aber stark vernachlässigt, und es würde eine Menge Arbeit machen, ihn wieder auf Vordermann zu bringen. Vielleicht sollte ich das auch Chantal überlassen. Ich malte mir schon Blumenkübel an jeder Ecke des quadratischen Rasens aus und Clematis, die an der Mauer hochrankte.

Chantal rief nach mir, die Ladys waren bereit. Ich holte den Wagen und wartete im Hof. Ausgelassen wie Schulmädchen, die in der Pause in den Schulhof strömen, kamen sie angelaufen. Céline machte es sich auf dem Rücksitz bequem, und Chantal drehte sofort das Radio auf volle Lautstärke. Ich fuhr vorsichtig auf die Straße und wartete, bis sich das schwere Tor hinter uns geschlossen hatte. Als wir unter einem nahezu wolkenlosen Himmel in der Morgensonne die Quais entlangfuhren, zeigte Paris sich von seiner besten Seite.

Wir passierten die Place de la Concorde, fuhren an der Madeleine vorbei und den Boulevard des Malesherbes hinauf bis zur Périphérique. An der Porte de Clignancourt herrschte an allen Zufahrten zum Flohmarkt lebhaftes Chaos. Ich schlängelte mich zum Parkplatz durch, stellte den Wagen ab, und wir beschlossen, unsere Tour auf dem Marché Vernaison zu starten.

Dieser kleine Flohmarkt, ein Teil des Riesentrödels von Saint-Ouen, war mein Lieblingsmarkt. Ich hatte ihn bereits als Kind mit meiner Mutter besucht. Dort fand man erstaunlicherweise Kunstwerke, die großer Museen würdig gewesen wären, Kuriositäten, Tafelsilber oder Pfeifen, Gemälde unbekannter Künstler und ganze Kollektionen alter Koffer, die mit den Jahren Patina angesetzt hatten, echte Krokodilledertaschen, Kabinenkoffer aus der Zeit der Atlantiküberquerungen und Sammlungen von Postkarten aus der ganzen Welt, Briefmarken, Spielzeug, Porzellan – kurz: alles, was das Herz begehrte und selbst dem erfahrensten Sammler ein Leuchten in die Augen gezaubert hätte.

Vernaison war ein Paradies für Entdecker, ein Ort, der einen mit dem Zauber seiner wundersamen Fundstücke noch Wochen später zum Träumen brachte. Man spazierte über kleine Wege, plauderte mit den Händlern und Antiquaren, handelte und kehrte oft mit einem ganz besonderen Kleinod zurück, nutzlos vielleicht, aber doch so faszinierend, dass man unversehens beinah sein ganzes Geld dafür ausgegeben hatte.

An einem Stand mit gebrauchten Taschen fand ich eine Louis Vuitton aus Wildleder, die, wenngleich man ihr ihr Alter und die vielen Reisen ansah, in perfektem Zustand und mit Hotelaufklebern aus einer anderen Zeit versehen war. Chantal hatte es ein Wochenkoffer für Damen angetan, der mit wundervoller fuchsiafarbener Seide gefüttert war. Mit unseren neuen Schätzen kehrten wir zum Wagen zurück und verstauten sie in dem geräumigen Kofferraum. Céline schlug vor, in einem der unzähligen kleinen Bistros des Flohmarkts zu Mittag zu essen. Und so suchten wir uns einen Tisch bei Léon, der für sein Lendensteak mit Schalottensoße und Pariser Kartoffeln berühmt war – ein anderes Gericht gab es auf seiner Karte nicht, sodass er auf alle Ewigkeit zu dem Klassiker Steak-Pommes-Salat verdammt war. All das gehörte zu einem Besuch des Marktes von Saint-Ouen dazu, mit seiner ausgelassenen Atmosphäre und seinen Gassen, in denen potenzielle Kunden neuen Fundstücken nachjagten.

Beim Essen brachte Céline eine Idee vor, die in den darauffolgenden Monaten Gestalt annehmen sollte: Warum eröffnete ich nicht einen Antiquitätenladen, um die vielen Dinge loszuwerden, die sich auf meinem Dachboden stapelten? Chantal war Feuer und Flamme und sah sich schon als Geschäftsführerin. Und warum auch nicht?

Ich sah mich selbst nicht als Antiquitätenhändler, dafür schien der Gedanke für Chantal umso verlockender, und im Geiste richtete sie bereits den Laden ein. Das Mittagessen verlief fröhlich, und wir schmiedeten Pläne für die Zukunft. Irgendwann setzte ich der Diskussion ein Ende und versprach Chantal, dass wir das Projekt nach unserer Rückkehr aus Quebec in Angriff nehmen würden.

Wir kehrten zum Auto zurück und machten uns auf den Weg Richtung Rueil-Malmaison. Dieser in einen Seine-Bogen geschmiegte Pariser Vorort hatte in napoleonischer Zeit Berühmtheit erlangt, als Kaiserin Joséphine de Beauharnais das Schloss von Malmaison von ihrem Gatten geschenkt bekam und dort, nachdem der Kaiser sie verstoßen hatte, in Saus und Braus ihren Lebensabend verbrachte.

Céline hatte eine alte Villa im Stil Napoleons III. geerbt. Hinter den hohen Mauern verborgen, lag ein wunderschöner Garten, in dem die ersten Krokusse aus dem Rasen sprossen. Céline bestand darauf, uns einen Tee anzubieten, und so fanden wir uns in dem ein wenig altmodischen Salon wieder, wo wir auf und ab liefen und über Gott und die Welt diskutierten. Ich bemerkte, dass Céline sehr vertraut mit Chantal umging und dass die beiden typische Mädchengeheimnisse teilten, die vermutlich ein Buch vom Umfang eines Romans von Alexandre Dumas gefüllt hätten. Mir gegenüber aber gab das dunkelhaarige Mädchen sich noch ein wenig zurückhaltend und – vielleicht war es Schüchternheit – traute mir noch nicht so recht. Soviel ich mitbekam, langweilte Robert, ihr aktueller Verehrer, sie fürchterlich, doch mit achtundzwanzig Jahren war ihr offenbar – um es mit einem Sprichwort zu sagen – der Spatz in der Hand lieber als die Taube auf dem Dach.

Ich fand sie zu hübsch, zu intelligent und zu schlagfertig, um in Roberts öden Umarmungen zu enden, und sagte es ihr. Sie seufzte, war mir für meine Feststellung jedoch dankbar. Chantal versprach ihr, sie sofort anzurufen, sobald wir aus Montreal zurück wären, und als es bereits zu dunkeln begann, machten wir uns auf den Rückweg nach Paris.

Und endlich Montreal …

Die nächsten Tage waren von zahlreichen Erledigungen bestimmt. Christine hatte uns geraten, warme Kleidung mitzubringen, in Montreal war der Frühling zaghafter als in Paris. Chantal unternahm also mit ihrer besten Freundin einen Streifzug durch die Boutiquen und kehrte erschöpft vom Shoppingmarathon zurück. Ich hatte völlig vergessen, sie zu fragen, ob sie einen gültigen Pass besaß, glücklicherweise dachte sie selbst daran und sagte mir, dass sie ihren Pass im vergangenen Herbst verlängert hätte. Ich ging zur Bank, um mir kanadische Dollars und Reiseschecks zu besorgen. Als ich an einem Schuhladen vorbeikam, nutzte ich die Gelegenheit, ein Paar Stiefel zu kaufen.

Die Koffer füllten sich zusehends, und nun mussten wir das Problem des Transports der Olisben-Sammlung für Christine angehen. Ich hatte mir bereits die Papiere vom Notar besorgt, in denen die Legate beschrieben und der Name ihrer neuen Besitzerin eingetragen war, doch ich hatte noch nicht entschieden, wie wir die Dildos, die bereits sorgfältig in ihre Kiste verpackt waren, transportieren sollten.

Einfach in meinen Koffer legen? Ich malte mir die Reaktion des kanadischen Zollbeamten aus, wenn er auf die Idee käme, mein Gepäck zu öffnen. Was er wohl für ein Gesicht machen würde? Und was, wenn er mich fragen würde, was das sei? Lachend entschied Chantal, die kompromittierenden Objekte in ihre große Reisetasche zu packen. Sie meinte, kein Zollbeamter würde es wagen, eine junge Frau nach dem Zweck solcher Gegenstände zu fragen. Da war ich mir allerdings nicht so sicher.

Am Vorabend unserer Abreise entschied Chantal, dass wir außer Haus essen würden, sie war allmählich so aufgeregt, dass sie Ablenkung brauchte. Es war ohnehin der freie Tag unseres Hausmädchens. Plötzlich klingelte es an der Tür, und ich öffnete. Draußen stand Consuela mit einer Riesentasche unter dem Arm.

»Das ist für Mademoiselle Christine, sie hat mich gebeten, ihr eine Tasche mit Kleidern fürs Frühjahr fertig zu machen.«

Ich dachte nur, ein Glück, dass wir Plätze in der ersten Klasse reserviert haben. So konnten wir problemlos mehr Gepäck mitnehmen. Zwischen Chantals Gepäck und Christines Riesentasche wirkte mein Koffer ziemlich verloren. Endlich war alles fertig gepackt, Chantal zog ein Kleid an, und während ich ihr den Reißverschluss zumachte, gab ich ihr ihr Reisescheckheft. Sie machte ein erstauntes Gesicht, dann drehte sie sich um, fiel mir um den Hals und küsste mich leidenschaftlich.

»Charles, das ist das erste Mal, dass ein Mann mir so ein Geschenk macht. Bist du sicher, dass ich dein Vertrauen verdient habe?«

»Hör auf, von Vertrauen zu sprechen, ich denke, du bist intelligent genug, um zu wissen, dass ich dich liebe. Und nun beeilen Sie sich, junge Frau, ich habe für halb acht einen Tisch bei Vauvenargues reserviert.«

»Weißt du, Charles, ich fürchte mich ein bisschen vor Christine. Consuela sagt, sie ist eine richtige Aristokratin und benimmt sich manchmal wie ein verwöhntes und verzogenes Kind. Consuela liebt ihre Herrin abgöttisch, selbst wenn Christines Umgang ihr oft missfällt. Sie betet sogar jeden Sonntag für sie. Verstehst du jetzt, warum du mich ein bisschen beruhigen musst?«

»Du gewinnst Christines Sympathie am ehesten, wenn du ganz du selbst bist. Sie hasst Unterwürfigkeit und schlechte Erziehung. Und sie ist eine wahnsinnig gute Schauspielerin. Als wir klein waren, war sie immer die Anführerin, und ich war ihr ergebener Ritter. Sie ist ein paar Jahre älter als ich, und das nutzte sie gnadenlos aus. Mein Cousin Jean, ihr älterer Bruder, war schon lange ihr Prügelknabe.

Und die vielen Cousins und Cousinen, die jeden Sommer das Haus ihres Vaters in La Baule bevölkerten, waren ihre Armee, die sie gegen die Eisverkäufer am Strand in die Schlacht führte, und Letztere erlagen zum Schluss jedes Mal ihrem frechen Charme und verkauften ihrer kleinen Bande verbilligtes Eskimo-Eis.

Einige unserer Spiele waren ein wenig unanständig. Das Doktorspiel war unser größtes Geheimnis und stellte eine Art sexuellen Initiationsritus für ausgewählte Cousins und Cousinen dar. Als Praxis hatten wir uns das Atelier hinter der Garage ausgeguckt, als Untersuchungsliege diente uns ein schmieriger alter Arbeitstisch. Christine und ich waren die Doktoren, Jean war von der Bande ausgeschlossen, weil er schon zu den Großen gehörte. Wir führten unsere Patienten heimlich durch die Gartentür in das Atelier und schlossen hinter uns ab.

Die Untersuchung begann natürlich immer mit dem Entkleiden des willigen Opfers. Christine hatte sich ein Stethoskop und Pinzetten besorgt. Ich war für die Lotion zuständig, die wir von dem Toilettentisch meiner Mutter klauten. Die benötigten wir, um den Patienten einzupinseln.

Dann schritt Christine zur Untersuchung, die sich immer

nach demselben Ritual vollzog, sodass das eigentlich Aufregende die Tatsache war, dass wir für jeden Termin ein neues williges Opfer finden mussten. Christine ließ unseren Patienten den Mund weit aufmachen, tastete auf sehr professionelle Weise den Hals ab, hörte dann die Herztöne und das Geräusch der Lunge beim Luftholen ab. Wenn der Kranke weiblich war, kommentierte Christine das Wachstum der Brüste und streichelte dabei die Haut, damit die knospenden Brustwarzen hervortraten. Da wir alle kurz vor der Pubertät standen, riefen diese Untersuchungen bei uns Doktoren und unseren Patienten gleichermaßen Begeisterung hervor und erregten unweigerlich unsere jungen Sinne.

Dann wurde die Untersuchung noch interessanter. Christine kam dann zum Genitalbereich und suchte nach ersten Anzeichen von Schambehaarung. Ich musste ein Haar ausreißen, um es zu analysieren, wozu ich das Untersuchungsobjekt in ein Marmeladenglas legte.

Währenddessen unterzog Christine die Scham der Patientin oder den Penis des kleinen Cousins einer sorgfältigen Überprüfung, und wenn sie begann, ihn zu masturbieren, fügte er sich ritterlich. Wenn sie es schaffte, dass der Penis steif wurde, oder es ihr gar gelang, ihm zu einer Ejakulation zu verhelfen, hatten wir nach Ansicht von Frau Doktor die Untersuchung erfolgreich abgeschlossen. Der Patient war stolz auf dieses Initiationsritual der besonderen Art und konnte sich fortan zu den *Großen* zählen.

Um ein Haar aber wäre das Doktorspiel böse für uns ausgegangen. Meine Mutter merkte irgendwann, dass ihre Lotionsflaschen für einen strahlenden Teint mit seltsamer Regelmäßigkeit verschwanden, und erzählte Christines Mutter davon. Tante Cecilia war Amerikanerin, die kurz vor dem Zweiten Weltkrieg meinen Onkel, den Grafen von T., geheiratet hatte. Sie war erschreckend gerissen und kam uns auf die Schliche. Wie ein knallharter Kriminalist quetschte sie einen unserer Cousins aus, einen von den *Großen*.

Dabei reichte ihre Strategie von der Androhung grausamster Strafen bis zum Versprechen schönster Belohnungen, bis sie den Burschen schließlich weichgekocht hatte und er ihr gestand, dass wir Doktorspiele gemacht hätten. An einem verregneten Tag, als die Erwachsenen uns verboten hatten, an den Strand zu gehen, erwischte Tante Cecilia uns in flagranti.

Zur Strafe versammelte Tante Cecilia uns Kinder komplett vor der ganzen Familie – Onkel, Tanten, Väter und Mütter – und gab uns einen kleinen Intensivkurs in Sexualkunde und erklärte uns mithilfe von Bildmaterial, wie die Folgen unserer verdorbenen Spielchen aussehen könnten. Kleinlaut und mit knallroten Köpfen saßen wir im großen Salon und fühlten uns wie Verbrecher, die beim Jüngsten Gericht zum Fegefeuer verdammt werden.

Aus dem Augenwinkel beobachtete ich Christine, die als Einzige die Ruhe zu bewahren schien und deren Augen vor zurückgehaltenem Zorn funkelten. Als Tante Cecilia mit ihrem langen Vortrag fertig war, stand Christine auf, um den Salon zu verlassen, und rief, an ihre Mutter gewandt: ›Mama, hast du neulich am Tanzabend mit Onkel Simon im Auto auch Doktorspiele gemacht?‹

Tante Cecilia durchquerte den Salon und schlug die Tür hinter sich zu. Alle schwiegen, die Erwachsenen standen unter Schock, warfen einander Blicke zu und versuchten, sich mit Bemerkungen zurückzuhalten.

Wir Kinder gingen in den Garten, die Erwachsenen schlossen sich im Salon ein. Ich lugte durch das Fenster hinein und sah die in Tränen ausgebrochene Cecilia.

Aus den geöffneten Fenstern des Musikzimmers im ersten Stock drangen Klavierklänge in den Garten: Christine hämmerte wie wild auf die Tasten ein und ließ ihre Wut an dem alten Klavier aus.

Das war unser letzter Sommer in La Baule. Danach kam Christine bis zum Abi in ein Internat in Haute-Loire, und ich wurde in ein Gymnasium in der Pariser Region abgeschoben.«

Chantal hatte sich meine Geschichte amüsiert und fasziniert angehört, aber immer noch schien Christine sie zu beunruhigen. Wir waren inzwischen beim Hauptgericht, und ich hatte fast noch nichts gegessen.

»Charles, erzähl mir, wie Christine zu dieser charismatischen Frau geworden ist, die sich anscheinend vor nichts und niemandem fürchtet, und schon gar nicht vor dem Gerede der Leute.«

»Nach dem Abi suchte Christine sich einen Job. Sie sah aus wie ein Model, war hochintelligent und wusste die Menschen zu manipulieren. Sie bekam eine Stelle in einer großen Pariser Werbeagentur mit angesehenen Kunden. Als ihr Vater starb, erbte Christine das Stadtpalais der Familie, und Tante Cecilia, die aufgrund des Skandals wegen ihrer außerehelichen Beziehung mit Onkel Simon ihr Erbteil ablehnte, kehrte in die USA zurück. Damit waren Christine und Jean die einzigen Erben, die seitdem ein beachtliches Vermögen besitzen. Jean hat meine Schwägerin Violaine geheiratet und mit ihr einen Haufen Mädchen bekommen.

Violaine kommt aus einer Aristokratenfamilie, in deren Adern noch blaues Blut fließt, aber es hat sich schnell herausgestellt, dass sie dumm und unfreundlich ist und schlecht über andere redet. Als ich Jean das letzte Mal gesehen habe, war er sehr niedergeschlagen, denn seine Frau wird immer unerträglicher. Er hat ernsthaft daran gedacht, sich scheiden zu lassen, aber er hat gezögert, aus Angst, Violaine könne ihn verklagen.

Christine hat jeden Kontakt zu Violaine abgebrochen. Zwischen ihr und ihrer Schwägerin hat sich der Bruch längst vollzogen. Sie hält sie für eine Xanthippe ohne jeden Charme. Jean hat immer unter diesem Zerwürfnis gelitten, denn er bringt Christine nicht nur die übliche Geschwisterliebe, sondern auch grenzenlose Bewunderung entgegen.

Meine Cousine ging schön und stolz durchs Leben. Sie benutzte den Jetset für ihre Zwecke, ließ sich reich dafür entlohnen, dass sie die Kreationen großer Modeschöpfer und Schmuckdesigner von Weltruf und aller möglichen Luxuslabel trug, und so kam sie viel herum in der Welt und verkehrte in exklusivsten Kreisen.

Wenn mir während meiner Ausgrabungsprojekte gelegentlich die eine oder andere Zeitschrift in die Hände fiel, sah ich sie manchmal in Fotoreportagen, wie sie gerade am Arm eines stinkreichen Reeders oder eines berühmten Schauspielers die Stufen zum Festivalpalast in Cannes hinaufstieg.«

Geistesabwesend und den Blick in die Ferne gerichtet, hatte Chantal mir zugehört und dachte nun über das nach, was sie gerade über meine nicht ganz alltägliche Familie erfuhr.

»Glaubst du, sie wird mich mögen? Ich weiß ja jetzt, wie gern sie dich hat, aber ich, was bin ich schon im Vergleich zu ihr?«

»Chantal, ich habe es dir schon gesagt, bleib ganz du selbst, dann mag sie dich bestimmt. Du wirst schon sehen, mach dir keine Sorgen, es wird alles gut gehen. Wir werden bestimmt viel Spaß haben.«

Sie schien nicht sehr überzeugt, nahm aber meine Hand.

»Weißt du, Charles, dir ist noch nicht mal aufgefallen, dass ich keinen BH angezogen habe, um dir eine Freude zu machen.«

Ich sah sie an und blickte auf ihr Dekolleté, wo ich den Ansatz ihrer Brüste sehen konnte.

»Stimmt, verzeih mir. Es ist das erste Mal, dass ich mit einer Frau verreise. Und es ist so viel passiert, seit ich wieder in Paris bin: erst du, unser gemeinsames Leben, das nun beginnt, dann das Glück darüber, dass du mir andere, faszinierende Welten eröffnest ... Ich bin einfach ein bisschen durcheinander. Ich fühle mich, als hätte ich im Lotto gewonnen. Und dann bist du so zärtlich und lustig. Das Leben meint es wirklich gut mit mir.«

Sie sah mich liebevoll an.

»Was hältst du davon, nach dem Essen noch woandershin zu gehen? Wir könnten ein bisschen Jazz hören, und ich kann mich an dich drücken.«

Ich lächelte.

»Einverstanden, aber nicht so lange. Sonst verpassen wir morgen noch das Flugzeug.«

Um sieben Uhr am nächsten Morgen klingelte der Wecker. Ich weckte Chantal und ging duschen. Guadalupe hatte mir bereits etwas zum Anziehen rausgelegt, und wenige Minuten später saß ich in der Küche vor einem dampfenden Kaffee. Unser Hausmädchen ging nach oben, um Chantal dabei zu helfen, den Koffer zuzumachen, und kurz darauf aßen wir ein paar Toasts mit Butter und Marmelade. Um acht Uhr klingelte es am Tor. Ich drückte auf den Toröffner, und ein Taxi kam in den Hof gefahren. Nachdem das Gepäck im Kofferraum verstaut war, gab ich Guadalupe noch ein paar Anweisungen und bat sie, sich bei Problemen an Consuela zu wenden.

Im Nieselregen fuhren wir über die Autobahn zum Flughafen Charles-de-Gaulle. Das Taxi setzte uns vor der Schalterhalle der Air France ab, und nachdem wir unser Gepäck aufgegeben hatten, ruhten wir uns im Wartebereich der Fluggesellschaft einen Moment aus. Dann begaben wir uns in den Sicherheitsbereich, und ich ging in einen der Duty-free-Läden, um für meine Lieblingscousine ein Geschenk zu kaufen. Angesichts des Überangebots an Parfümmarken war ich einen Moment unschlüssig, dann fiel mir ein, dass Christine auf Hermès schwor, und kaufte für sie eine Flasche Amazone, für Chantal dagegen kaufte ich eine Flasche Fleurs de Rocaille von Charon, ihr Lieblingsparfüm. Zum Schluss kaufte ich noch eine Dose russischen Kaviar und Gänseleberpastete aus Trélissac.

Kaum war ich in den Wartebereich zurückgekehrt, wurde unser Flug auch schon aufgerufen. Wir zeigten an der Kontrolle unsere Pässe vor, und wenige Minuten später saßen wir gemütlich auf unseren Sitzen und harrten unserer ersten Atlantiküberquerung als Paar. Chantal hatte sich Zeitschriften und, zu meiner Freude, einen Krimi von Frédéric Dard gekauft.

Es dauerte nicht lange, da setzte sich das Flugzeug in Bewegung und rollte zur Startbahn. Es war mein erster Flug in der Businessclass. Kein Vergleich zur Economyclass, wo ich sonst meinen Allerwertesten niederließ. Die Sitze waren komfortabel, und es gab ausreichend Beinfreiheit. Der Service war zuvorkommend. Chantal war aufgeregt und sah aus dem Fenster, amüsierte sich über die Wildkaninchen, die über die Felder neben den Start- und Landebahnen von Roissy hoppelten und sich nicht um den Lärm der Triebwerke scherten.

Mit einem Dröhnen hob das Flugzeug ab; schnell war der Erdboden verschwunden, und schon flogen wir durch dichte Wolken, durch die die Maschine schnitt wie durch Baumwolle. Der Himmel wurde hell, und die Sonne tauchte auf. Nach den Durchsagen der Flugbegleiterin machte sich an Bord eine gedämpfte Stille breit. Die überdimensionierten Sessel erleichterten die zärtliche Annäherung nicht gerade; sie waren gemütlich, machten Liebkosungen aber so gut wie unmöglich. Chantal versuchte dennoch, ihren Kopf an meine Schulter zu legen, und polsterte die harte Lehne zwischen unseren Sitzen mit einem Kissen. Vor lauter Aufregung zappelte sie die ganze Zeit herum und entspannte sich erst, als sich der Bildschirm ihres Fernsehers einschaltete. Sie streifte ihre Schuhe ab, zog die Füße hoch auf den Sitz, setzte Kopfhörer auf und wippte im Takt zur Musik einer Pariser Modenschau.

Das monotone Dröhnen der Motoren tauchte mich in einen Zustand halbschlafähnlicher Benommenheit, und erst als die Flugbegleiterin mit dem Essen kam, wurde ich richtig wach. Chantal hatte bereits ein Glas Champagner bestellt, und ich schloss mich ihr an.

Ein Film begann, der neueste James Bond. Chantal nahm meine Hand, und ich fühlte, wie ihre Zunge meine Handfläche kitzelte. Ich suchte in meinen Sachen nach der Flasche Fleurs de Rocaille und gab sie ihr. Sie klatschte vor Freude in die Hände und gab mir einen langen Kuss, der unserer Umgebung die Schamröte ins Gesicht getrieben hätte, doch zum Glück beachtete uns niemand, und Chantal saugte ausgiebig an meinen Lippen.

Das Essen war ausgezeichnet. Die Zufriedenheit der Passagiere war Air France wichtig. Nach dem Kaffee fragte uns die Flugbegleiterin, ob wir zollfrei einkaufen wollten. Ich antwortete, dass ich das bereits getan hätte, doch Chantal konnte nicht widerstehen und blätterte in der Broschüre, die die junge Frau ihr gab. Staunend betrachtete sie eine lange vergoldete Kette.

»Kann ich drei davon kaufen?«, fragte sie und sah mich dabei frech an.

»Was willst du denn mit drei Ketten?«

Sie beugte sich zu mir herüber und flüsterte mir ihr Geheimnis ins Ohr. Der Vorschlag war so aufregend, dass ich nicht Nein sagen konnte, also bestellten wir. Die Flugbegleiterin kam mit drei blauen Samtschachteln zurück. Ich bezahlte, und Chantal steckte die kleinen Schachteln in ihre Handtasche. Dann flüsterte sie: »Ich geh sie schnell anziehen.«

Sie ging zur Toilette, und das Besetzt-Zeichen leuchtete auf. Ein paar Minuten später kam sie zurück und machte ein Gesicht wie ein Kind, das gerade etwas ausgefressen hat. Sie setzte sich und wisperte mir zu: »Fertig. Du wirst sehen, es ist hübsch.«

Sie küsste mich auf den Hals.

»Charles, hast du schon mal in dreiunddreißigtausend Fuß Höhe Liebe gemacht?«

»Nein, und du solltest nicht mal an so was denken. Die Kabine der Besatzung ist direkt neben der Toilette!«

»Schade«, sagte sie verträumt.

Immer noch tobte James Bond über den Bildschirm, und im Moment spielte sich zwischen Sophie Marceau und Pierce Brosnan eine heiße Szene ab.

»Na, die zwei langweilen sich nicht«, meinte Chantal lachend, »ich bin ein bisschen eifersüchtig.«

Plötzlich dämpfte eine Stewardess das Kabinenlicht. Sooft ich auch schon geflogen war, das Ritual einer Flugreise faszinierte mich immer aufs Neue: Man startet, trinkt und isst etwas, kauft ein paar Kleinigkeiten, dann trifft das Kabinenpersonal alle nötigen Vorkehrungen, damit geruht werden kann. Nach einer Weile mehr oder weniger tiefer Stille geht das Licht wieder an, und dann weiß man, dass es Zeit ist für einen Kaffee oder Tee, zu dem ein kleiner Imbiss oder etwas zum Knabbern gereicht wird. Wiederum etwa zwanzig Minuten später sammelt man seine Siebensachen wieder ein, schnallt sich an, und der Landeanflug beginnt. Ganz gleich, in welchen Teil der Erde man reist, das Ritual ist immer dasselbe.

Durch das Fenster betrachtete Chantal staunend das wundersame Schauspiel der Natur. So weit das Auge reichte, lag Schnee, nur hier und da von Wasserläufen durchzogen, und in der Ferne war das azurblaue Meer zu sehen.

Letzteres kündigte uns den Mündungstrichter des Sankt-Lorenz-Stroms an und damit die Landung in Montreal etwa zwei Stunden später. Der Imbiss wurde gereicht, Chantal aß ein Sandwich, trank ihren Tee, beugte sich dann zu mir herüber und flüsterte mir ins Ohr: »Die Kette ist in meine Ritze gerutscht, ich bin total erregt.« Dann küsste sie mich auf den Hals.

Es war das erste Mal, dass ich auf einem so langen Flug nicht einschlief. Chantal war die ganze Zeit in Bewegung und redete über alles und nichts. Ich hatte nicht eine Zeile in meinem Krimi gelesen. Eine verliebte Frau an seiner Seite ist im Flugzeug definitiv der angenehmste Zeitvertreib.

Das Flugzeug begann die Flughöhe zu verlassen. Chantal wurde still, und ich nahm an, dass sie sich Gedanken über die bevorstehende Begegnung mit Christine machte. Sie nahm meine Hand und drückte sie fest, dann ging sie wie alle Frauen noch einmal zur Toilette, um sich frisch zu machen.

Draußen war wunderbares Wetter, aber kalt, hier und da lag noch ein wenig Schnee. Der Kapitän kündigte an, dass es in Montreal minus zwei Grad kalt war, doch die Sonne strahlte, wenngleich ein Wind ging. Das Flugzeug verlor an

Höhe, und Chantal zog mich zum Fenster, fasziniert vom Anblick der Stadt, die unter uns vorbeihuschte. Wir näherten uns dem Boden, und mit einem Ruck traf das Flugzeug auf der Landebahn auf und rollte auf das Flughafengebäude zu. Unsere Stewardess kam zu uns.

»Sie sind doch Monsieur und Madame Charles de T.?«

Ich nickte.

»Unser Kollege in Montreal erwartet Sie, um Ihnen beim Zoll behilflich zu sein. Bitte wenden Sie sich nach dem Aussteigen an ihn.«

Christine überließ nichts dem Zufall. Ganz wie es ihre Gewohnheit war, hatte sie ihre Beziehungen spielen lassen, und nun würde man uns wie richtige VIPs empfangen, was mir nicht sehr behagte, da ich so viel Aufmerksamkeit nicht gewohnt war.

Der Stationsleiter der Air France nahm uns in Empfang und bat uns, ihm in das Ankunftsterminal zu folgen. Wir gingen an den Gepäckbändern vorbei, unser Führer brachte uns zu einem Wartebereich und versicherte, dass er sich um unser Gepäck kümmern würde. Im Wartebereich ging eine sehr hübsche Frau auf und ab: Christine. Ich rief ihren Namen, sie stürzte sich in meine Arme, trat einen Schritt zurück, sah Chantal einen Augenblick an, umarmte dann auch sie und küsste sie auf beide Wangen. Ich sah eine glückliche, strahlende Christine; unsere Begegnung war sehr emotional.

»Deine Freundin ist großartig. Ich wusste, dass du Geschmack hast! Chantal, Sie gefallen mir jetzt schon sehr«, sagte Christine und legte der jungen Frau den Arm um die Schultern.

Ein Kofferträger informierte uns, dass das Gepäck auf uns wartete. Christine nahm Chantal am Arm, und wir gingen in die Ankunftshalle hinunter. Meine Cousine hatte einen Wagen warten lassen, wir luden das Gepäck in den Kofferraum, machten es uns auf dem Rücksitz bequem, und der Wagen fuhr los.

Die beiden Frauen begannen sich miteinander vertraut zu machen. Chantal erzählte Christine alles, was in der letzten Zeit in Paris geschehen war und wie wir uns kennengelernt hatten. Währenddessen sah ich mir die Landschaft an. Hässliche Fabriken, Containerlager mit übereinandergestapelten Containern, Bahngleise – wie in fast allen Städten; die Verkehrsadern, die die Stadtzentren mit den Flughäfen verbinden, sind von einer Hässlichkeit, die sofort ein heftiges Bedürfnis nach Harmonie auslöst. Ich kenne nur zwei Flughäfen, die in prächtige Landschaften eingebettet sind: der Flughafen von Nizza an der Côte d'Azur, wo man von Meer und Sonne empfangen wird, und der von Vancouver auf einer von Bergen umgebenen Halbinsel. Montreal machte bei der weltweiten Banalität keine Ausnahme. Doch als wir schließlich die Autobahn verließen, lag die Stadt majestätisch vor uns, die Nachmittagssonne spiegelte sich in Wolkenkratzern, und über allem thronte der Mont Royal. Ohne die Stadt besichtigt zu haben, befand ich, dass Montreal eine sehr schöne Stadt sei, und teilte Christine meine Erkenntnis mit, die sich freute und entgegnete: »Du hast doch noch gar nichts gesehen! Aber ich bin sicher, dass es dir gefallen wird, Montreal ist Amerika auf Französisch.«

Dann setzte Christine ihre Plauderei mit Chantal fort, die immer wieder durch herzhaftes Gelächter unterbrochen wurde. Befriedigt stellte ich fest, dass die beiden jungen Frauen sich auf Anhieb verstanden und dass sie sicher schnell vertraut miteinander würden. Der Wagen war an der Autobahnausfahrt Rue Guy abgebogen und hielt nun auf den Mont Royal zu. Wenige Minuten später blieben wir auf einer abschüssigen Straße stehen, an deren Rändern sich noch schmutziger Schnee türmte.

Wir drei gingen zur Eingangstür, um das Gepäck kümmerte sich der Fahrer. Christine führte uns durch ihre Wohnung, die auf den ersten Blick raffiniert und typisch weiblich eingerichtet war. Von einem Vorzimmer mit mehreren Garderobenschränken kam man in ein großes Wohnzimmer, das mit zartrosa Rohseide tapeziert war.

Ich erkannte ein paar Gemälde aus dem Familienbesitz, unter anderem einen Fantin-Latour, der früher einmal im Büro meines Onkels gehangen hatte, und einen Akt von Dunoyer de Segonzac, der mir, wie ich mich nun erinnerte, in der großen Villa in La Baule aufgefallen war. Chantal und Christine hatten einander immer noch viel zu erzählen, und so fand ich mich, umgeben von Koffern, allein in einem Voltaire-Sessel wieder. Dann bot Christine auf einem durchsichtigen Tablett Getränke an. Ich entschied mich für ein Bier, das mir nach der trockenen Luft im klimatisierten Flugzeug sehr willkommen war. Die Mädchen gingen nach oben, wo Christine Chantal das Gästezimmer zeigte, in dem wir schlafen würden.

Die Wohnung war nicht sehr groß, aber ausgesprochen komfortabel und geschmackvoll eingerichtet. Ich schleppte unser Gepäck hoch in unser Zimmer und legte die große Tasche, die Consuela mir mitgegeben hatte, vor die Schlafzimmertür unserer Gastgeberin. Christine bedeutete mir hereinzukommen und zeigte mir alles. Ihr komfortables Schlafzimmer spiegelte den Luxus wider, den ich bei Christine kannte. Ein paar Gegenstände eindeutig erotischer Natur waren in einer Art und Weise ausgestellt, dass selbst ein argloser Besucher keinen Zweifel an ihrer Verwendung haben dürfte. Ich bemerkte einen Tiegel mit Maya-Salbe, dessen phallischer Griff wie ein Dildo aussah und dessen Korpus einem wohlproportionierten Hodensack glich, das Ganze war gekrönt von einem Deckel in Form einer Vagina.

Ich hatte schon ähnliche Salbentöpfe gesehen, doch dieser war perfekt erhalten und reich verziert. Ich entdeckte auch die vier Gemälde von Carzou, wundervolle Arbeiten. Christine wollte uns in den nächsten Tagen erzählen, wie sie sie erstanden hatte.

Meine Cousine schlug vor, dass wir uns vor dem Abendessen ein wenig ausruhten. Sie zeigte uns das Badezimmer, das unsere Zimmer miteinander verband, gab uns einen Stapel Hand- und Badetücher und schloss die Tür hinter sich.

Chantal warf sich in meine Arme und bedeckte mich mit Küssen. Sie war glücklich, und das Reisefieber hatte ihrer Leidenschaft keinen Abbruch getan. Ich fühlte mich ziemlich müde und sehnte mich nach einer Dusche. Also duschte ich, zog einen Bademantel an und warf mich aufs Bett.

Nun nahm Chantal das Badezimmer in Beschlag, und ich hörte sie vor sich hin trällern, während sie sich ein Bad einließ, als ich schließlich vom Schlaf überwältigt wurde. Erst sehr viel später wurde ich wieder wach, die Abenddämmerung kündigte sich an, und ein paar rosa Wolken trieben an einem malvenfarbenen und blauen Himmel. Aus dem Nebenzimmer drang Gelächter herüber, Christine und Chantal kicherten, und ich fragte mich, was wohl der Grund für ihre gute Laune war. Ich pirschte mich bis an die Türschwelle heran und wurde so ungewollt Zeuge einer Anprobe von Dessous, die Christine aus der Tasche hervorholte, die Consuela mir für sie mitgegeben hatte.

Die Szene an sich war schon ein Schauspiel erster Güte, doch vor allem das Kokettieren und die kleinen, wie zufälligen Berührungen der beiden Frauen erregten mich. Ich hüstelte leise, um mich bemerkbar zu machen, was bei den beiden Komplizinnen noch größere Fröhlichkeit auslöste. Chantal zog an dem Goldkettchen, das sich zwischen ihren Pobacken verlor. Christine zog ihrerseits daran, an der Vorderseite, dort, wo es zwischen den Schamlippen verschwand.

»Wirklich, Chantal, mein Cousin Charles hat Geschmack. So ein Accessoire brauche ich auch«, sagte Christine und streichelte Chantals glatten Bauch, um dann auf dem winzigen Dreieck blonder Haare zu verweilen, die ihren Venushügel schmückten.

»Christine, so aufgeregt, wie ihr seid, gehe ich davon aus, dass die Sachen, die Consuela dir geschickt hat, ganz besonderer Art sind, aber ich habe in meinem Koffer ein noch viel aufregenderes Geschenk, was Chantal bestätigen kann: das Erbe, das dein Onkel dir vermacht hat.«

Ich ging das Sandelholzkästchen mit der Olisben-Sammlung holen, kam mit dem Päckchen unter dem Arm zurück und legte es auf Christines Bett. Vor Chantals leuchtenden Augen begann meine Cousine, das Päckchen auszupacken. Das Kästchen kam zum Vorschein, Christine betätigte den Öffnungsmechanismus, und vor ihr lagen die Olisben in ihren Seidensäckchen.

Ich hatte noch eine Karte in das Kästchen gelegt, in der ich geschrieben hatte, dass dieses Kästchen samt Inhalt das Erbe ihres Onkels Édouard für seine Lieblingsnichte sei. Außerdem hatte ich geschrieben, dass Chantal und ich uns freuten, ein paar Tage mit ihr in Montreal zu verbringen. Ich liebte Christine auf eine besondere Weise, ein wenig wie eine große Schwester, die ich nie gehabt hatte. Sie bedachte mich mit rührender Zuneigung, und ihre Vertrautheit mit meiner Freundin wärmte mein Herz.

Nachdem sie die Karte gelesen hatte, holte Christine den ersten Olisbos aus seinem Etui. Sie betrachtete ihn, berührte ihn, streichelte ihn, dann stellte sie ihn auf ein Silbertablett auf der Kommode. Der Olisbos leuchtete in dem gedämpften Licht. Sie wandte sich dem zweiten Dildo zu, dann dem dritten, und schließlich war die ganze Kollektion ausgebreitet. Sie fragte Chantal: »Welcher gefällt Ihnen am besten?«

Chantal zeigte auf den mit Edelsteinen besetzten birmanischen Phallus, der erstaunliche Ausmaße besaß.

»Ich bin mir nicht sicher, ob er ganz in mich hineinpasst«, sagte Chantal ein wenig enttäuscht.

Ich erklärte ihr, dass der birmanische Phallus vermutlich kultischen Zwecken gedient hatte, bei seiner Größe war es eher unwahrscheinlich, dass er tatsächlich in eine Vagina eingeführt werden konnte.

»Täusch dich mal nicht, mein lieber Cousin, ich kenne Frauen, die alles geben würden, um mit einem solchen Apparat masturbieren zu dürfen. Er ist wunderbar, ich frage mich, wo dein Vater ein solches Objekt aufgetan hat.«

Christine bewunderte noch eine Weile ihre neue Sammlung, dann forderte sie uns auf, uns fertig zu machen, damit wir essen gehen konnten. Sie fragte Chantal, ob sie für den Abend einen Mantel habe, denn es war noch ziemlich kühl. Chantal hatte eine Daunenjacke mitgebracht, die eher sportlich war als elegant. Christine lieh ihr einen weißen Fuchs, der Chantal passte wie angegossen.

»Sie können darunter etwas Leichtes tragen, das mache ich auch immer so. Schön warm eingepackt in meinen Pelz kann ich kleidungstechnisch ruhig etwas leichtsinnig sein.«

Wir machten uns fertig. Christine wollte mit uns in ein kleines Restaurant in der Rue Crescent gehen, wo sie häufig aß und das nicht zuletzt den Vorteil besaß, dass man zu Fuß hingehen konnte.

Christine hatte kein Auto. Innerhalb der Stadt bewegte sie

sich mit dem Taxi, und wenn sie aus Montreal hinausfuhr, mietete sie einen Wagen oder lieh sich einen bei Freunden. Unterwegs zeigte sie uns die berühmte Einkaufsstraße Rue Sherbrooke, das Musée des Beaux-Arts, das Kaufhaus Holt Renfrew, laut Christine in Sachen Kleidung das einzig Wahre in Montreal, und, ein Stück weiter die Straße hoch, das Hotel Ritz, bei ihr ebenfalls hoch im Kurs. Wir erreichten die Rue Crescent und standen kurze Zeit später vor dem Restaurant.

Das Troika war ein winziges Lokal, zu dem ein paar Stufen hinunterführten. Die Inneneinrichtung war durch und durch russisch, auf einem Tisch thronte ein riesiger Samowar, und selbst das Personal war in der Landestracht gekleidet. Christine bestellte das Essen und eine Flasche Tokaier, zu dem wir stilecht ein paar Blinis mit Sour Cream verspeisten. Dann wurde ein ungarisches Gulasch serviert. Unser erstes Essen auf nordamerikanischem Boden war köstlich, und beinah fühlten wir uns so, als wären wir irgendwo im alten Europa.

Natürlich schwelgten Christine und ich erst einmal ausgiebig in Erinnerungen. Christine fragte Chantal: »Und, was hat Charles Ihnen von mir erzählt? Wissen Sie, in der Familie hält man mich für eine schamlose und gefährliche Exzentrikerin.«

»Aber nein«, wehrte Chantal ab, »Charles hat Sie sehr gern, er hat mir nur Gutes von Ihnen erzählt, und Consuela betet Sie an, auch wenn sie manchmal schimpft. Charles und ich haben sogar Ihre Cousine Estelle in Versailles getroffen. Ich glaube, sie bewundert Sie sehr für Ihren Freigeist und Ihre Freizügigkeit. Ich hatte sogar das Gefühl, dass sie ein bisschen neidisch ist auf Ihr Leben ohne Zwänge.«

»Ach, Sie haben Estelle kennengelernt? Sie ist wunderbar, übrigens hatte dein Vater ein sehr enges Verhältnis zu ihr, Charles. Soweit ich weiß, hatten sie eine schöne Zeit miteinander und haben die unglaublichsten Abenteuer erlebt.«

Ich fiel ihr ins Wort.

»Christine, ich glaube, du kanntest meinen Vater besser als ich. Seit ich vom Galapagos-Archipel zurück bin, vergeht nicht ein Tag, ohne dass ich eine Entdeckung größeren Ausmaßes mache. Von heute auf morgen bin ich plötzlich reich, Eigentümer eines Stadtpalais, das vollgestopft ist mit seltenen Objekten und außergewöhnlichen Sammlungen, habe eine Stiftung und ein Haus in Zürich, das vor Kunstwerken fast aus allen Nähten platzt, und muss auf der ganzen Welt Erbstücke meines Vaters an Menschen verteilen, die ich noch nie in meinem Leben gesehen habe. Ehrlich gesagt bin ich leicht überfordert, und ich hoffe ein bisschen darauf, dass du mir erzählst, wer mein Vater war, denn offensichtlich wusste ich so gut wie nichts über ihn.«

»Wir werden noch genug Zeit haben, darüber zu reden. Aber jetzt lasst uns nach Hause gehen. Ich habe für morgen Abend ein paar Leute zum Essen eingeladen. So könnt ihr gleich eine der vielen Facetten Montreals und seiner Vergnügungsmöglichkeiten kennenlernen. Und am Wochenende fahren wir aufs Land, nach Estrie, die Eastern Townships. Wir machen eine kleine Zuckertour zu den Ahornplantagen. Ihr werdet sehen, das wird lustig.«

Ich spekulierte darauf, etwas mehr über meine Familie zu erfahren und mich bei der Gelegenheit von meiner Cousine mit Ratschlägen für ein angenehmes und sorgenfreies Leben versorgen zu lassen. Doch bekanntlich sind Ferien nicht allein zum Entspannen da, vor allem dann nicht, wenn man eine Cousine wie Christine hat, die beiderseits des Atlantiks für ihre Vielseitigkeit berüchtigt ist.

Ich war todmüde und ließ mich in voller Montur auf das weiche Bett fallen, wo ich auf der Stelle einschlief. Die Sonne, die durch die Vorhänge drang, weckte mich. Chantal hatte mich, so gut es ging, ausgezogen, ohne dass ich etwas gemerkt hatte. Ich sah auf meine Uhr. Sie zeigte immer noch Pariser Zeit – drei Uhr nachmittags. Chantal war nicht mehr im Bett, und von unten drang fröhliches Stimmengewirr herauf. Ich duschte, schrubbte mich zum Wachwerden mit einem Rosshaarhandschuh und zog einen Bademantel an. Wenig später war ich unten in der kleinen Essecke der Küche. Der Duft nach frischem Kaffee kitzelte mich in der Nase. Ich küsste die Mädchen. Chantal presste sich an mich und sagte: »Du bist da drunter ja ganz nackt!«, woraufhin sie gleich wieder zu kichern begann.

Christine sagte: »Na, hoffentlich ist er jetzt ein bisschen besser in Form als das letzte Mal, als ich ihn nackt gesehen habe.«

Sofort gab sie die Episode mit unseren Doktorspielen zum Besten. Chantal amüsierte sich köstlich.

Ich ärgerte mich ein bisschen über Christines typische taktlose Art. Sie dachte nicht einen Augenblick daran, dass ich meiner Freundin vielleicht nicht mein ganzes Leben erzählt hatte. Die Mädchen hatten die gesamte Dildokollektion auf dem Wohnzimmertisch ausgebreitet, daher also ihr Gelächter von vorhin, das sicherlich von den Kommentaren über ihre Verwendung ausgelöst worden war.

Ich erkundigte mich bei Christine, wie die Pläne für den Tag aussähen, der sich kühl, aber strahlend schön ankündigte.

»Chantal und ich müssen zu Holt Renfrew, um für sie einen Mantel zu kaufen, der besser für den Frühling in Montreal geeignet ist. Bei der Gelegenheit wollen wir einen kleinen Schaufensterbummel machen. Kommst du mit?«

Shoppen hatte mich nie sonderlich interessiert, aber ich konnte meine beiden Turteltäubchen am ersten Tag unserer

Reise ja nicht allein losziehen lassen. Also willigte ich ein und ging nach oben, um mich anzuziehen. Die beiden Mädchen hatten bereits Jeans und T-Shirt an, waren geschminkt und ausgehfertig. Bei mir war eine kleine Rasur überfällig, danach sprang ich schnell in meine Klamotten und spitzte dabei die Ohren, um mitzubekommen, worüber sie unten redeten. Doch außer Gelächter hörte ich nichts.

Christine war mindestens zehn Jahre älter als Chantal, und sehr schnell wurde mir klar, dass meine Cousine in Chantal die kleine Schwester gefunden hatte, die sie nie gehabt hatte. Das machte sie zu gefährlichen Freundinnen und zwei ausgelassenen Draufgängerinnen.

Ich hatte viel von Christines Eskapaden gehört, die den Familienfrieden oft empfindlich gestört hatten, und obgleich uns ein paar Jahre trennten, stellte ich fest, dass sie nichts von ihrer vollkommenen Schönheit eingebüßt hatte, die sie durch ihr freimütiges Auftreten und ihre geschmackvolle Kleidung höchst wirkungsvoll in Szene zu setzen wusste. So, wie es sich unten anhörte, musste ich mich jedenfalls warm anziehen, wenn ich diese beiden furchterregenden Raubkatzen begleitete.

Christines Lieblingsgeschäft war zwei Blocks entfernt. Wir gingen zu Fuß, und als wir am Musée des Beaux-Arts vorbeikamen, sagte ich zu Christine, dass ich es gern besuchen würde, bevor wir nach Paris zurückkehrten. Einen Augenblick später schon stürmten die beiden Mädchen das Holt Renfrew, und ich beschloss, sie in Ruhe durch die Boutiquen ziehen zu lassen. Christine hatte mir erklärt, dass es im Untergeschoss ein Bistro gebe, wo ich einen Kaffee trinken konnte, während ich auf sie wartete.

Aber zuerst einmal sah ich mich in der Männerabteilung um und kaufte ein paar englische Hemden, die mir gefielen, und ein Paar italienische Loafers. Mit meinen Einkäufen beladen, ging ich dann in die kleine Bar im Untergeschoss und bestellte einen Cappuccino, der sich als vorzüglich erwies. Die Bar war nicht uninteressant, hier verbrachten einige ausgesprochen hübsche Verkäuferinnen ihre Pause. Die meisten blieben unter sich und plauderten über leidenschaftliche Nächte mit ihren Freunden, mal auf Englisch, mal auf Französisch, mit diesem so typischen Quebecer Akzent und angereichert mit kernigen und oft sehr direkten Ausdrücken. Ich lauschte ihnen und trank dabei genüsslich meinen Kaffee. Eine Frau auf einem Barhocker war offensichtlich allein da. Sie trank einen Orangensaft und musterte mich. Sie hatte außergewöhnliches rabenschwarzes Haar, einen Teint wie Milch und wässrig blaue Augen, die mich seltsam starr anblickten.

Ich sah sie mir ein wenig genauer an. Sie hatte lange, schlanke Beine, die in schwarzen Strümpfen steckten, dazu trug sie einen kurzen Rock und einen Pullover, ebenfalls beides in Schwarz – eine Art Uniform mit einem Schildchen, auf dem ihr Name stand.

Sie war zu weit weg, um ein Gespräch anzufangen, und so kommunizierten wir nur über intensive Blicke. Schließlich zog sie ihre Lippen nach, leckte mit ihrer Katzenzunge darüber und sah mich dabei an. Dann glitt sie von ihrem Hocker, ging an mir vorüber und steckte mir dabei eine Visitenkarte zu.

Ich heiße Béatrice, ich arbeite in der Abteilung für Herrendüfte; kommen Sie vorbei, wenn Sie eine Beratung brauchen.

Ich staunte nicht schlecht. In Paris sind es die Männer, die den kleinen Verkäuferinnen in den Galeries Lafayette den Hof machen und ihr Glück versuchen. In Montreal war das offenbar umgekehrt. Schlagartig wurde mir klar, warum meine französischen Freunde so von den Einwohnerinnen der

»Belle Province«, der schönen Provinz, wie Quebec in Frankreich genannt wurde, schwärmten ... Oder war dieses Mädchen nur eine Fata Morgana gewesen?

Chantal und Christine tauchten auf, vollbeladen mit Taschen, größer als sie selbst. Sie hatten Durst und bestellten eilig Wasser. Ich erzählte ihnen von der Verführerin, und Christine erklärte, dass das in Montreal nicht ungewöhnlich sei. Die Frauen waren genauso aktiv wie die Männer, doch sie warnte mich und erzählte, dass sie sich einmal heftig in einen jungen Arzt aus dem Victoria-Krankenhaus verliebt hatte, mit dem sie ein leidenschaftliches Verhältnis einging. Nach kurzer Zeit stellte sie fest, dass der Kerl buchstäblich alles besprang, was nicht bei drei auf den Bäumen war.

Manche Frauen praktizierten denselben Sport, und Christine erzählte uns von Diskotheken, die dafür bekannt waren, dass es dort zuging wie auf dem Viehmarkt. Nur dass die Tiere hier angenehm dufteten und schön waren – und höllisch gefährlich.

»Pass gut auf, Charles, dass du den schönen Spinnen Montreals nicht ins Netz gehst, bevor du dich mit den Spielregeln vertraut gemacht hast. Hier scheint vieles in gewisser Weise offener, doch es geht auch sehr viel grausamer zu als bei unseren Pariser Spielchen. Hier schützt dich kein soziales Netz, hier helfen dir deine Herkunft und deine Bildung nicht weiter; du bist hier auf ungeschütztem Terrain, einem riesigen Fußballfeld, auf dem auch Foulen erlaubt ist.

Die Leute hier haben keine Vergangenheit und keinen Respekt vor dem, was du bist oder was du darstellst. Hier gilt das Gesetz des Stärkeren, das Gesetz des Geldes. Ohne Geld bist du nichts, mit Geld kannst du dir alles erlauben. Und das gilt auch für dich, Chantal. Montreal ist ein unbarmherziger Ort für die Schwachen, aber das macht auch den Charme und die

Anziehungskraft der Stadt aus. Wenn du stark bist, kannst du dir alles erlauben, dir wird alles verziehen. Wenn du schwach bist, verkriech dich in einer Ecke und heul. Ich liebe Montreal, weil die Leute hier nicht an morgen denken.«

Wir beschlossen, die zahlreichen Einkäufe der Ladys nach Hause zu bringen, ehe wir unsere Tour fortsetzten. Auf dem Weg nach draußen kamen wir an dem Stand für Herrenparfüms vorbei. Die Verkäuferin mit den blauen Augen war gerade im Gespräch mit einem Kunden. Sie warf mir einen flüchtigen Blick zu und sah dann zu Christine, die breit grinste.

Christine entschied, dass wir bei Julien zu Mittag essen würden, einem ihrer Lieblingsrestaurants und, wie sie schwärmerisch sagte, die reinste Falle für reiche und gut aussehende junge Geschäftsmänner. Ich fragte sie, warum eine reiche Frau wie sie überhaupt in gehobenen Kreisen nach Beute suchte. Ihre Antwort war zynisch, aber amüsant.

»Charles, wenn sie reich sind, brauche ich die Rechnung nicht zu bezahlen, und wenn sie reiche Arschlöcher sind, können sie gleich wieder zu ihren Geschäften gehen. Wenn sich herausstellt, dass einer reich und schön ist und darüber hinaus vergessen hat, dass er ein Arschloch ist, interessiert er mich, und wenn er sich tatsächlich als passabel erweist, kann ich in Erwägung ziehen, ihm vielleicht nicht gleich nach dem ersten Wochenende den Laufpass zu geben. Aber keine Sorge, ich habe noch nie zwei Wochenenden mit ein und demselben Mann verbracht.«

Chantal lachte und meinte: »Da hab ich ja richtig Glück, Charles erfüllt alle Kriterien, und das zweite Wochenende haben wir auch schon hinter uns!«

»Warte erst mal das nächste Wochenende ab!«

Christine küsste Chantal liebevoll und flüsterte ihr ins Ohr: »Du bist eben ein Glückskind.«

Beim Essen versuchte ich etwas mehr über die Beziehung zwischen Christine und meinem Vater herauszubekommen. Das Erbe ließ mir keine Ruhe: Warum hatte mein Vater seiner Nichte eine Kiste mit Olisben vermacht? Offenbar war mir etwas entgangen, doch nie im Leben hätte ich mit dem gerechnet, was Christine in einem ausführlichen Geständnis zutage brachte.

Die Olisben-Kiste …

Wir hatten gerade unsere Vorspeise gegessen, als Christine in vertraulichem Ton mit ihrem seltsamen Bericht begann.

»Charles, dein Vater und ich hatten ein Verhältnis, das ich nicht direkt als inzestuös bezeichnen würde, da er nur mein Onkel und Patenonkel war. Direkt nach dem Sommer, in dem unsere Mütter unsere kleinen Sexspielchen entdeckt hatten, wurde ich in ein Internat in Chambon in Haute-Loire geschickt. Eine klassische Erziehungsanstalt für frühreife Mädchen, die die Eltern von etwaigen Versuchungen fernhalten wollen.

Ziel in dem Internat war es, das, was von unserer Jungfräulichkeit übrig geblieben war, so gut wie möglich zu schützen, bis man uns bei einem großen Debütantinnenball auf die aufregende Welt der Erwachsenen losließ. Aber da täuschten die Eltern sich gewaltig, denn die Mädchenfreundschaften, die in dem Institut geschlossen wurden, waren alles andere als unschuldig. Das Gewissen erleichtert, und in dem Glauben, ihre Pflicht getan zu haben, waren die Eltern überzeugt, ihre Sprösslinge bekämen eine anständige Ausbildung und würden ohne große Probleme zumindest bis zum Abitur durchgeschleust.

Wie jede von uns fand ich schnell eine Busenfreundin, mit der ich das Zimmer und mehr teilte. So entdeckte ich die Liebe, die Leidenschaft und alle Spielarten der weiblichen Liebe, die wir gemeinsam erkundeten.

Die ersten beiden Jahre waren noch relativ unschuldig. Ich verließ das Internat während der Ferien, verbrachte Weihnachten in Paris, die Osterferien in La Baule und die Sommerferien bei Freunden oder auf dem Landsitz deines Vaters im Limousin. Mit sechzehn Jahren war ich zur jungen Frau herangereift und nahm mir vor, meine Sexualität zu erforschen.

Ein unvorhergesehenes Ereignis öffnete mir alle Türen zur Welt der Verführung. Du warst nicht da, als es passierte, deine Mutter hatte dich in ein Pfadfinderlager in Hossegor geschickt und war selbst zu einer Kindheitsfreundin ins Aveyron gefahren. Nur dein Vater, also mein Onkel Édouard, unsere Cousine Estelle und ich waren im Landhaus geblieben. Deine Mutter hatte mich Estelle anvertraut, und ich muss sagen, dass sie ihren Auftrag nicht besonders ernst nahm, denn unsere liebe Cousine war mehr damit beschäftigt, mit deinem Vater rumzumachen, als sich um ein gelangweiltes junges Mädchen zu kümmern. Ich fuhr also mit dem Fahrrad spazieren und schlug mir im Dorf den Bauch mit Cremetörtchen aus der Bäckerei voll.

An einem Nachmittag, an dem die schwüle Sommerluft die Natur in einen Dämmerzustand zu versetzen schien, der Wind stillstand und auf das Unwetter wartete, das schon am Horizont lauerte, flüchtete ich mich unter den Sonnenschirm am Pool. Es war drückend heiß, und ich beschloss, mir meinen Bikini anzuziehen. Als ich zu meinem Zimmer hinaufging, hörte ich eine Art regelmäßiges, geräuschvolles Atmen, begleitet von Stöhnen. Die Tür zu Estelles Zimmer war halb geöffnet. Estelle kniete auf allen vieren auf dem großen Bett, und durch das Moskitonetz konnte ich die Rundung ihres Pos sehen, der sich dem Schwanz von Onkel Édouard entgegenreckte, während dieser mit aller Kraft in sie stieß.

Ich betrachtete die Szene, den Blick fest auf Estelles Körper geheftet, der sich geschmeidig den Bewegungen von Édouards Becken anpasste. Unruhe überfiel mich, ein leises Kribbeln machte sich in meinem Bauch bemerkbar. Ich legte meine Hand auf meine Scham, und durch den zarten Stoff meines Kleides schob ich den Gummizug meiner Unterhose zur Seite, und mein Finger streichelte meine Klitoris. Bald war meine Erregung so groß, dass ich mein Kleid auszog und meine ganze Hand in den Slip schob, um mich besser berühren zu können. Schon stellten meine Finger fest, dass ich feucht war, und das Schauspiel, das sich mir bot, beschleunigte die Bewegung meiner Hand.

In dem Moment wandte Estelle in ihrer Lust den Kopf und sah mich im Türrahmen stehen. Sie schrie laut auf. War das die Lust oder die Überraschung, mich zu sehen, oder beides zugleich? Onkel Édouard brummte ein letztes Mal, dann hielt er inne, den Kopf in den Nacken geworfen, und ergoss sich in Estelle. Ich rannte davon, schloss die Tür meines Zimmers hinter mir, warf mich auf mein Bett, zog meinen Slip aus und schob zwei Finger tief in meine Vagina hinein, um die Folgen dieses Gratisschauspiels auszukosten.

Die Episode des Nachmittags setzte sich beim Abendessen fort. Anders, als ich es erwartet hatte, erklärte mir Estelle, die keineswegs eingeschüchtert schien, weil sie überrascht worden waren, dass sie und Onkel Édouard seit ihrer gemeinsamen Afrikareise eine, wie sie es nannte, intime Beziehung hätten. Onkel Édouard schlug Estelle vor, meine Erziehung in dieser Disziplin zu übernehmen. Ich wehrte ab und gab vor, bereits genug über die Liebe zu wissen.

Édouard wandte ein, dass mich das Flirten mit den Jungen aus der Nachbarschaft und der Voyeurismus des Nachmittags noch lange nicht zu einer richtigen Frau machten, die ihre Mittel gezielt einsetzen konnte. Estelle nickte, und am Tag nach diesem außergewöhnlichen Ereignis machte sie sich eifrig daran, meine Erziehung in Liebesdingen zu perfektionieren.

Als Erstes wählte sie die passende Lektüre für mich aus und kam mit einem Stapel Bücher in mein Zimmer, die mich, wie sie meinte, in die hohe Kunst der Erotik einführen sollten. Ich verschlang die *Geschichte der O.* von Pauline Réage, dann *Emmanuelle oder die Schule der Lust* von Emmanuelle Arsan. Ich las *Die Abenteuer des Königs Pausolos* von Pierre Louÿs, das mich sehr amüsierte, doch das Buch, das mich am meisten faszinierte, war *Auf dem Gipfel der Nacht*, wiederum von Emmanuelle Arsan. Ich hatte noch nie viel von den Geboten gehalten, die meine Mutter mir eintrichtern wollte, ihre Predigten über Moral und Anstand langweilten mich.

Mit dem stillschweigenden Einverständnis von Onkel Édouard nahm meine Cousine Estelle mich mit in eine Welt voller aufregender Entdeckungen, wo ich Stunden damit verbrachte, mir Lust zu verschaffen. Estelle half mir, meinen Körper kennenzulernen, sie zeigte mir die erogenen Zonen, die Zärtlichkeiten, die meine Brustwarzen hart werden und meine Schamlippen anschwellen ließen und die meine Klitoris in einen winzigen Penis verwandelten, den ich unaufhörlich liebkoste.

All diese Entdeckungen machte ich mit Estelle. Bis unsere Cousine eines Tages verkündete, dass ich bereit sei. Wozu, fragte ich sie. ›Für deine Initiation‹, sagte sie. ›Wir reden beim Abendessen darüber.‹

Aufgeregt wartete ich darauf, dass es Abend wurde, und um mich zu beruhigen, kühlte ich mich im Pool ab.

Schließlich kam Estelle und sagte mir, ich solle mich schön machen, Onkel Édouard wolle mit uns schick essen gehen. Ich war schon um sechs Uhr fertig und saß wie auf heißen Kohlen in einem Sessel im großen Wohnzimmer.«

Gebannt von Christines Erzählung, hatten wir fast vergessen zu essen. Chantal legte verliebt ihre Hand auf meinen Arm und schlug vor, dass Christine uns die Fortsetzung ihrer Initiation erzählte, wenn wir es uns in ihrer Wohnung gemütlich gemacht hätten. Mit schelmischem Blick rief Christine: »Die Geschichte ist noch ziemlich lang, am besten, wir legen uns dazu ins Bett.«

»Warum nicht, das ist bequemer«, gab Chantal zurück.

Der Kellner brachte die Rechnung, ich zahlte mit meiner nagelneuen Visa-Card. Christine nahm sie und betrachtete sie.

»Donnerwetter, jetzt bist du ein richtiger Mann! Charles de T., und dann erst der Name der Bank: MM. H. & Cie!«

»Hör auf, dich über mich lustig zu machen, ich weiß, dass du genau die gleiche hast.«

Wir traten auf die Rue Union hinaus. Eine blasse Frühlingssonne sickerte durch den bedeckten Himmel. Wir erreichten die Rue Sainte-Catherine. Am Eingang zum Ailes de la Mode ließen die beiden Mädchen mich stehen.

»Wir treffen uns hier in zwei Stunden«, sagte Christine und zeigte mir ein kleines Café im Eingang des Shoppingcenters. »Du wirst dir schon irgendwie die Zeit vertreiben!«

Die Überraschungen von Montreal

Ich ging auf die Rue Sainte-Catherine hinaus. Die Passanten eilten über die Bürgersteige, alle wirkten gehetzt, nur wenige waren echte Flaneure, abgesehen von den Obdachlosen, die jedem, der das Center betrat, die Hand hinhielten. Auf der anderen Straßenseite, gegenüber des Ailes de la Mode, entdeckte ich zu meiner Überraschung im zweiten Stock eine grelle und riesige Leuchtreklame: *Supersex-Tänzerinnen*. Ich überquerte die Straße und beschloss hinaufzugehen. Etwa ein Dutzend Kunden saß an Tischen um eine Bühne aus Edelstahl herum, von der Bühne ragten zwei Messingstangen hinauf in die Decke. Eine junge, knapp bekleidete Kellnerin fragte mich, was ich trinken wolle. Alles in allem strahlte der Laden viel Lokalkolorit aus und wirkte recht brav im Vergleich zu den Pariser Clubs und ihren zu heißen Superbabes aufgestylten Animierdamen, die den Champagner ausschenkten.

Auf der Bühne tanzte ein wunderschönes Mädchen, das bis auf einen Ministring, der versuchte, ihren Intimbereich zu bedecken, nackt war. Sie bediente sich einer der Messingstangen, um auf recht explizite Weise einen sexuellen Akt anzudeuten, wobei die Stange natürlich einen Penis aus Fleisch und Blut darstellen sollte.

Die Kellnerin brachte mein Bier, und ich zahlte mit einem Fünfzig-Dollar-Schein. Sie schnupperte daran und ging dann

Wechselgeld holen, das sie mir mit einem breiten Lächeln gab. Sie war hübsch und gut gebaut, doch mein Blick wurde erneut von dem Mädchen auf der Bühne angezogen, das ein wahrer Ausbund an Schönheit war. Ihr langes kastanienbraunes Haar umspielte ihre weißen Brüste mit den fast orangefarbenen Brustwarzen, ihr Körper wand sich wie eine Liane im Rhythmus der House-Musik. Dann wurde die Musik langsamer und erinnerte an einen alten Blues im Chicago-Style.

Das Mädchen breitete ein wundervolles Eisbärenfell auf dem Boden aus und ließ sich langsam darauf nieder. Der Clipverschluss ihres Ministrings schnappte auf, und nun war sie völlig nackt, ihre Scham komplett rasiert, die rosigen Schamlippen bereits feucht. Gekonnt begann sie sich zu räkeln, zunächst auf dem Rücken, dann auf dem Bauch, und schließlich zog sie die Knie an und präsentierte so einen prachtvollen Hintern, schneeweiß und makellos, und ihre Vulva öffnete sich ganz leicht, sodass ich ihre rosigen und leicht pulsierenden inneren Schamlippen erkennen konnte. Ihre Hand tauchte zwischen den Schenkeln auf, und der Zeigefinger begann, ihre Spalte ganz sanft und langsam zu streicheln. Ich bekam einen Ständer. Der Blues war zu Ende, ein letztes Mal bewegte sich ihr Finger und verschwand dann in ihrer Vulva. Die Scheinwerfer erloschen, das Mädchen war verschwunden. Ich hatte schon oft in meinem Leben Stripperinnen gesehen, die meist ohne jede Anmut und gelangweilt ihren Job machten.

Doch dieses wunderbare, ja, erhabene Mädchen hatte Klasse, und ich konnte noch gar nicht fassen, dass man in Montreal am helllichten Tag ein derartiges Schauspiel geboten bekam. Ich bedauerte, dass Chantal nicht bei mir war, um mit mir gemeinsam dieser unglaublich erotischen Darbietung beizuwohnen.

Die Scheinwerfer gingen wieder an, ein anderes Mädchen betrat die Bühne. Sie war attraktiv mit ihrer dunklen Haut, dem geschmeidigen Körper und diesem für Schwarze typischen üppigen Po. Ihr Auftritt war ein Erfolg, denn die anwesenden Männer begrüßten ihre exotische Erscheinung mit einem kräftigen Applaus. Sie fing an zu tanzen. Doch an ihre Vorgängerin kam sie bei weitem nicht heran.

Sie erinnerte mich an ein Mischlingsmädchen, das ich bei einem archäologischen Projekt in Palenque, im mexikanischen Chiapas, kennengelernt hatte. Jenes Mädchen kam aus Belize und versuchte sich im Camp als Hilfsköchin. Doch sie konnte deutlich besser tanzen als kochen, und wenn sie sich abends vor den erschöpften Archäologen zu einem Tanz, einer Mischung aus Salsa und Candomblé, hinreißen ließ, wühlte sie unsere erotischen Sinne derart auf, dass sie jedem von uns den Kopf verdrehte.

In diesem Club in Montreal löste die junge Frau bei den Männern, die sie wie hypnotisiert anstarrten, eine regelrechte Hysterie aus. Vulgär und doch äußerst anregend, wiegte sie sich in den Hüften, und als sie schließlich ihren BH abgelegt und den Slip ins Publikum geworfen hatte, waren die Männer nicht mehr zu halten, ohrenbetäubender Applaus brandete auf, und der eine oder andere versuchte vergeblich, ihr eine Zwanzig-Dollar-Note zwischen die Pobacken zu schieben.

Mir tat das Mädchen mit dem kastanienbraunen Haar leid, das sogar völlig nackt mit ihren anmutigen Bewegungen eine besondere Eleganz ausstrahlte. Plötzlich legte sich eine Hand auf meine Schulter. Es war sie. Jetzt trug sie ein nicht sehr dezentes T-Shirt und einen mit Silberfäden durchwirkten Slip. Und sie hatte eine Art Hocker mitgebracht.

»Wollen Sie, dass ich für Sie tanze? Ein Tanz kostet zehn Dollar.«

Überrascht nickte ich. Sie nahm meine Hand und zog mich in eine Ecke des Saals, etwas abseits der Bühne.

»Bist du zum ersten Mal in der Stadt?«, fragte sie.

»Ja, ich bin zu Besuch hier.«

»Ah, bist du Franzose?«

Ich bejahte, dieses kleine Verhör machte mich ein wenig verlegen.

»Ich heiße Maïté.«

Sie erklärte mir das System des Zehn-Dollar-Tanzes. Ich durfte ihren Körper und ihre Brüste berühren, der Rest war tabu. Sie konnte sich auf mich setzen und sich an mir reiben, aber es gab keinen Sex.

Ich fand die Regelung ziemlich merkwürdig, sie aber versicherte mir, dass sie nur eine Tänzerin sei und ihren Körper für ihren *chum* aufbewahre. Ich wandte ein, dass sie ihm einen recht kleinen Teil aufbewahre. Sie lachte und beteuerte, dass es schließlich der wichtigste Teil sei.

Ein Blues setzte ein. Auf der Bühne begann wieder ein neues Mädchen ihre Stripnummer. Meine persönliche Tänzerin stand auf ihrem kleinen Hocker, zog die wenigen Kleidungsstücke, die sie bedeckten, aus und fing an, nackt vor mir zu tanzen. Ich wagte nicht, ihr zu sagen, dass ich einen Ständer bekam wie ein Esel, als ich ihren Bauchnabel, ihre Hüften und ihre Vulva betrachtete, die direkt vor meiner Nase lasziv bebten. Langsam spreizte sie ihre endlosen Beine und gab den Blick auf ihre Möse frei, eine hübsche, schnurgerade Spalte, gerahmt von zwei geschwungenen Schamlippen. Tanzend legte sie ihre Hand auf ihre Pussy und spreizte vor meinen weit aufgerissenen Augen ihre Schamlippen.

Dann beugte sie sich nach vorn, strich mir mit den Fingern durchs Haar und gab mir einen feuchten Kuss auf die Wange. Ihre Gesten waren voller Zärtlichkeit. Ich wollte ein Gespräch mit ihr anfangen, doch sie bedeutete mir zu schweigen, indem sie zwei Finger auf den Mund legte.

»Wir sind nicht zum Reden hier. Ich bin dafür da, dass du deinen Spaß hast.«

Mein Schwanz schmerzte fast, denn meine Erektion war brutal in meiner Hose eingezwängt. Sie bemerkte es und strich mir über die ausgebeulte Hose, streichelte durch den Stoff hindurch sanft meinen Penis. Dann begann sie wieder zu tanzen, lächelte mich breit an, dann war die Musik zu Ende.

»Willst du noch mal?«

Ich schüttelte den Kopf, gab ihr einen Geldschein und bedankte mich bei ihr. Ohne darauf zu achten, was um sie herum geschah, nahm sie ihren Hocker, und ich blieb allein und versuchte, meine Gedanken zu ordnen. Ich brauchte frische Luft. Ich stürzte die Stufen hinunter und fand mich auf der Straße wieder. Die kühle Luft tat mir gut. Ich nahm mir vor, Chantal von meiner kleinen Dummheit zu erzählen. Eine Stunde musste ich noch warten. Ich betrat die Einkaufsgalerie des Eaton-Centers und fing an, mir wie jeder x-beliebige Tourist die Schaufenster anzusehen. Dann traf ich die Mädchen, die erschöpft schienen vom Tragen ihrer Einkaufstüten – kein Wunder, es waren so viele, dass man hätte meinen können, sie hätten in den wenigen Stunden sämtliche Geschäfte der Stadt leer gekauft.

Wir hielten ein Taxi an, um zu Christines Wohnung zurückzukehren. Als die Einkäufe sicher verstaut waren, verkündete Christine, dass wir um halb acht fix und fertig zu sein hätten, in lässigem Schick. Die Fortsetzung der Geschichte ihrer sexuellen Erziehung müssten wir auf später verschieben. Die Mädchen schleppten ihre Tüten nach oben, ich machte es mir mit einem kühlen Bier vor dem Plasmafernseher bequem, fest entschlossen, ein paar Minuten zu entspannen und mir das erste Formel-Eins-Rennen der Saison anzusehen, das auf irgendeiner Rennstrecke in Australien stattfand.

Gegen Ende des Nachmittags rief Chantal nach mir. Und so machte auch ich mich für das Abendessen fertig, das Christine organisiert hatte, damit wir ihre Freunde aus Montreal kennenlernten.

»Wie seh ich aus?«, fragte Chantal.

Sie war unglaublich sexy in ihrem neuen Kleid, das eng anlag wie ein Handschuh aus Ziegenleder und niemanden über ihre wunderbaren Kurven im Zweifel ließ. Das Kleid war fast unanständig, einzig ihre Beine hatten etwas mehr Bewegungsfreiheit unter den schwarzen Moiré-Volants, die bei jeder Bewegung mitschwangen.

»Ich kann nichts drunter anziehen, außer einem String«, erklärte Chantal.

»Das glaub ich, man würde sogar ein Streichholz sehen, das dir aus Versehen in den Ausschnitt fällt«, sagte ich. Sie sah umwerfend aus.

»Und meine Schuhe, gefallen sie dir?«

Die topmodischen spitzen Schuhe hatten schwindelerregende Absätze, modellierten stramme Waden und ließen ihre Beine noch schlanker und muskulöser erscheinen. Ich nickte und sagte, dass ihr Kleid sehr geschmackvoll sei, auch wenn es sogar einen Heiligen an den Rand einer Herzattacke gebracht hätte.

»Das ist noch gar nichts, warte erst mal, bis du das Kleid siehst, das Christine sich ausgesucht hat.«

»Wenn ich es richtig sehe, habt ihr beiden euch vorgenommen, sämtlichen Kerlen von Montreal den Kopf zu verdrehen.«

»Nein, nur dir. Wir wollen, dass du unserem Charme erliegst.«

»Und womit habe ich eure schmutzigen Hintergedanken verdient?«

»Einfach nur, weil Christine und ich dich sehr lieben und wollen, dass du einen unvergesslichen Abend erlebst.«

»Ihr seid ja schon richtig dicke Freundinnen nach nur einem gemeinsamen Tag.«

»Du hast es erfasst, wir sind wie Pech und Schwefel.«

Chantal brach in Gelächter aus.

»Dir habe ich auch Klamotten gekauft. Für dich habe ich ein Hemd aus Seide ausgesucht, du wirst umwerfend aussehen.«

Ich hatte gerade noch die Zeit, mich umzuziehen, dann wurde ich im Wohnzimmer schon von meinen kleinen Biestern erwartet, perfekt geschminkt und in Bisonstolen gehüllt. Christine hatte ein Taxi gerufen, das Nachtleben Montreals wartete auf uns.

Eine unvergessliche Nacht

Wenige Minuten später erreichten wir das Newton, ein hippes Restaurant in der Rue Crescent. Christine erklärte, dass es das Restaurant des berühmten Formel-Eins-Piloten Jacques Villeneuve sei.

Meine Cousine war dort Stammgast, und oben an der Treppe wurden wir von einer sehr hübschen Empfangsdame begrüßt, die uns zu unserem Tisch führte. Ein paar von Christines Freunden waren bereits da und tranken Champagner.

Sie machte uns miteinander bekannt. Die rothaarige Kathleen war Christines beste Freundin in Montreal, und mit ihrem kantigen Gesicht konnte man sie nicht eigentlich hübsch nennen, doch dafür hatte sie einen wunderbaren Körper. Dann war da ein auf den ersten Blick sehr ungleiches Paar. Er, Pierre, war ein Mann im besten Alter, groß, mit dichtem, grau meliertem Haar, strahlend blauen Augen und einem Gesicht, aus dem Erfahrung sprach; sie, Catherine, war klein und ein wenig füllig, hatte jedoch ein atemberaubendes Dekolleté, sie redete sehr viel und war etwa zwanzig Jahre jünger als er.

Pierre besaß ein Antiquitätengeschäft in der Rue Notre-Dame, Catherine arbeitete in einer PR-Agentur, was angesichts ihrer Wortgewandtheit perfekt zu ihr passte. Dann war da ein weiteres Paar: Er hatte das Gesicht eines Abenteurers, war sonnengebräunt und hatte lockiges Haar, sie war eine Blondine von vollkommener Schönheit, ein Traum von amerikanischer Frau, die mit unnachahmlichem englischem Akzent Französisch sprach.

Eine weitere junge Frau, die uns als Chefin einer Filmproduktion vorgestellt wurde, hatte tiefschwarzes Haar und große grüne Augen, hohe Wangenknochen, einen bronzefarbenen Teint, und sie trug ein extrem figurbetontes weißes Kleid. Ihr Mann, ein eher schmächtiger Typ mit dichtem Schnurrbart und stechenden kleinen Augen, war ein bekannter Schauspieler. Der letzte Gast kam ein paar Minuten später und entschuldigte sich bei Christine für seine Verspätung.

Wir setzten uns an den Tisch, wobei meine Cousine uns so platzierte, wie sie glaubte, dass es unseren Neigungen entsprach. Und so fand ich mich neben Kathleen wieder, während Christine am Kopfende und Chantal zwischen der Frau mit dem weißen Kleid und dem Antiquitätenhändler saß.

Christine hatte das Menü im Voraus ausgesucht, sodass wir uns ungestört unterhalten konnten.

Ich erfuhr, dass Kathleen uns am kommenden Wochenende, an dem meine Cousine uns die Cantons-de-l'Est zeigen wollte, begleiten würde. Sie kam aus jener Gegend von Quebec und erzählte mir einige Jugendabenteuer, die sie dort erlebt hatte. Sie erzählte mir auch, dass am Samstag Pierre, der Antiquitätenhändler, und seine Frau Catherine zum Essen zu uns stoßen würden.

Dann bat Christine um Ruhe, damit sie uns ihren versammelten Freunden richtig vorstellen konnte. Mich präsentierte sie als ihren Lieblingscousin und ließ auch die Episode mit den Doktorspielen nicht aus, die sie in ihrer Jugend mit ihren Cousins und Cousinen organisiert hatte, bis sie in ein Internat für allzu leichtfertige junge Mädchen gesteckt wurde.

Alle Anwesenden lachten. Sie fuhr fort und hob meine Karriere als Anthropologe und Forscher hervor. Dann stellte sie

Chantal als meine Geliebte vor, die am Institut de France in Paris studierte.

Mit viel Small Talk verlief das Essen fröhlich, und es war beinah Mitternacht, als wir uns trennten. Die einen würden den Abend in einer Diskothek verbringen, die anderen verschwanden in der Stadt. Ich persönlich hätte den Abend gern noch fortgesetzt, um die Frau mit den schwarzen Haaren besser kennenzulernen, die mir während des Essens vielsagend zugezwinkert hatte – was Chantal natürlich nicht entgangen war. Aber offenbar sollte es heute Abend nicht sein. Vielleicht hatte meine schöne Cousine andere Pläne. Da es mild war, beschloss Christine, dass wir zu Fuß nach Hause gehen würden. Was mir erneut vor Augen führte, wie zentral ihre Wohnung lag, mitten im pulsierenden Zentrum Montreals, in Laufnähe zu den schönsten Boutiquen, Kunstgalerien und Vergnügungsmeilen dieser großen Stadt, die ich gerade entdeckte.

Als wir wieder in unserer Oase waren, gingen die Mädchen nach oben, und ich hörte aus dem Badezimmer ihr gedämpftes Lachen. Dann tauchte im Spalt unter der Schlafzimmertür ein Lichtschein auf. Ich klopfte und vernahm: »Komm doch rein, wir werden dich schon nicht fressen!«, gefolgt von gedämpftem Gelächter.

Vollkommen nackt betrat ich also das Zimmer meiner Cousine. Wie Gott sie geschaffen hatte, lagen Chantal und Christine eng umschlungen in dem riesigen Bett, gemütlich in Berge exotischer Seidenkissen gebettet, die an das Lager der Favoritinnen eines Harems in Abu Dhabi denken ließen.

»Komm schon, Charles, Christine erzählt uns jetzt die Fortsetzung ihrer Abenteuer mit deinem Vater und Estelle! Komm in unsere Mitte.«

Leicht erregt näherte ich mich dem riesigen Bett, in dem

meine beiden Strolche mir ein warmes Plätzchen freimachten. Sie schmiegten sich zärtlich an mich, Chantal legte liebevoll die Arme um mich, und Christine drückte mir einen Kuss auf meine brennenden Lippen. Meine schöne Cousine zog mich auf.

»Mein armer Charles, ich habe mich so lange nicht um dich gekümmert, aber Chantal hat mir erzählt, dass du in den letzten Wochen große Fortschritte gemacht hast. Hast du sie wenigstens auf dem Rücksitz in dem Wagen deines Vaters gevögelt? Dort haben Édouard und ich uns das letzte Mal geliebt. Ich lag in den Armen von Estelle, die meine Brüste und meine Möse streichelte, und Édouard fuhr den Wagen an den Rand einer Nationalstraße. Dann ging er um den Wagen herum, öffnete die Tür und seine Hose und holte seinen bereits harten Penis heraus. Estelle hatte mein Kleid hochgezogen, ich trug schon damals keinen Slip. Édouard schob den Vordersitz nach vorn, kniete sich vor mich hin und stieß seinen Schwanz in mich hinein, während Estelle meine Brüste küsste. Es ging schnell, war intensiv, beinah brutal. Ich lag da, alle viere von mir gestreckt, und dein Vater vögelte mich und wurde immer wilder, je mehr mein Becken sich, von einem seltsamen Verlangen getrieben, dem Rhythmus anpasste, in dem sein Penis in meine Vulva eindrang.

Dann explodierte Édouard, ich spürte, wie sein Sperma mich durchflutete. Schließlich zog er ihn raus, kleidete sich wieder an, setzte sich ans Steuer und sagte zu Estelle: ›Sie ist nicht gekommen, bring du es zu Ende.‹

Der Wagen fuhr los, Estelle platzierte sich so, dass sie meine überquellende Vulva lecken konnte. Sie ließ sich Zeit, ihre Zunge umkreiste in einem wilden Tanz meine Klitoris, dann zog sie ihre Handschuhe aus und steckte erst einen, dann noch einen Finger in meine Spalte, ließ dabei ihren Daumen auf meiner erigierten Knospe kreisen. Ich spürte, wie mein Verlangen immer größer wurde und schließlich in meiner Vulva und in meinem Gehirn explodierte, und mein ganzer Körper wurde von unaufhörlichen Krämpfen geschüttelt.«

Während Christines Erzählung hatte Chantal begonnen, mir einen runterzuholen, und mein Penis hatte eine interessante Form angenommen, meine Erektion war vollkommen, knallhart, und schon trat ein wenig durchsichtige Flüssigkeit aus. Chantal sammelte den Erguss mit dem Finger auf und führte ihn an die Lippen.

»Hm, du schmeckst gut heute Abend.«

Dann hielt sie ihren Finger Christine hin, die fast ein wenig lange daran saugte. Christine sah Chantal an, neigte sich über meinen Kopf und küsste gierig meine Gefährtin, die sie gewähren ließ. Der Anblick ihrer sich direkt vor meinen Augen vereinenden Zungen erregte mich noch mehr, und meine Hände begannen unversehens, über die Körper der beiden Nymphen zu wandern, die unter meinen Liebkosungen kaum merklich die Beine öffneten. Nur einen Augenblick später erforschten meine Hände die glatte und feste Scham meiner Cousine und die weiche und feuchte Vulva von Chantal. Nun wechselten wir die Positionen. Christines Hände lösten die von Chantal an meinem Schwanz ab, dann spürte ich, wie sich die festen und muskulösen Lippen meiner Cousine um meine Erektion schlossen, während Chantal ihren Mund auf den meinen legte und ihre feine Zunge sich auf die Suche nach ihrem Pendant machte und es unentwegt kitzelte.

Christine weidete sich an meinem Penis, was wiederum bei mir neue Gefühle auslöste. Ihre Kunst der Fellatio war ganz und gar außergewöhnlich. Ihr Gaumen, ihre Zunge, ihre Lippen saugten an meinem Schwanz, es war wie ein endloser Seegang, der mein Verlangen ansteigen ließ. Und mit einer Erfahrung, die ich so noch bei keiner Frau erlebt hatte, hielt sie fast instinktiv inne, wenn die Lust zu groß wurde, und wartete, bis mein Penis sich ein wenig beruhigt hatte, um gleich darauf ihre Lippen wieder wild auf und ab gleiten zu lassen, sobald die akute Orgasmusgefahr gebannt war. Christine spielte mit meinem Penis ein Spiel, gegen das ich mit meinem Willen nichts ausrichten konnte, sie kontrollierte meine Reaktionen, und meine Sinne waren ihrer Manipulation vollkommen ausgeliefert. Ich war derart im Bann ihrer Macht, dass mein Körper sich unter dem Joch ihres unbarmherzigen Mundes vor Lust wand.

Chantal sah hoch, um die Meisterschaft zu bewundern, mit der Christine ihre Fellatio beherrschte, während ich mich unter ihrer unbändigen Gier wand.

Christine hob ein wenig den Kopf.

»Komm, jetzt bist du an der Reihe, mach weiter, er wird in deinem Mund kommen.«

Chantal bemächtigte sich meines Schwanzes und saugte begierig daran. Das Letzte, was ich spürte, war, wie mein Schwanz gegen ihren Gaumen stieß. Dann wurde mein Bewusstsein von einer überwältigenden Ejakulation vernebelt, die mich an die Grenze trieb, die Lust und Schmerz trennt. Ich ergoss mich in den Mund meiner Geliebten, die alles schluckte.

Als ich kurz darauf wieder zu mir kam, bemerkte ich ein Schauspiel, das meinen Penis nicht lange unbeeindruckt ließ. Christine hatte Chantal geschickt in die Schere genommen, sodass die schlanken Beine beider Frauen ineinander verschränkt waren. Die braun gebrannten Beine von Christine brachten Chantals zarte Fesseln noch besser zur Geltung.

Ihre Venushügel, der eine glatt rasiert, der andere von einem blonden Flaum bedeckt, der die rosige Spalte kaum verhüllte, rieben sich heftig aneinander. Christine umschlang Chantal mit ihren langen Armen, während die Jüngere die gebräunten Brüste der Älteren massierte. Das Schauspiel war faszinierend anzusehen, ich pirschte mich an meine beiden Ledas heran, kniete mich hin, wobei ich darauf achtete, die Ekstase, die sich in den Körpern der beiden Frauen ankündigte, nicht zu stören, und fing an, sie liebevoll zu streicheln, ließ meine Hände über ihre zitternden Rücken und bebenden Brüste wandern.

Nun wurden sie von immer heftigeren Zuckungen geschüttelt, die Spalten ihrer geöffneten und geschwollenen Mösen ließen ihren Saft entweichen, und plötzlich spannten ihre Körper sich in einem infernalischen Höhepunkt an. Dann ließen sie sich erschöpft in die Kissen sinken.

Das Schauspiel erregte mich so sehr, dass ich einen Ständer bekam, und mein steifer und pochender Schwanz wollte nur eines: noch einmal kommen, und ich begann, mir vor meinen beiden zärtlich-reglosen Freundinnen einen runterzuholen. Christine bemerkte mein Treiben.

»O ja, Charles, spritz mich voll.«

Ich masturbierte schneller, spürte es kommen und spritzte ab. Chantal fing an, mit den Fingern auf den runden Brüsten meiner Cousine zu spielen, und machte sich daran, meinen Samen abzulecken, der sich über Christines Busen verteilt hatte. Draußen zuckte ein Blitz über den Himmel, und die Lichter gingen aus. Im Halbdunkel umarmten wir uns und hielten uns liebevoll fest. Christine deckte uns zu, und dann wurden wir von unseren Träumen fortgetragen.

Ein Québecer Wochenende

Am nächsten Tag war alles grau. Als ich aufwachte, hörte ich den Regen auf das Dach des Innenhofs trommeln. Christine und Chantal schliefen friedlich, Hand in Hand. So leise wie möglich schlich ich die Treppe hinunter und ging in die kleine Küche. Mit einer schönen Tasse kräftigem schwarzem Kaffee machte ich es mir vor dem Fernseher bequem, um auf Radio-Canada eine Nachrichtensendung anzusehen.

Wenig später drangen Gelächter und das Geräusch einer Dusche an meine Ohren. Die beiden Schätzchen waren wach. Als Erste stürmte Christine in die Küche, um sich ein großes Glas Orangensaft zu holen. Sie kam zu mir und legte mir die Hände auf die Schultern.

»Nicht übel für die erste Nacht«, sagte sie mit schelmischem Blick.

Ich betrachtete ihr entspanntes Gesicht und ihre hellen Augen im Spiegel über dem Fernseher.

»Nicht übel, in der Tat«, entgegnete ich. »Du überraschst mich immer wieder. Wie's aussieht, genießt du Chantals Gegenwart, zusammen seid ihr das reinste Duo infernale.«

»Du wirst sehen, an uns kommt so schnell nichts ran.«

»Christine, da wir gerade allein sind, muss ich mit dir über ein paar ernste Dinge reden. Du weißt, dass ich nicht damit gerechnet habe, nach dem Tod meines Vaters so gut versorgt zu sein und plötzlich über Mittel zu verfügen, deren

Fülle über meinen Verstand geht. Ich bräuchte dringend deinen Rat, und ich bitte dich, mich über gewisse Personen aufzuklären, die im Leben meines Vaters eine Rolle gespielt haben.«

Und so erzählte ich Christine von den vielen Erbstücken, die ich an mir völlig fremde Personen verteilen sollte. Ich erzählte ihr von dem Modeschöpfer, von Estelle, von Jean, den ich so lange nicht mehr gesehen hatte, von Franca di Villanova und von den Überraschungen, die mich in Zürich erwartet hatten. Und natürlich von der seltsamen kleinen Thailänderin, die auf der Liste stand und die meinem Vater einen merkwürdigen Brief geschrieben hatte, den er nicht mehr hatte lesen können, und die am anderen Ende der Welt mit einem Buddha aus reinem Gold mit überdimensioniertem Phallus auf mich wartete.

Ich sprach auch von meiner Unsicherheit, was die Sammlung von Kunstobjekten anbelangte, die den Familienwohnsitz in Paris, insbesondere den berühmten Lesesaal im Erdgeschoss, in Beschlag nahm und von der ich keine Ahnung hatte, was ich mit ihr anfangen sollte.

Christine fiel mir ins Wort.

»Sag mir erst mal eines, das mit Chantal und dir, ist das was Ernstes?«

Was sollte ich ihr sagen? Ich kannte Chantal seit nicht mal einem Monat. Sie war urplötzlich in mein Leben getreten und hatte es vollkommen auf den Kopf gestellt, es in einen Wirbelsturm sinnlicher, bezaubernder und frivoler Erfahrungen verwandelt. Liebte ich sie? Ich antwortete meiner Cousine, dass alles fast ein bisschen zu schnell gegangen sei. Von einem unbekannten, mittellosen Wissenschaftler war ich zu einem reichen Mann geworden, wenngleich man noch nicht behaupten konnte, dass ich nun berühmt war, und Chantal war plötzlich da gewesen wie ein Geschenk des Himmels, das ich mir nicht einmal hätte erträumen können.

Ich gestand Christine, dass alles für mich noch völlig neu war. Chantals Gegenwart in meinem Leben hatte völlig neue Seiten an mir zutage gefördert. Früher war ich eher verklemmt gewesen, und auf einmal war ich ein richtiger Freigeist. Verwandelte sich der Forscher in mir in einen Lebenskünstler? Ich hatte keine Ahnung, was ich mit meinem Leben anfangen sollte und welchen Platz Chantal darin einnehmen würde, offen gestanden hatte ich noch keine Zeit gehabt, mir darüber Gedanken zu machen. Während ich Christine all das darlegte, kam Chantal wie ein Wirbelwind die Treppe heruntergelaufen, umarmte uns, küsste uns stürmisch und stürzte sich dann auf die Orangensaftflasche.

»Wir reden ein andermal darüber«, sagte Christine.

»Worüber habt ihr denn so ernst geredet?«, rief Chantal.

Christine erwiderte: »Über eure Zukunft.«

Chantal meinte, dass sie die Zukunft nicht interessiere, dass sie im Hier und Jetzt lebe und versuche, mich glücklich zu machen, und dass das alles sei, was momentan für sie zähle.

»Ihr wollt mir doch mit euren Grundsatzdiskussionen nicht unseren Ausflug verderben. Morgen ist auch noch ein Tag.«

Christine sah sie verzaubert an. Mir war, als sähe ich im Blick meiner Cousine eine Frage aufscheinen von der Art: Woher kommt dieses Mädchen bloß? Es war nur ein kurzer Moment, und sofort kehrte Christine zu ihrer gewohnt mondänen Art zurück, mit ihrem Credo *Sag-mir-mit-wem-du-Umgang-hast-und-ich-sage-dir-wer-du-bist.*

Ich kam ihr zuvor.

»Christine, Chantal und ich haben uns vor gerade mal einem Monat kennengelernt. Seit ich zurück bin, haben wir ziemlich ungewöhnliche Dinge miteinander erlebt. Chantal ist wunderbar, sie ist auch Studentin am Institut de France und Archäologin. Sie kommt aus einer bürgerlichen Familie in der Provinz, und wir hatten noch nicht die Zeit, uns ernsthaft Gedanken über unsere gemeinsame Zukunft zu machen, also lass uns damit in Frieden und hilf uns lieber, uns das Leben so angenehm wie möglich zu machen, statt den Moralapostel zu spielen.«

»Ich habe gar nicht die Absicht, euch beiden zu sagen, was ihr aus eurem Leben machen sollt, ich will euch nur warnen, bald wird nämlich ganz Paris an eure Tür klopfen, und ihr werdet in Einladungen zu den langweiligsten Anlässen ertrinken. Ob ihr es nun wollt oder nicht, man wird euch in dieselbe Schublade stecken wie all die Leute, die viel dafür geben würden, im High-Society-Jahrbuch Bottin Mondain genannt zu werden – in dem dein Vater übrigens einen Ehrenplatz hatte. Ihr werdet also mit Sicherheit in Kürze eine aktualisierte Version bekommen, die ihr diesen Idioten zeigen könnt. Das heißt, ihr müsst euch Gedanken darüber machen, was euch alles bevorstehen kann, und euch an ein paar Verhaltensregeln halten, damit man euch und eure Privatsphäre respektiert. Ich will euch nicht nerven, ich will nur euer Bestes, ich bin eure Freundin.«

Ich küsste Christine und sagte mir, dass sie recht hatte und Chantal und ich uns ein wenig mit der Zukunft befassen müssten.

»Und was Pad betrifft, die kleine Thailänderin: Ich weiß, dass dein Vater sie sehr gernhatte und dass sie mit Sicherheit seine Geliebte war. Ansonsten weiß ich über sie nur, dass sie im Amt für Altertümer in Bangkok arbeitet und dein Vater sie bezüglich des Ankaufs einiger wertvoller Objekte der Khmer-Zivilisation um Rat gefragt hat. Ich habe noch nie von diesem

Buddha gehört, aber ich rate dir, so schnell wie möglich nach Bangkok zu fliegen. Und du, Chantal, solltest ihn lieber begleiten, wenn du nicht möchtest, dass er mit einer hübschen Thailänderin im Arm nach Paris zurückkommt.«

Christine ging, um das Frühstück zu machen, und Chantal kuschelte sich zu mir in den Sessel. Sie war nachdenklich, soeben war ihr bewusst geworden, dass unsere Beziehung in Zukunft nicht mehr so einfach sein würde. Ich streichelte sie, und sie ließ meine neugierigen Hände gewähren wie eine Katze.

»Nach dem Mittagessen macht ihr euch fertig. Gegen zwei Uhr bekommen wir den Mietwagen, dann fahren wir los. Kathleen kommt gegen Mittag. Und du fährst, Charles. Wir sagen dir den Weg, aber fahr uns bloß nicht in den Graben!«

Gegen zwölf kam Kathleen hereingefegt, und gleichzeitig kam der Avis-Angestellte, der uns den Wagen brachte, den Christine fürs Wochenende gemietet hatte. Das Wetter war wieder besser geworden, und ein blasser Sonnenschein kämpfte sich durch den Nebel und ließ den Asphalt der Rue Redpath glitzern. Wenige Minuten später hatten wir das Gepäck in den großen Kofferraum geladen. Ich setzte mich hinter das Steuer, und Christine wies mir den Weg bis zur Autobahn, die uns in den Südosten von Quebec bringen sollte. Durch Nebelbänke, die noch über den Feldern der Montérégie lagen, näherten wir uns den Hügeln, dann den Bergen der Appalachen, entdeckten anheimelnde Landschaften mit florierenden viktorianischen Farmen und unzähligen Obstgärten.

Auf Christines Geheiß hielt ich in einem kleinen Touristenstädtchen mit dem – was heute kaum noch jemand wusste – biblischen Namen Magog. Wir fanden ein einladendes Restaurant, und ich bestellte – sehr zur Freude meiner Gefährtinnen – ein typisches Quebecer Gericht. Ich wollte nur eine Kleinigkeit essen, und Kathleen hatte mir eine *Poutine* empfohlen, ohne mir allerdings zu erklären, was das war. Als das besagte Etwas gebracht wurde, hatte ich einen Teller Pommes frites vor mir, die in einer braunen Soße von undefinierbarem Geschmack schwammen und über denen langsam ein Berg körniger Frischkäse schmolz und lange Fäden zog. Es schmeckte besser, als es aussah, war allerdings sehr nahrhaft und lag schwer im Magen, vor allem, wenn man – wie ich – das Ganze mit einer Coca-Cola runterspülte.

Nach diesem denkwürdigen kleinen Imbiss führte Christine uns durch eine zauberhafte Landschaft, in der von dunkelgrünen Tannenwäldern bewachsene Berge und die in ihren Talkesseln eingeschlossenen Seen phantastische Panoramaansichten boten.

Nicht lange, und wir fuhren in den Hof eines Gasthofs. Die Mauern des Gebäudes waren mit zitronengelb gestrichenen Holzlatten verkleidet, die Fensterläden und Türen waren weiß, das Kupferdach mit Patina überzogen. Ein Portier empfing uns, und wenig später waren wir in unseren Zimmern. Chantal und ich gingen gleich wieder hinaus auf den Pontonsteg, der sich in den See hineinreckte, und genossen die außergewöhnliche Landschaft, von der wir zahlreiche Erinnerungsfotos machten. Eine Bank am Ufer – der ideale Ort für ein Schwätzchen unter Verliebten – zog uns magisch an. Wir setzten uns und ließen die Momente unserer Reise Revue passieren, um uns über unsere Eindrücke auszutauschen. Chantal gestand, dass sie sich ein wenig vor unserer Rückkehr nach Paris fürchtete, vor allem nach Christines Bemerkungen.

»Wir werden einfach von einem Tag zum nächsten leben, so wie du es immer sagst, und vor allem werden wir die Reise nach Bangkok vorbereiten und die restlichen Erbstücke, die noch übrig sind, verteilen. Danach können wir immer noch entscheiden, was wir aus unserer Zukunft machen werden. Auf der Reise nach Asien können wir alles Weitere schon ein bisschen besser planen.«

»Möchtest du wirklich, dass ich mit dir komme? Ich möchte gar nicht mehr ohne dich sein, ohne dich fühle ich mich so zerbrechlich.«

Ich nahm Chantal in meine Arme, und wir küssten uns leidenschaftlich. Ich liebte sie immer mehr, diese sensible Gefährtin, die schon nach der kurzen Zeit, die wir zusammen verbracht hatten, zu einem festen Bestandteil meines Lebens geworden war.

»Was willst du nach deinem Studium anfangen? Wärst du bereit, deine Karriere als Archäologin zumindest vorübergehend aufzugeben?«

»Sagen wir, ich könnte mir vorstellen, ein Sabbatjahr zu nehmen, um mich den praktischen Arbeiten zu widmen«, sagte sie lachend, »natürlich nur, wenn du einverstanden bist.«

»Einverstanden, was auch sonst, wenn ich die Möglichkeit habe, mit dem bezauberndsten Mädchen auf der ganzen Welt zusammenzuleben.«

»Du Schmeichler …«

Wir kehrten ins Hotel zurück und bewunderten die alten Stiche, die die Wände im Salon schmückten und auf denen kanadische Szenen und Landschaften des neunzehnten Jahrhunderts zu sehen waren. Schließlich gingen wir hinauf in unser Zimmer. Durch die halb geöffnete Verbindungstür konnten wir Christine sehen, die in ihrem Zimmer gerade ihr Kleid für den Abend glatt strich. Sie winkte uns herein.

»Kathleen nimmt gerade ein Bad. Catherine und Pierre sind

noch nicht da. Ich habe für sie das Zimmer auf der anderen Seite neben meinem reserviert, dann können wir uns nach dem Abendessen hier treffen.«

»Wozu?«, fragte Chantal spitzbübisch.

»Vögeln, was sonst?«, rief Kathleen aus ihrem Schaumbad.

»Sie ist immer so vornehm«, sagte Christine.

»Ihr vergesst, dass ich in einem Krankenhaus arbeite, da macht man nicht viele Umstände und nennt das Kind beim Namen, und eine Katze ist nun mal eine Katze«, entgegnete Kathleen.

»Oder eine Pussy«, sagte Chantal.

»Miau«, tönte es aus der Badewanne.

Christines Zimmer war durch eine Art komfortables Boudoir verlängert, dessen Eckfenster auf den See und die Berge ging; außerdem war es mit einer Stereoanlage und einem Fernseher mit Plasmabildschirm ausgestattet. Das perfekte Ambiente, um einen Abend ausklingen zu lassen.

»Wir gehen uns fertig machen«, sagte ich und schloss die Tür hinter uns.

»Das Essen beginnt um acht«, rief Christine.

Chantal bat mich, ihr ein Bad einlaufen zu lassen. Ich gab einen Hauch Badeöl in das Wasser, ein Geschenk des Hotels, dann stieg Chantal in die Wanne. Ich nutzte die Gelegenheit, es mir in einem gemütlichen Ohrensessel bequem zu machen und in einer lokalen Zeitschrift zu schmökern.

»Was hältst du davon, wenn wir Christine bitten, uns bei der Einrichtung der Bibliothek in Paris zu helfen? Sie hat viele gute Ideen, und außerdem ist sie auch noch ausgesprochen praktisch veranlagt, das könnten wir doch Literaturliebhabern zugutekommen lassen.« Und Chantal erklärte, dass man die Bibliothek eventuell für Lesungen nutzen und jede Woche einen Autor vorstellen könne, der aus seinem Werk las.

»Sehr gute Idee, dazu könnten wir auch ein paar seltene Stücke aus der Kollektion meines Vaters ausstellen.«

Chantal fand die Idee ausgezeichnet und schlug vor, beim Abendessen darüber zu sprechen, wenn der Antiquitätenhändler Pierre dabei wäre. Außerdem wusste Christine mit Sicherheit besser über die ungeahnten Schätze in dem Trödellager meines Vaters Bescheid als ich. Schließlich stieg Chantal aus der Badewanne und bat mich, ihr einen Bademantel anzuziehen und sie abzutrocknen.

Das ließ ich mir nicht zweimal sagen, und als ich sanft ihre Brüste trocken rieb, machte sich mein Verlangen bemerkbar. Was ihr natürlich nicht entging, und sie rief:

»Los, du kleiner Tunichtgut, in die Wanne mit dir, jetzt kümmere ich mich um dich.«

Schon wurde ich in den Schaum gedippt, und die Behandlung war höchst wirkungsvoll. Chantals Zärtlichkeiten verwandelten meine Männlichkeit in ein knüppelhartes Rohr, das sich schließlich im Wasser ergoss.

»So, und jetzt solltest du dich lieber waschen wie ein Erwachsener«, sagte Chantal, und mit den Worten stand sie auf und warf mir einen Waschlappen ins Gesicht. Lachend lief sie hinaus, und kurz darauf plärrte der Refrain eines Hits aus dem Radio.

Wir frönten noch eine Weile dem süßen Nichtstun, der Tag neigte sich seinem Ende zu, und ein Sonnenuntergang tauchte den See und die Berge in ein rosiges Licht und zauberte eine Harmonie, die der Gedichte Lamartines würdig gewesen wäre. Chantal war inzwischen fast fertig und schminkte sich vor einem viktorianischen Spiegel. Sie hatte eines ihrer besonders figurbetonten Kleider angezogen, die sie auf ihrer Shoppingtour mit Christine bei Holt Renfrew gekauft hatte. Das Kleid aus feinem Wolljersey lag bis zur Hüfte eng an und fiel von dort glockenförmig herab, um ein ganzes Stück über den Knien zu enden. Ein weiter U-Boot-Ausschnitt betonte ihren zarten Hals und den Ansatz ihrer wohlgerundeten Brüste. Dazu trug Chantal Sandalen mit hohen Absätzen, die ihre schönen Beine zur Geltung brachten, und man konnte unschwer erkennen, dass sich unter dem Kleid keine unnötige Unterwäsche verbarg.

»Ist das dein Männermörderinnenkostüm?«

»Das ist nur für dich, *mon chéri*.«

»Du kannst mir viel erzählen.«

Chantal verzog das Gesicht.

»Ich muss attraktiver sein als deine Lieblingscousine, wenn ich dich nicht verlieren will. Das zwischen euch grenzt fast an Inzest.«

Wir gingen zur Hotelbar hinunter. Wir waren die Ersten, und um die Wartezeit zu verkürzen, servierte uns die hübsche Bardame ein Glas Champagner, und wir diskutierten weiter über unser zukünftiges Lesesalonprojekt. Chantal hatte tausend Ideen, die, wenn man sie so hörte, unser Pariser Haus zum angesagten Literaturzentrum machen würden. Ich fragte mich, ob es wirklich eine so gute Idee war und ob diese vielen Gäste uns nicht um die Ruhe und Heiterkeit des alten Hauses bringen würden.

Kathleen tauchte auf, die mit ihrer wilden roten Mähne nun aussah wie eine Zigeunerin. Ihr flammender Schopf hatte beinah etwas Unheilvolles wie die Mähne Samsons. Jedenfalls hatte ich eine solche noch nie gesehen. Während der Autofahrt hatte sie ihr Haar zusammengebunden gehabt, und mir war gar nicht aufgefallen, was für wunderbare, natürliche und lange Locken sie hatte. Ihre milchweiße Haut, ihre Sommersprossen und ihre grünen Augen betonten noch den wilden Charakter dieses hinreißenden Mädchens.

Sie setzte sich zu uns und bestellte ebenfalls ein Glas Champagner.

»Wir haben uns noch gar nicht richtig kennengelernt«, sagte sie. »Ihr seid also der Cousin der schönen Christine und seine Freundin. Was macht ihr so in eurem Leben?«

Bald kam auch der Rest der Bande, Pierre und Catherine, der Antiquitätenhändler aus der Rue Notre-Dame und seine wortgewaltige Gefährtin, die, kaum dass sie saß, unweigerlich einen Wortschwall von sich gab.

Fehlte nur noch Christine; und da war sie auch schon, in einem langen Kleid mit – wie ich fand – ultimativem Dekolleté, aus rosa Seide geschneidert, die sich sanft an ihre Rundungen schmiegte. Um die Schultern trug sie eine Stola aus weißem Hermelin. Meine Cousine wirkte wie gemeißelt, fast ein wenig zu perfekt, geradezu furchteinflößend. Welcher Mann würde sich an eine solche Göttin heranwagen, an so viel weibliche Perfektion? In jenem Moment war mir, als hätte ich die junge Cathérine Deneuve vor mir, die kühle Präsenz einer mächtigen Herrscherin, der alle Mittel zur Verfügung stehen. Wir gingen in den Speisesaal, wo man für uns einen langen Tisch in der Nähe der Fenster reserviert hatte, die auf die atemberaubende, im Licht des Sonnenuntergangs malvenfarbene Landschaft des von Bergen umgebenen Sees hinausführten.

Wir nahmen ein köstliches, aber unprätentiöses Mahl zu uns, dann wechselten wir in den Salon hinüber, wo die einen noch ein letztes Glas Champagner, die anderen einen Eisenkraut- oder Pfefferminztee tranken.

»Ich schlage vor, wir gehen nach oben in mein Zimmer«, sagte Christine, »ich habe eine Überraschung für euch. Wir lassen uns Champagner raufbringen, und dann hoffe ich, dass euch mein Unterhaltungsprogramm gefällt.«

Unser Grüppchen begab sich also zu der viktorianischen Holztreppe. Kathleen legte einen Arm um meine Taille und drückte sich an mich. Zu meiner Rechten ließ die sehnsüchtige Chantal nur zu gern zu, dass ich ihre Taille umschlang und meine Hand auf ihren heißen Bauch legte. Vor uns hatte Christine Pierres Arm genommen, während sich von der anderen Seite Catherine an ihren Mann klammerte, um die Stufen hinaufzusteigen. Derart gruppiert, betraten wir das Boudoir in Christines Zimmer und ließen uns auf den beiden Sofas nieder, zwischen denen ein Fernseher und ein DVD-Player standen.

Der Zimmerservice brachte uns eine Magnum-Flasche Champagner samt Gläsern und zog sich diskret zurück. Christine startete die DVD mit den Worten, dass die Aufzeichnung Überraschungen für uns bereithielt.

»Vor allem für dich, Charles«, sagte sie, »denn du kennst einige der Schauspieler.«

Der Film begann mit der Ankunft dreier Personen auf dem Flughafen von Kairo, wo das für die Millionenstadt typische Chaos tobte. Ich erkannte meinen Vater, etwa zwanzig Jahre jünger als bei unserer letzten Begegnung in Paris, meine Cousine Estelle, sehr vampmäßig, mit breitkrempigem Hut und Grace-Kelly-Sonnenbrille, und ein gut gebautes junges Mädchen in flatterndem Blumenkleid: Das war Christine.

Dann wohnten wir der Ankunft des Dreiergespanns in einem Hotel am Nil bei; auf einem Balkon stand ein junges Mädchen, und ihr durchsichtiges Kleid ließ einen Körper erkennen, der einer Terpsichore, der Muse des Tanzes, würdig gewesen wäre. Die folgende Szene zeigte Estelle, meinen Vater und Christine im goldenen Spätnachmittagslicht auf der Hotelterrasse beim Aperitif.

Das waren nur die Präliminarien, die »mise en scène«, wie

ein Cineast gesagt hätte. Dann sahen wir, wie die drei mit dem Taxi zum Fluss fuhren und an Bord einer prächtigen Feluke gingen, auf deren blank geschrubbter Brücke Sitz- und Zierkissen im Kreis um eine Wasserpfeife aus poliertem Kupfer angeordnet waren und Korbstühle um ein niedriges Tischchen mit einem großen ziselierten Tablett herumstanden. Ein riesiger Stoffbaldachin schützte die Brücke vor der Morgensonne. Geschäftig brachten Matrosen das Gepäck zum Zwischendeck und setzten die Segel. Dann zeigte die Kamera das Trio, das gemütlich in den Korbsesseln saß, mein Vater, in makellosem weißem Frack, rauchte seelenruhig Wasserpfeife, während das Boot sich vom Ufer entfernte.

Christine hatte sich neben Estelle auf den Kissen ausgestreckt, ihr Leinenrock war hochgerutscht, und ihr Dekolleté gab den Blick auf ihren Brustansatz frei. Der Kameramann setzte das Bild – absichtlich oder vielleicht auch unbewusst – in Szene und steigerte so allmählich die Spannung.

Das Boot schipperte über den Nil, Hüter einer jahrtausendealten Geschichte. Die DVD war nicht vertont. Der Film musste in einem Studio von einer 8-mm-Kamera überspielt worden sein, und das Fehlen des Tons verlieh ihm eine ungeheure Intensität, man konnte den Dialog zwischen den Personen nur erahnen und so eine eigene Geschichte erfinden und sie um so viele pikante Details ergänzen, wie man wollte.

In der nächsten Einstellung sahen wir Christine und Estelle halb nackt in Bikinis, die den Anschein erweckten, als seien sie beim Waschen eingelaufen, und die nicht einmal mehr den Ansatz der Scham der jungen Frauen zu verdecken vermochten. In durchsichtige Tücher gehüllt, die sie wie Statuetten aus der Zeit der Pharaonen wirken ließen, lagen sie auf den Kissen vor meinem Vater, der seinen schönen Frack durch eine weiße Djellaba eingetauscht hatte, jedoch immer noch seinen italienischen Strohhut trug. Die erotische Spannung in diesem unveröffentlichten Film stieg.

Die folgende Szene zeigte die beiden Musen meines Vaters in eindeutigen Posen, Liebkosungen, Berührungen, flüchtige Küsse, tastende Hände, die sich unter den durchsichtigen Stoff verirrten, um über die gebräunte Haut von Christine und die zartweiße Haut von Estelle zu wandern. Und das alles unter dem lüsternen Blick meines Vaters. Im Hintergrund zog die erhabene und ewige Nillandschaft vorüber. Chantal neigte sich zu mir, ich saß in der Mitte zwischen Kathleen zu meiner Linken und meiner zärtlichen Freundin, um die ich meinen rechten Arm gelegt hatte.

»Findest du nicht auch, dass an dem Film etwas eigenartig ist? Wer hat die Kamera gehalten? Ein extra dafür engagierter Spanner?«

»Gute Frage. Frag Christine, wenn der Film zu Ende ist.«

Auf der Feluke wurden die Segel eingeholt, und sie setzte ihren Weg mit dem Motor fort. Sie erreichte das Ufer bei den Pyramiden von Dahschur und machte längs des Ufers fest, wo sich gerade ein bunter Markt zu beleben begann. Aus dem kleinen verzinkten Schlot, der im vorderen Bereich des Bootes aus der Brücke herausragte, stieg leichter Rauch auf, der ankündigte, dass der Koch gerade dabei war, das Abendessen vorzubereiten. Dann tauchten wieder unsere drei Reisenden auf. Mein Vater gab erst Estelle, dann Christine die Hand, um ihnen über einen primitiven Steg an Land zu helfen. Nun zeigte der Film ihren Besuch der Souks. Mein Vater verweilte an einem Stand, an dem ein Ägypter mit Turban seine Waren anpries und ihm Figuren und Objekte zeigte. Diese waren vermutlich Diebesgut aus einem Grab der Nekropole Meidum, die wegen ihres inzwischen im Museum in Kairo ausgestellten Gänsefrieses berühmt geworden war. Mein Vater kaufte eine kleine Statue und eine zerbrechlich wirkende Schale und schenkte sie seinen beiden Gefährtinnen.

Die nächste Szene zeigte die Matrosen und den Kapitän der Feluke beim Essen. Sie hockten auf einem alten Teppich um ein Kohlenbecken, auf dem der Pfefferminztee dampfte. Die drei Reisenden stiegen ins Zwischendeck hinunter und öffneten die Tür zu einer geräumigen Kabine, die prachtvoll geschmückt war: Orientteppiche, rotgoldene Seidenkissen, ein Kupfertisch, auf dem die Schälchen mit dem Abendessen angerichtet waren, funkelnde Kupferteller und Teegläser mit feiner Goldziselierung.

Der Koch füllte die Teller, dann zog er sich diskret zurück und schloss hinter sich die Tür. Nun war wieder mein Vater im Bild zu sehen, der es sich in den Kissen gemütlich machte, während Estelle und Christine sich auf römische Art neben dem Tisch niederließen – unter ihren durchscheinenden Gewändern waren sie nackt. Das Trio begann zu essen, und die beiden Frauen neckten einander und kosteten abwechselnd von den Leckereien der jeweils anderen. Christine fütterte Estelle und küsste sie dann gierig auf den Mund. Diese griff nach ihren Brüsten und fing an, die beiden Äpfel von Christine zu streicheln, die unter den erfahrenen Händen ihrer Gefährtin zu reagieren begannen. Die Kameraeinstellung wechselte, nun war wieder mein Vater zu sehen, der unter seiner Djellaba offenkundig masturbierte, wobei er die beiden Musen betrachtete, deren Zärtlichkeiten immer forscher wurden.

Es lag Schönheit in der Unanständigkeit der Gesten, eine tiefe Sinnlichkeit in den Berührungen der beiden Frauen, und Geilheit im Verhalten meines Vaters, der sich selbst streichelte, während er das Liebesspiel betrachtete, das sich vor seinen Augen vollzog. Die Szenen wurden immer sehnsuchtsvoller, Estelles Hand machte sich an Christines Venushügel zu schaffen, während Christine kaum merklich Estelles Beine gespreizt hatte und nun einen Lokum zwischen ihre Schamlippen schob. Ich war fasziniert von dem Schauspiel, und Chantal musste meinen Arm fest drücken, damit ich meinen Blick vom Bildschirm abwandte.

»Sieh mal, Kathleen«, sagte Chantal, die Wangen gerötet.

Ich wandte den Kopf und sah, dass Kathleen ihren Ethnorock hochgeschoben hatte und sich, überwältigt von dem Schauspiel, langsam streichelte. Auch Christine, die uns gegenüber auf der Sofalehne saß, schien aufgewühlt von dem Film, den sie uns zeigte.

Catherine streichelte Pierre, dessen wachsende Erektion von der Hose kaum verborgen wurde, im Schritt, ihre andere Hand hatte sie in ihre Korsage geschoben, wo sie ihre rechte Brustwarze bearbeitete, die zwischen den geschickten Fingern rosig aus dem Ausschnitt herauslugte.

Ich war so gebannt von dem Schauspiel, dass ich nicht einmal bemerkt hatte, dass auch meine Manneskraft wieder erwacht war, williges Opfer der Bilder auf dem Fernsehbildschirm. Chantal nahm meine Hand und führte sie an ihre Brüste, die unter dem elastischen Kleid nackt waren. Ich streichelte sie sanft, als ich plötzlich eine Hand auf meinem Penis fühlte, der sofort auf die Berührung reagierte. Es war Kathleen, die mich erforschte, während die Finger ihrer anderen Hand in ihrer einladenden Höhle steckten, wobei sie den Rock immer höher schob.

Die Atmosphäre in dem Boudoir lud sich immer mehr auf, nicht zuletzt, weil sich auf dem Bildschirm nun auch mein Vater zu den beiden Frauen gesellt hatte und Estelle mit einer leidenschaftlichen Fellatio begann, während Christine eifrig Estelles Brüste leckte und ihre Vulva streichelte, die unter den begabten Fingern immer mehr anschwoll und immer feuchter wurde.

Kathleen versuchte, meine Hose zu öffnen, Chantal streichelte sanft sich selbst, und aus Catherines Korsage war inzwischen eine Brust mit hartem Nippel herausgerutscht – da endete der Film. Christine sah uns feierlich an, und ein seltsames Leuchten lag in ihren wilden Augen. Doch die Tatsache, dass der Film zu Ende war, ließ uns keineswegs in unserem Tun innehalten, unsere Erregung zwang uns, unsere Spielchen weiterzutreiben.

»Christine, sag uns, wer die Kamera geführt hat.«

»Wollt ihr das wirklich wissen?«

Wir bejahten im Chor, und Christine erhob sich, schob einen Träger ihres Kleides von der Schulter, nahm ihre linke Brust heraus und streichelte sie.

»Charles, du bist doch nicht böse, wenn ich unseren Freunden den Namen verrate?«

Ich versicherte Christine, dass sie sich keine Sorgen zu machen brauche, aber ihre Antwort überraschte mich doch.

»Der Kameramann, oder vielmehr die Kamerafrau, war Franca, Franca di Villanova, eine enge Freundin meines Onkels, die du im Übrigen kennengelernt hast, Charles.«

Und meine Cousine startete die DVD wieder. Diesmal war die Kamera fixiert, vermutlich stand sie auf einem Stativ. Und nun sah man Franca, splitternackt, das Haar und auch das Vlies auf ihrem Venushügel tintenschwarz, was einen schönen Kontrast zu dem Weiß ihrer Haut bildete, wie sie sich vor meinen Vater kniete, seinen riesigen Phallus in den Mund nahm und eine infernalische Fellatio begann, während Estelle und Christine völlig ungeniert Sappho ihre Ehre erwiesen.

Die Szene brach nun endgültig ab, und der Bildschirm wurde schwarz.

Kathleen stand auf, ihr Rock fiel zu Boden. Sie war unter ihren Hippie-Gewändern nackt, und wir bekamen einen herrlichen Körper zu Gesicht. Sie warf sich in Christines Arme, die sie halbwegs ungerührt empfing.

»Christine, mach uns Musik an, ich will für euch alle tanzen.«

Christine legte eine CD ein, und eine wilde Mischung aus Klezmer- und Zigeunermusik erfüllte das Boudoir. Kathleen hob ihren Rock auf und benutzte ihn in provozierender Weise als Requisit für einen Tanz, in dem ihr perfekt gerundeter Körper einer rassigen Rothaarigen sich völlig entfesselt und in überbordender Sinnlichkeit wand.

Sie tanzte, streichelte sich, imitierte einen Orgasmus, weckte damit in uns ein beinah wildes Verlangen. Pierre und Catherine und dann auch Chantal und ich beteiligten uns an einer ausgelassenen Orgie, die die junge Frau, die nun fast in Trance war, in Gang gebracht hatte; ihr Körper und ihre Hände berührten und streichelten unsere Körper. Nun begann Christine, die sich ihres Kleides entledigt hatte, mit einer kleinen Verführungsnummer speziell für Pierre, der nicht widerstand, fasziniert von meiner bezaubernden Cousine, die den großen Mann schnell ausgezogen hatte und ihn so reizte, bis er eine Erektion hatte und sein steifer Penis von Christines und Kathleens geschickten Händen bearbeitet wurde. Catherine drückte sich an uns, Chantal hängte sich mir halb nackt an den Hals und tanzte an mich geschmiegt zu der leidenschaftlichen Musik. Catherine presste sich an uns; bald taumelten wir drei hin und her. Ich legte eine Hand auf Catherines Po, um sie fester an uns zu ziehen, mein Finger glitt an ihrer Spalte hinab, und kaum merklich drückte sie meinen

Finger in Richtung ihrer bereits feuchten Rosette. Chantal hatte mir mein Hemd beinah vom Leib gerissen und machte sich nun am Reißverschluss meiner Hose zu schaffen, um meinen geschwollenen Schwanz zu befreien.

Pierre wurde von Christine und Kathleen zum Sofa gezogen. Die Rothaarige beugte sich über die Lehne und bot Pierre ihren Hintern dar, Christine führte Pierres Schwanz in Kathleens Vagina ein und küsste Pierre dabei, der mit einem lustvollen Seufzer in Kathleen eindrang. Christine ging um das Sofa herum, zog Kathleens Kopf an den Haaren hoch und zwang die schöne Rothaarige, ihr die Pussy zu lecken, was die ohne Murren tat, mit einem Eifer, der meine Cousine aufstöhnen ließ.

Wir anderen drei entschieden uns für eine liebevollere Variante. Unter leichten Schwierigkeiten manövrierten wir uns zu unserer Zimmertür, erreichten schließlich aneinandergeklammert das Bett und fanden uns, ineinander verkeilt und nackt, unter einer weichen Daunendecke wieder.

Die Initiation

Chantal gab sich meinen Liebkosungen als Erste hin. Sie war erregt, die Beine weit gespreizt, ihre Schamlippen hatten sich bereits geöffnet und pulsierten, öffneten und schlossen sich, als hätte ihr Herz seine Schläge in ihr Geschlecht umgeleitet.

»Komm, nimm mich …«

Catherine nahm meinen steifen Schwanz in ihre kleinen Hände und zog daran, um mich vor dem aufreizenden Eingang zu Chantals Vagina zu positionieren. Sie war es auch, die meine Penetration überwachte, mit aller Kraft gegen meinen Po drückte, damit Chantal von meinem harten Fleisch erfüllt würde. Dann vergewisserte sie sich, dass unser Rhythmus schneller wurde, verfolgte die Bewegung meines Körpers und die Reaktionen des Körpers meiner Partnerin, achtete auf unsere Gesten und die kurzen oralen Lustbekundungen. Nachdem sie Zeugin unseres immer heftigeren Ficks geworden war, streckte sie sich neben uns aus und fing an, an Chantals Brüsten zu saugen und mit ihrer wilden und spitzen Zunge in ihrem Mund zu stöbern.

Chantal beschleunigte ihren Rhythmus, warf ihren Lockenkopf hin und her und stöhnte jedes Mal kurz auf, wenn ihr Schambein gegen meinen Penis stieß. Ich war kurz vor der endgültigen Explosion, vergewisserte mich keuchend, dass Chantal mir folgte und auf dem Weg zu einem fulminanten Finale war. Plötzlich erstarrte Chantal in einem wilden Schrei, und ein heftiger Orgasmus ließ sie sich aufbäumen. Ihr Gesicht wirkte zugleich schmerzverzerrt und ekstatisch, ihr Becken zitterte, und mit einem letzten Stoß schoss mein Sperma heftig aus mir heraus, und ich sackte auf meiner Partnerin zusammen, die mich mit entwaffnender Zärtlichkeit an sich drückte. Wir hatten nicht einmal gemerkt, dass Catherine verschwunden war. Wir dämmerten in einer uns komplett umhüllenden Seeligkeit dahin.

Erst ein paar Minuten später spürte ich neugierige Finger, die sich zwischen meinen Pobacken zu schaffen machten. Mein Penis war noch immer steif, ich war überwältig von der Wärme, die ich in Chantals zartem und weichem Tunnel spürte. Nun fühlte ich, dass Catherines Finger energischer an meinem Anus spielten und meinen Po mit einer angenehm kühlen Lotion befeuchteten. Immer noch benommen von der Liebe, die Chantal mir bezeugte, indem sie mich fest an sich drückte, genoss ich Catherines Berührungen, deren Finger nun immer hartnäckiger in meine Rosette einzudringen versuchten. Meine Pomuskeln entspannten sich und gaben ihr den Weg frei, und Catherines List begann Wirkung zu zeigen, mein Schwanz gewann seine Kraft zurück, was Chantal mit einem zufriedenen Seufzer zur Kenntnis nahm. Plötzlich zwangen Catherines Knie mich, meine Beine zu spreizen, und einen Augenblick später fühlte ich, wie ein kühler Dildo meinen Sack streichelte. Dieses Luder hatte sich einen Dildo umgeschnallt und wollte mich allen Ernstes von hinten nehmen. Es war ein völlig neues Gefühl, und ich hörte nicht auf, Chantal zu streicheln, die nichts bemerkt hatte. Dieses Biest von Catherine drückte nun stärker, und ich spürte, wie der Dildo in mich eindrang. Ein undefinierbares, doch sehr erotisches Gefühl überkam mich. Catherine bemerkte es und begann sanft, sich rhythmisch vor und zurück zu bewegen. Plötzlich spürte Chantal eine ungewohnte Bewegung, richtete sich auf und sah überrascht Catherine an. Diese fing an, sich schneller zu bewegen, was bei mir wiederum ein neues, höchst erotisches Gefühl auslöste. Mein Schwanz war wieder hart, und die Bewegungen, die meine Angreiferin begonnen hatte, sorgten dafür, dass auch Chantal von einer neuen Welle des Verlangens erfasst wurde.

Bald war Catherine nicht mehr zu halten, und eine ungekannte, wilde Leidenschaft bemächtigte sich unserer Körper. Catherine stieß einen Schrei aus, schlang die Arme um meinen Unterleib und presste sich an mich, geschüttelt von einem wahnsinnigen Orgasmus. Und dann stieß Chantal ihrerseits einen Lustschrei aus, als ich mich erneut in ihre Höhle ergoss. Catherine zog sich zurück, ich rollte auf die Seite und drückte meine Freundin fest an mich. Nun erst bemerkte ich Christine, Kathleen und Pierre im Türrahmen, und die immer noch mit ihrem Dildo ausstaffierte Catherine flüchtete sich in die Arme ihres Mannes.

Chantal verstand sofort meine Verlegenheit wegen dieses neu entdeckten Vergnügens, das mich ein wenig verwirrte.

»Lasst uns jetzt allein. Und macht die Tür zu.«

Chantal spürte, dass ich aufgewühlt war, und schmiegte sich an mich, tröstete mich mit ihren Zärtlichkeiten, wie bei einem Kind, das sich beim Hinfallen die Knie aufgeschlagen hat.

Tief in mir war ich ihr dankbar für ihre Fürsorge. Ich hatte soeben gelernt, welch schmaler Grat die Sinneslust vom Schmerz des Seins trennt.

Beim Frühstück am nächsten Morgen sprach niemand von der bewegten Nacht, die wir erlebt hatten. Ehe sie sich auf den Rückweg nach Montreal machten, kündigten Pierre und

Catherine uns an, dass sie gegen Ende des Sommers nach Paris kommen würden. Wir tauschten unsere Adressen aus und versicherten unseren neuen Freunden, dass wir uns sehr freuen würden, sie bei uns zu empfangen.

Wir kamen überein, dass Pierre uns helfen würde, ein Inventar unserer Pariser Schätze zu erstellen und eine Auswahl zu treffen, falls ich mit den überzähligen Objekten, die ich loswerden wollte, eine Auktion veranstalten würde. Christine fügte hinzu, dass auch sie nach Paris müsse, und schlug mir vor, ein Familientreffen zu organisieren, zu dem auch ihr Bruder Jean kommen sollte. Sie gab mir zu verstehen, dass er kurz vor der Scheidung und einem Familiendrama stand und sicher unsere Hilfe bräuchte.

»Nach meinem Aufenthalt in Paris werde ich bestimmt auch meine englischen Freunde in Cannes besuchen. Ich hoffe, ich kann euch bekannt machen, ihr seid sicher ganz nach ihrem Geschmack«, sagte sie spöttisch.

Ich fügte hinzu, dass Chantal und ich in den nächsten Monaten unsere Reise nach Thailand machen und die Verteilung des Erbes meines Vaters zu Ende bringen würden. Chantal sah mich verliebt an und nahm sanft meine Hand, ehe sie mir einen Kuss auf die Wange gab.

»Charles, falls ihr euch zufällig dazu entschließen solltet zu heiraten, wäre es ganz gut, vorher einen Abstecher ins Limousin zu machen. Der Landsitz muss in Spinnweben ersticken. Es wäre ein idealer Ort für eure Hochzeit.«

Ein wenig überrascht versprachen wir hinzufahren. Bald würde die Stunde unserer Rückreise nach Montreal schlagen. Chantal und ich nahmen uns vor, uns vor unserem Rückflug nach Paris zwei Tage lang wie richtige Touristen Quebec anzusehen. Danach würden wir die letzte Nacht in Montreal verbringen, ehe es nach Europa zurückging.

Christine und Kathleen fuhren mit Pierre und Catherine in die Quebecer Metropole zurück und ließen uns den Mietwagen da, damit wir auf Entdeckungsreise in die Hauptstadt fahren konnten.

Kurz vor Mittag machten wir uns auf den Weg und betrachteten, auf Nebenstraßen fahrend, die prächtigen Landschaften der »Schönen Provinz«. Wir erreichten Quebec über den Pont Pierre-Laporte, der den eindrucksvollen Sankt-Lorenz-Strom überspannte, der sich seinen Weg zwischen Felsen hindurchbahnte. Christine hatte uns ein Zimmer im Château Frontenac reserviert, dem besten Hotel am Platz. Unser Zimmer bot eine beeindruckende Aussicht auf den Fluss. Und obgleich es zu regnen begonnen hatte, war Chantal verzaubert von unserer Kutschfahrt durch die Straßen von Alt-Quebec, die sie ungeheuer romantisch fand. Sie gestand, dass sie nach der Aufregung der letzten Nacht die Ruhe genoss und glücklich war über unsere Zweisamkeit als verliebtes Paar.

Zurück im Hotel, beschlossen wir, uns das Abendessen aufs Zimmer bringen zu lassen. In einem wundervollen Negligé – einem Geschenk von Christine – kam Chantal aus dem Bad und setzte sich an den gedeckten Tisch, mit Blick auf den Fluss. Hinter dem Regen tauchte wieder die Sonne auf, und mit einem Mal wurde die auf der anderen Seite des Flusses liegende Stadt Lévis von einem phantastischen Regenbogen geschmückt, der sich vor einem bleigrauen Himmel abzeichnete. Es wurde Abend, in der Stadt gingen die Straßenlaternen an, und es sah aus, als würden sie längs des majestätischen Sankt-Lorenz-Stroms ein leuchtendes Ballett aufführen.

Chantal sprang ins Bett und schlüpfte unter die Decke.

»Charles, komm schnell zu mir.«

Nach einer kurzen Katzenwäsche legte ich mich zu ihr. Sie schlug das riesige weiße Federbett zurück und deckte mich zu.

»Schämst du dich nicht, mit Nachthemd im Bett zu liegen?«

Sie rollte sich zusammen, zog am Negligé und warf es auf den Teppich. Dann lag sie nackt in meinen Armen, weich und warm; ich streichelte ihre zarten runden Brüste und ließ meine Hände über ihre pfirsichweiche Haut gleiten. Ich liebte das Gefühl ihres leichten, seidigen Flaums unter meinen neugierigen Fingern.

»Heute Abend will ich als Liebende mit dir schlafen«, sagte sie, glitt auf meinen Bauch, und ihre Zunge machte sich auf die Suche nach der meinen.

Ich zog sie zärtlich an mich, überwältigt von der Sanftheit ihrer Gesten. Chantal presste ihre Knie gegen meinen Körper, und ihr heißer Bauch näherte sich meinem Penis, der plötzlich vom zarten Vlies meiner Gefährtin gestreichelt wurde. Nun rieb sie sich langsam an meinem Schwanz, der immer härter wurde, und als sie schließlich spürte, dass er bereit war, kippte sie ihr Becken, und ich war in ihr, wobei mein Sack beinah brutal gegen ihren Po schlug. Ein weiches und feuchtes Paradies nahm mich in Empfang, und unvermittelt richtete Chantal ihren Oberkörper auf, legte ihre Hände auf meinen Brustkorb und begann, mich zu vögeln. Sie hatte nun vollkommen die Initiative übernommen, mein Körper gehörte ihr, und einzig unser Verlangen diktierte ihr diesen wollüstigen Ritt. Wunderbar und nackt sah ich sie über mir, ihr Gesicht fast verzerrt vor Konzentration, die sie benötigte, um den Gipfel ihrer Lust zu erklimmen. Immer heftiger bewegte sie ihr Becken auf mir, damit mein Schwanz ganz tief in ihre Höhle hineinstieß.

»Chantal, mein Liebling, ich komme.«

Ihr Körper spannte sich krampfartig an. Sie stieß einen langen Seufzer aus wie eine verliebte Katze, dann ließ sie sich in meine Arme fallen. Ich zog vorsichtig die Decke über uns beide, streichelte ihren Rücken, der immer noch bebte von den letzten Zuckungen ihres Orgasmus, und bedeckte sie mit Küssen. Da bemerkte ich eine dicke Träne, die ihr über die Wange rann. Sie hob leicht den Kopf, und ihre feuchten Augen begegneten den meinen.

»Charles, das war so schön.« Dann schmiegte sie sich in meinen Arm und schlief ein.

Am nächsten Morgen entschlossen wir uns, noch einen weiteren Tag in Quebec zu verbringen, um die Umgebung zu besichtigen und den Puls dieser wunderbaren Stadt zu spüren. Wir frühstückten im Bett, und Chantal schaltete das Radio ein, in dem gerade eine Talksendung lief, in der die Hörer sich zu dem Thema des Tages äußern konnten. Eine unerschrockene Moderatorin stellte das recht brisante Thema vor: Es ging um Fellatio. Eine besonders geneigte Hörerin erzählte in gewählten, aber direkten Worten, auf welche Art sie ihren Mann oral verwöhnte. Chantal konnte es nicht fassen.

»Charles, dagegen sind die Shows von Ardisson der reinste Kinderkram!«

Fasziniert lauschte sie den Kommentaren der Moderatorin, die offen über die besten Swingerclubs in Quebec sprach und zahlreiche Tipps gab, wo und wie man seine körperlichen Gelüste stillen konnte. Die Sendung war unglaublich direkt, und meine Gefährtin wurde zusehends aufgeregter angesichts der freizügigen Möglichkeiten in der Hauptstadt von Quebec. Sie notierte eine Adresse.

»Das sollten wir ausprobieren, was meinst du, Charles?«

Das kleine Schlitzohr schmiedete schon wieder Pläne für

den Abend. Nach dem Frühstück nahmen wir den Wagen und erkundeten die Île d'Orléans. Die frühlingshafte Vegetation zeigte ihre ersten Knospen, doch Chantal fand die Luft noch sehr kühl. Womit sie einen Vorwand gefunden hatte, sich in ein Einkaufscenter zu flüchten, und mit Müh und Not fand ich das Place Laurier in einem Vorort von Quebec. Dort ließ Chantal ihrer Kauflust freien Lauf, und nach einer Weile hatten wir uns eine kleine Erholungspause redlich verdient. Ich fragte eine Verkäuferin nach einer Bar oder einem Café, wo wir etwas trinken konnten. Sie empfahl uns das Beaugarte, ein anscheinend sehr angesagtes Kneipenrestaurant, das nicht weit entfernt war. Wir fanden das Café, ein sehr angenehmes Lokal, das bereits ziemlich gut besucht war. Als der Feierabend näher rückte, füllte das Lokal sich mit einer Schar von Stammgästen. Ich bemerkte mehrere hübsche Frauen, oft mit großzügigen Dekolletés und sorgfältig geschminkt; Chantal fand die oftmals schlecht gekleideten Männer sehr viel weniger anziehend, machte aber dennoch den ein oder anderen halbwegs attraktiven Mann aus, der ihre Aufmerksamkeit erregte. Die Musik war ohrenbetäubend, und wir merkten sehr schnell, dass das Beaugarte ein ziemlicher Anmachschuppen war. Ein junges Paar neben uns begann schon bald ein Gespräch mit uns.

»Sind Sie Franzosen?«

Ich nickte. Die junge Frau fragte Chantal, ob wir aus Paris seien. Chantal nickte.

»Hab ich's doch gewusst«, sagte die Frau zu ihrem Freund.

Chantal präzisierte:

»Wir wohnen in Paris, aber ich komme ursprünglich aus dem Aveyron.«

Damit war das Eis gebrochen. Chantal erging sich in Ausführungen über ihre ländlichen Wurzeln und stellte uns vor.

»Das ist mein Freund Charles, und ich bin Chantal.«

»Ich bin Agathe, und das ist Philippe.«

Die Unterhaltung verlief so, wie solche Gespräche zwischen Touristen und Einheimischen immer verlaufen. Wir erfuhren, dass Agathe als Krankenschwester in der Uniklinik Laval arbeitete, Philippe war irgendwo in der Region Quebec als Buchhalter tätig. Chantal lud die beiden auf ein Glas ein, und irgendwann beschlossen wir, gemeinsam zu essen. Plötzlich fing eine Modenschau an, und Models präsentierten zu ohrenbetäubender Musik Bademoden. Da nun keine Konversation mehr möglich war, betrachteten wir die Darbietung interessiert und spendeten den hübschesten Mädchen oder den gewagtesten Badeanzügen Beifall. Ein ausnehmend schönes dunkelhaariges Model defilierte in einem minimalistischen Bikini und wiegte sich dabei sehr erotisch in den Hüften. Philippe pfiff, Chantal applaudierte, die Menge bejubelte die junge Frau. Da spürte ich mit einem Mal, dass Agathe an mir klebte. Lag es daran, dass es so voll war, oder machte sie das absichtlich? Sie war kleiner als ich; ich war sicher, dass sie ihren runden Po gegen meinen Schenkel presste. Chantal bemerkte es und zwinkerte mir zu. Ich konnte sehen, dass die Chemie zwischen ihr und Philippe nicht stimmte. Inzwischen kannte ich sie ganz gut und konnte mir denken, dass sie ihn zu gewöhnlich und uninteressant fand für ein anregendes Gespräch. Philippe war der Typ netter Junge von nebenan, gut aussehend, groß, freundlich, aber mit einer etwas blassen Persönlichkeit. Chantal flüsterte mir ins Ohr: »Er ist Buchhalter.«

Als wären alle Buchhalter der Inbegriff der Langeweile. Ich antwortete: »Gib dir ein bisschen Mühe, Chantal, wie's aussieht, läuft es mit Agathe ziemlich gut. Vielleicht hat der Typ ja ein paar ungeahnte Qualitäten.«

Chantal lachte und gab mir zu verstehen, dass ich mit Agathe nichts anbrennen lassen solle, denn sie war ganz offensichtlich kein Kind von Traurigkeit. Ich legte meine rechte Hand an ihre Taille, sie hatte nichts dagegen, also ließ ich sie bis zu ihrem flachen Bauch wandern. Sie wich nicht aus, sondern drückte sich im Gegenteil stärker gegen meinen Schenkel. Chantal fasste Philippe um den Hals, damit er sich zu ihr hinunterbeugte. Ich weiß nicht, was sie ihm ins Ohr flüsterte, aber er errötete. Offensichtlich gefiel ihm, was Chantal zu ihm gesagt hatte, und er schien darüber nachzudenken. Chantal zwinkerte mir noch einmal zu, und in dem Moment drehte Agathe sich zu mir um und drückte mir ihren Busen an die Brust. Ihre Brüste an meinem Hemd bebten, und noch immer an mir klebend, fragte Agathe ihren Freund: »Philippe, was hat sie zu dir gesagt, dass du so rot wirst?«

Der junge Mann gab ihr zu verstehen, dass sie näher kommen solle. Agathe zwängte sich zu ihrem Freund durch und ließ mich in einem interessanten Zustand zurück. Chantal nahm ihren Platz ein und gab mir einen feuchten Kuss.

»Was hast du Philippe gefragt?«

»Ach, nichts Besonderes. Ich habe ihn gefragt, ob er eine Bar mit dem Namen La Rumeur kennt. Er schien sehr überrascht, dass ich ihn danach frage.«

Ich musste lachen. Chantal fragte Agathes Freund ohne Umschweife, ob er *den* In-Club in Quebec für Partnertausch kannte, und fand ihre Frage auch noch ganz normal. Agathe diskutierte leise mit Philippe, aber die Musik war so laut, dass ich kein Wort von dem verstand, was sie sagten. Chantal drückte sich an mich, und ich spürte, wie ihre Brustwarzen hart wurden. Sie war bereit für ein erotisches Abenteuer. Agathe kam zurück und fragte Chantal, ob sie sie zur Toilette begleiten wolle. Philippe rief mir zu: »Typisch, die Mädels palavern, und wir müssen uns fügen.«

Ich mochte dieses Wort, palavern, ein Verb, das Diskussionen um alles und nichts passend illustrierte. Ich sagte zu Philippe, dass es manchmal besser war, sich zu fügen, statt den Helden zu spielen und sich so gewisse Chancen entgehen zu lassen. Er lachte und stieß mit mir an. Ich fand ihn sympathisch, und offenbar fühlte er sich allmählich wohler in seiner Haut. Unsere beiden Komplizinnen kehrten an den Tisch zurück, ein breites Lächeln auf dem Gesicht.

»Okay, wir fahren ins La Rumeur«, sagte Agathe, »ich weiß ungefähr, wie wir fahren müssen. Philippe und ich waren noch nie dort, aber alles hat einen Anfang.«

Wir vereinbarten, dass wir ihnen nachfahren würden. Agathe fuhr ihren Wagen, und ich versuchte, so gut es ging, an ihnen dranzubleiben. Sie fuhr schnell und hektisch durch ein Labyrinth aus Vororten, in denen sich Restaurants mit hochmodernen Fabriken abwechselten. Vor einem Gebäude, das mit seinen mit Zinkblech verkleideten Wänden wie ein Industriegebäude wirkte, hielt Agathe. Auf einem blauen Neonschild an der Fassade stand der Name des Lokals, La Rumeur, ein Paar verschwand gerade im Eingang. Wir gingen zur Tür, und Agathe klingelte. Eine hübsche, in ein ultrakurzes rotes Kleid gezwängte Rothaarige öffnete uns. Die Formalitäten beschränkten sich darauf, dass jedes Paar eine Mitgliedskarte zu fünfzig Dollar erwerben musste, auf der die beiden Vornamen eingetragen wurden. Ich bot Philippe an, seine Anmeldung zu bezahlen, er lehnte höflich ab.

Der Laden war eindrucksvoll. In der Mitte befand sich eine Tanzfläche aus polierten Stahlplatten. In einem schwebenden Käfig mit verchromten Gitterstangen tanzte ein fast nacktes Paar und zog die Blicke der Gäste auf sich. Wilde Diskomusik mit wummernden Beats erfüllte die Halle. Am hinteren Ende wurde die Tanzfläche von einer Bar begrenzt, an der bereits viel los war. Um die Tanzfläche waren Sofas in nischenartigen Sitzecken angeordnet, von denen aus man die Tanzenden beobachten konnte. Die junge Rothaarige merkte, dass wir zum ersten Mal da waren, und bot uns eine kleine Führung zu den verschiedenen Attraktionen an. Hinter der Bar schirmte ein dicker Vorhang einen dahinter liegenden Spa-Bereich vom Lärm der Tanzfläche ab. In dem weitläufigen Areal sprudelten beleuchtete Jacuzzis, dahinter befanden sich Duschen und Spinde, zu denen wir am Eingang Schlüssel bekommen hatten. Links gab es eine »Liebesecke« mit runden weißen Betten, die mit Leinenvorhängen umgeben waren, die es den Voyeuren erlaubten zuzusehen, und den Akteuren die Illusion einer zumindest leicht verhüllten Intimität gaben. Auf der rechten Seite befanden sich ein komplett weiß gefliestes Dampfbad und eine skandinavische Sauna, die angenehm nach Eukalyptus duftete.

Die Rothaarige ließ uns allein. Wir kehrten zur Tanzfläche zurück und beschlossen, uns eine bequeme Sitzecke zu suchen. Die Musik war ohrenbetäubend, aber Chantal und Agathe hielt es nicht lange auf den schwarzen Ledersofas, und schon tanzten sie.

Ich ging zur Bar und bestellte Bier für die ganze Mannschaft, doch der Barkeeper erklärte mir, dass der Club keine Lizenz für den Ausschank von Alkoholika hätte. Ich versuchte, mir einen Weg zu unserem Tisch zurück zu bahnen, und musste dabei mehrfach den unberechenbaren Bewegungen der Tänzer ausweichen. Philippe saß auf dem Sofa und zeigte auf unsere beiden Damen, die auf der Tanzfläche herumsprangen.

»Gut in Form, die zwei«, bemerkte Philippe.

»Stimmt«, sagte ich, »aber das ist noch gar nichts, warte erst mal ab, bis Chantal richtig loslegt.«

Plötzlich wurde das Licht gedämpft, und ein schmachtender Blues verschaffte den Tänzern eine kleine Verschnaufpause. Ein durchsichtiger schwarzer Vorhang umgab nun die Tanzfläche, und Agathe machte uns ein Zeichen, zu ihnen zu kommen. Sie zog mich am Ärmel zu sich und schmiegte sich an mich, während Chantal ihre Hände in Philippes Nacken verschränkte. Der Tanz glich bald einem sinnlichen Taumeln, das uns erlaubte, die Kurven unserer beiden Gefährtinnen zu erforschen, die sich ihrerseits mit aller Macht an uns drückten, bis wir ein Anschwellen unserer männlichen Attribute nicht länger unterdrücken konnten. Wir tanzten paarweise Seite an Seite. Meine Hände tasteten über Agathes Körper, und ich sah, wie Philippes Hände bei Chantal, die mir vielsagend zuzwinkerte, das Gleiche taten. Agathe spürte, dass mein Schwanz sich nicht mehr zurückdrängen ließ, und ihr kurzer Rock aus hauchdünnem Stoff gestattete ihrem Knie, sich zwischen meine Beine zu schieben und den Kontakt zu meinem Schwanz zu suchen. Meine Hand, die auf Agathes Po ruhte, spürte nun, wie ein Eindringling ihre Pospalte zu erkunden suchte. Ich blickte auf und sah, dass es Philippes Hand war, die Agathe zu mir hinschob. Bis mir klar wurde, dass er vielmehr versuchte, Agathe zu Chantal hinüberzumanövrieren. Philippe war nicht so unschuldig, wie es den Anschein hatte, und Chantal durchschaute sein Manöver schnell. Die beiden Frauen tanzten nun Brust an Brust. Wir legten unsere Arme um sie und wiegten uns gemeinsam zu einem seltsamen Lied von Barbara. Chantal knöpfte Agathes sittsame Bluse auf und streichelte ihre hübsche Brust, die erstaunlich fest war. Sie befreite eine Brust aus dem BH-Körbchen und kniff in die rosige Brustwarze. Ich nutzte die Gelegenheit, Chantals Ausschnitt nach unten zu ziehen. Sie trug keinen BH, und sofort erschienen ihre apfelförmigen Brüste mit ihren harten Brustwarzen. Die beiden jungen Frauen rieben sich aneinander, und dann spürte ich eine Hand, die sich an meiner Hose zu schaffen machte und schließlich meinen Schwanz heftig masturbierte. War das Chantal? Agathe? Ich hatte keine Ahnung. Wir waren von anderen Tänzern umgeben und dicht aneinandergedrängt. Unsere Hände wanderten mal hierhin, mal dorthin, ohne dass man zu sagen vermocht hätte, zu wem sie gehörten.

Die Musik verstummte, der Vorhang öffnete sich, und auf den schmeichelnden Blues folgte nun wieder ein wilderes Stück. Chantal schlug vor, in den Spa zu gehen. Unsere Freunde hatten nichts dagegen einzuwenden, und nachdem wir uns an den Spinden ausgezogen und in dicke Badetücher gewickelt hatten, fanden wir uns alle vier in dem wohlig entspannenden, duftig-dampfenden Wasser eines Whirlpools wieder. Es war schon recht voll, aber die anderen Gäste rückten zusammen, um uns ein wenig Platz zu machen, und unsere Beine berührten sich angenehm. Chantal kümmerte sich um Philippe, der es nur zu gern geschehen ließ. Zwar konnte man nicht gut sehen, was unter Wasser geschah, doch mir wurde schnell klar, dass Chantal Agathes Freund eine Massage der besonderen Art verpasste, während dieser ihre Brust streichelte. Chantal saß mir gegenüber, Agathe lehnte sich an sie und hielt dabei meinen Schwanz in der Hand. Wir befanden uns nun Körper an Körper, und immer energischere Liebkosungen versetzten uns in einen Zustand spürbarer Erregung. Agathe beugte sich zu mir.

»Ich habe Lust auf dich, komm, wir gehen in die Liebesecke, Philippe und Chantal können ja nachkommen, wenn sie wollen.«

Die anderen Leute machten uns Platz, und wir stiegen aus dem Whirlpool, Chantal sah mich an und lächelte. Die Liebesecke war bereits gut besucht, und wir gesellten uns zu einem fremden Paar, das mitten im Liebesakt war. Agathe setzte sich rittlings auf mich, führte meinen Schwanz in ihre bereits stark erregte Möse ein, und ein wilder Ritt ging los. Agathe hatte Temperament, sie warf ihren Kopf hin und her und trieb unsere Körper in einen ekstatischen Tanz. Dann sank sie plötzlich in meine Arme, küsste mich leidenschaftlich und flüsterte mir ins Ohr:

»Mach weiter, Charles, ich komme gleich! O ja, ich komme! Komm mit mir!«

Dann entspannte sich ihr Körper, sie seufzte und versicherte mir, dass es sehr gut gewesen sei.

Ich wandte meinen Kopf und bemerkte Chantal, die unsere Ekstase beobachtet hatte, während sie Philippe streichelte. Letzterer war sprachlos. Vermutlich hatte er Agathe noch nie in einem solchen Zustand gesehen. Agathe machte Chantal und Philippe ein Zeichen, zu uns zu kommen. Das Bett war groß genug für uns alle, und das Paar, das bereits vor uns da gewesen war, schien sich auf einmal für unser Quartett zu interessieren. Philippe schmiegte sich an Agathe, die anfing, ihm einen zu blasen. Sein Schwanz war bereits wieder erigiert. Chantal legte sich neben mich und streichelte mich verliebt.

»Der kleine Philippe hat's mir besorgt, aber er ist noch ein bisschen zu grün hinter den Ohren«, sagte sie lächelnd.

Plötzlich spürten wir eine fremde Hand auf unseren Körpern. Und eine interessante Person tauchte auf. Unsere Nachbarin. Sie hatte ihren Mann allein gelassen, weil sie noch einen kleinen Nachschlag wollte. Sie hatte ein anziehendes ovales Gesicht, das von braunen Locken umrahmt war, und ihre sinnlichen Lippen ließen mich nicht kalt. Ihre Zunge bahnte sich einen Weg in meinen Mund, stöberte darin, aktiv und fordernd, was mich total anmachte. Ihre Hände verloren sich im zarten Vlies von Chantal, suchten nach ihrer Klitoris und begannen, sie sanft zu massieren. Dann schob sie sich auf unsere Körper, nahm meinen Schwanz in den Mund, während ihre Hände sich fiebrig um Chantals Höhle kümmerten. Ihr weicher und rasierter Venushügel befand sich nun direkt vor unseren Mündern, und meine Freundin machte sich als Erste daran, ihre vorspringenden dunklen Schamlippen zu erobern. Meine Zunge folgte, und ich leckte über den unbekannten Bauch, die zarte und feste Haut. Die Frau bewegte sich langsam in einem Rhythmus, der von ihrer wachsenden Lust kündete. Sie lutschte meinen Schwanz mit einer Kunstfertigkeit, die ihre große Liebe zur Fleischeslust verriet, und Chantal begann kleine Lustschreie auszustoßen. Die Möse unserer Unbekannten öffnete und schloss sich im Rhythmus der Stöße ihres Körpers und gab einen Nektar ab, den Chantals Zunge begierig aufnahm. Ich spürte, wie mein Verlangen immer größer wurde, und ein besonders erregender Zungenstreich löste die Eruption aus. Die Unbekannte hatte meinen Schwanz nicht losgelassen, und nun klammerte sich auch Chantal daran, sodass es für mich kein Halten mehr gab. In einem letzten Aufbäumen spannte die Frau sich wie ein Bogen und erreichte einen Höhepunkt, der sich in kleinen Zuckungen am ganzen Körper fortsetzte.

Dann stand sie auf, drehte sich um, küsste Chantal, streichelte über meine Wange, bedankte sich und verschwand hinter dem Vorhang. Unsere Freunde sahen uns lächelnd an. Agathe sagte: »Hey, ihr zwei strotzt ja wirklich vor Gesundheit.«

Wir alle wussten, dass unsere ausgelassene Nacht sich dem Ende zuneigte. Wir gingen duschen, dann verschwanden unsere Freunde. Ich sah Chantal an, sie küsste mich zärtlich. Unser Abenteuer löste sich in der Quebecer Nacht auf.

Warten auf Paris

Am nächsten Morgen traten wir die Rückfahrt nach Montreal an. Nach ein paar langen Minuten hatte die monotone Autobahn Chantal in einen Zustand süßer Benommenheit versetzt. Sie döste zu klassischer Musik, die auf CIEL FM lief. Wir brauchten zwei ganze Stunden, bis wir den Gürtel aus Industrievororten erreichten, der die große Stadt umgab. Chantal erwachte, als der Verkehr dichter und misstönender wurde, und fing an, mit mir gemeinsam aufmerksam die Hinweisschilder zu studieren. Nicht ganz ohne Schwierigkeiten erreichten wir endlich das Zentrum. Ich parkte den Wagen vor Christines Reihenhaus, Christine öffnete uns die Tür. Das Wohnzimmer sah aus, als hätte eine Bombe eingeschlagen. Auf dem Teppich warteten zwei Koffer darauf, mit den Kleiderstapeln gefüllt zu werden, die sich bereits auf dem Kaffeetisch türmten.

»Ich komme heute Abend mit euch nach Paris«, sagte Christine. »Jean lässt sich scheiden und ist kurz vor einer Depression. Seine Frau hat ihn endgültig vor die Tür gesetzt und versucht gerade, ihn zu enteignen. Ich muss mich um ihn kümmern.«

Die Rückreise war kein Vergnügen. Christine war unausstehlich. Sie kehrte die Beschützerin heraus und hasste alle, die ihrem Bruder Jean etwas tun wollten. Kaum waren wir durch den Zoll gegangen, küsste sie uns flüchtig, sagte, dass sie uns bald anrufen würde, und stürzte, einen Kofferträger im Schlepptau, zum Taxistand. Wir taten es ihr nach und waren kurz darauf in der Rue de Beaune.

Sobald ich zurück in Paris war, verschickte ich mit Chantals tatkräftiger Hilfe die restlichen Erbstücke an ihre Empfänger. Die einzige Reise, die wir uns vornahmen, war die nach Bangkok zu der thailändischen Freundin meines Vaters. Der Brief hatte mich neugierig gemacht, und so hatte ich mich mit der kleinen Thailänderin in Verbindung gesetzt und unser Treffen geplant.

Da nun auch mein Cousin Jean wieder in Paris war, nahmen wir Kontakt mit ihm auf, doch er wollte niemanden sehen. Christine kümmerte sich um ihn. Er hatte sich im elterlichen Stadtpalais in der Wohnung neben der von Christine eingerichtet. Offenbar wuchs sich die Scheidungsprozedur zu einem regelrechten Rosenkrieg aus, und Christine mischte kräftig mit. Aber schließlich konnte ich ihn doch zu einem Treffen überreden, unter der Bedingung, dass seine Schwester zugegen wäre. Wir hatten ein Datum festgemacht, und ich versicherte Jean angesichts seiner familiären Situation meine Freundschaft und mein volles Verständnis.

Seit einer Woche war Chantal nunmehr damit beschäftigt, unsere Reise nach Thailand zu organisieren, und machte die Reiseagenturen verrückt, damit sie uns Flugtickets zu vernünftigen Preisen suchten. Ich telefonierte zweimal mit Pad, der kleinen thailändischen Freundin meines Vaters, der ich ihr Erbe übergeben sollte.

In Paris war es nun endgültig Frühling geworden, ich saß im Büro meines Vaters und arbeitete an der Erstellung eines Katalogs, um das Durcheinander der Sammlungen halbwegs zu ordnen und mir eine Übersicht zu verschaffen. Chantal kam hereingefegt, warf sich mir an den Hals und küsste mich, als hätte sie mich Monate nicht gesehen. Ich spürte ihren Körper und ihre Brüste, die sich unter ihrem weit ausgeschnittenen Spaghettiträgertop ungehindert an mich pressten, und es dauerte nicht lange, bis meine Sinne auf diesen plötzlichen Überfall reagierten.

»Charles, es ist so schön draußen, warum gehst du nicht mit mir spazieren? Ich muss zwei, drei Dinge einkaufen, komm mit, tu mir den Gefallen.«

Meine gefährliche Freundin umklammerte mit einer Hand meinen Nacken, die andere legte sie auf meinen Schritt und hatte – trotz Stoffhose – meinen Schwanz schnell im Griff.

»Na, sieh mal einer an, du Schlitzohr, wie ich spüre, trägst du keine Unterhose.«

Unmöglich, bei dieser verlockenden Behandlung kalt zu bleiben. Mein bestes Stück war unter ihren geschickten Händen bereits wieder zu einer beachtlichen Größe angewachsen. Ich konnte mich den Wünschen meiner so hübschen und aufreizenden Freundin nur fügen und sagte ihr, dass ich mich umziehen würde.

»Nein, bleib so, das ist total sexy, ich liebe es, deinen Körper ohne Hindernisse zu spüren.«

Wenige Minuten später traten wir durch das schwere Haustor und verschwanden in Richtung Rue Saint-André-des-Arts. Es war ein völlig neues Erlebnis, ohne Unterhose durch die Straßen zu spazieren, und ich hatte das Gefühl, dass alle Passanten genau wussten, dass mein Penis unter dem leichten Stoff meiner Hose ungehindert hin und her schwang. Ich hatte Durst, Chantal ebenfalls, und so setzten wir uns auf eine Caféterrasse in der Rue de Seine.

Als ich einen Pfefferminzsirup mit Wasser trank, fragte meine Freundin mich, ob ich einen Nachtclub mit dem Namen Katmandou kenne. Ich hatte nie davon gehört und fragte sie, was so besonders an ihm sei.

»Charles, du weißt, dass ich dir noch nicht alles über mein Leben vor unserer Begegnung erzählt habe. Wie du inzwischen gemerkt hast, habe ich nichts gegen Freundschaften mit Frauen, ganz im Gegenteil, und ich bin froh, dass dich diese Neigung nicht allzu sehr stört. Wie du in den Nächten mit Céline und Christine gesehen hast, hat meine kleine Neigung auch dir angenehme Überraschungen verschafft. Heute Abend bin ich mit einer alten Freundin im Katmandou verabredet. Sie wohnt in der Provinz und kommt nicht so oft nach Paris. Die Verabredung steht schon seit langem, lange, bevor ich dich kennengelernt habe. Es ist für mich sehr wichtig, sie heute Abend zu treffen, vor allem, damit ich ihr erzählen kann, dass du und ich nun zusammenwohnen und dass ich sie nicht mehr regelmäßig treffen will. Ich hatte mir ohnehin schon Gedanken gemacht, da ich den Eindruck hatte, dass Victoire immer eifersüchtiger und besitzergreifender wird und ich bald die Notbremse ziehen muss. Und genau das werde ich heute Abend tun, und ich möchte, dass du mich begleitest.«

Ich erfuhr, dass das Katmandou ein Nachtclub war, der von Lesbierinnen besucht wurde, und dass dort die schönsten Frauen von Paris verkehrten. Diese Frauen, lesbische oder bisexuelle Frauen oder einfach nur Frauen, die die Nase voll hatten von Männern, trafen sich dort und tanzten zur neuesten Musik, ohne dass sie ihren Ehemännern, Freunden oder anderen männlichen Wesen, mit denen sie sich in einem anderen Leben abgaben, darüber Rechenschaft ablegen mussten.

Dennoch wurden Männer geduldet. Chantal erklärte mir, dass die Herren, die in Begleitung von Damen kamen, sich an der Bar niederlassen und nach Herzenslust schauen durften, aber nicht mehr. Es gab auch einen Rausschmeißer, einen riesigen Schwarzen, einen Eunuchen, wie Chantal mir versicherte, dessen Aufgabe es war, jeden Mann vor die Tür zu setzen, der die Regeln nicht einhielt. Chantal wollte unbedingt, dass ich sie begleitete, und betonte, dass man das Katmandou gesehen haben müsse, weil es eine feste Größe unter den Szeneclubs der Stadt sei.

»Ich werde dir Victoire vorstellen, bevor wir gehen. Du wirst sehen, sie ist superschick, sie kommt aus einer alten verarmten Adelsfamilie.«

Mir blieb nichts anderes übrig, als mich zu fügen und meine hübsche Blondine an diesen sündigen Ort zu begleiten. Wenige Minuten später entschloss sie sich, in einen indischen Laden zu gehen, in dem sich farbenfrohe Seiden- und Baumwollstoffe bis zur Decke türmten. Auf einem Tresen in der Mitte des Ladens war eine Unmenge von wunderbaren Schmuckstücken aus Weißmetall ausgestellt: Anhänger, Ringe und Armreifen wie aus Tausendundeiner Nacht. Chantal staunte wie ein kleines Mädchen, probierte Tücher und Saris und legte dazu Schmuck aus Bernstein und Topas um Hals und Handgelenke.

»Charles, heute Abend verwandle ich mich in eine Maharani, dann sehe ich im Katmandou wie eine richtige schmachtende und verliebte Nepalesin aus.«

»Verliebt in wen? In mich oder in Victoire?«

»Unglaublich, du bist eifersüchtig! Ich mag Victoires Haut und ihre Eleganz, aber meine Liebe bist du.«

Sie fiel mir um den Hals und küsste mich auf den Mund, versuchte, ihre Zunge hineinzuschieben.

»Und weißt du, was ich mache, wenn du noch einmal eifersüchtig bist?«

Lachend tat sie so, als wolle sie meinen Gürtel öffnen. Die schweren Armreifen an ihren Handgelenken klimperten. Ich riet ihr, ihre abenteuerlustigen Hände bis zum Abend zurückzuhalten. Der Verkäufer hatte die ausgewählten Stoffe in eine große Papiertüte gesteckt und auch die Anhänger und Armreifen auf die Rechnung geschrieben. Als wir den Laden verließen, machte ich Chantal darauf aufmerksam, dass sie sich keinen Ring ausgesucht hatte. Sie gestand, dass sie noch nie Ringe getragen hätte, mit Ausnahme eines Rings, den ihre Mutter ihr geschenkt und den sie an einem Strand an der Atlantikküste verloren hatte.

»Ich hoffe, dass ich meinen ersten Ring von dir bekomme, wenn du sicher bist, dass du mich genug liebst. Den werde ich dann nie wieder ablegen.«

Sie fügte hinzu, dass wir uns Zeit lassen sollten und dass sie sicher sei, dass der Tag kommen würde, an dem ich ihr einen Ring an den Finger stecken würde.

»Ich will ihn dir nicht irgendwann zurückgeben müssen«, sagte sie und lachte.

An einer Ecke der Rue de Seine warf sie sich in meine Arme und zog mich mit ihrem freien Arm fest an sich. Die große Tasche schlug gegen mein Gesäß, und eine Passantin schimpfte, dass wir den Weg versperrten, doch das hinderte Chantal nicht daran, mir ihre Zunge in den Mund zu schieben. Der Kuss wurde immer länger, leidenschaftlich und besitzergreifend, und ich spürte, wie mein Schwanz sich aufrichtete und gegen Chantals Bauch drückte. Das Biest merkte es natürlich und schmiegte sich noch enger an mich.

»Ich weiß, dass du einen Ständer hast, ich weiß, dass du mich begehrst, ich weiß, dass du mit mir schlafen willst.«

Sie drückte auf den Knopf einer Eingangstür, zog mich in den Hausflur und schob mich gegen die Wand. Sie ließ ihre

Tüte fallen, öffnete meine Hose und holte meinen Schwanz heraus. Mit ihrer freien Hand schob sie ihren Rock hoch. Unter dem leichten Stoff war sie nackt, sie hob ein Bein, hielt sich an meinem Nacken fest und zog sich hoch. Mein Schwanz wurde von ihrer feuchten Vagina geschluckt, und sie begann, ihren Po, den ich fest in beiden Händen hielt, zu bewegen. Die ungewohnte Situation und Chantals Leidenschaft sorgten dafür, dass wir beide gleichzeitig in dem Augenblick kamen, als ein Hausbewohner zur Haustür ging.

»Na, ihr zwei Hübschen, konntet ihr nicht warten?«, sagte er lachend.

Verwirrt versuchte ich, eine dezentere Haltung einzunehmen, und schob meinen Penis an seinen Platz zurück; der Kommentar des Mannes hatte mich ein bisschen überrascht und aus dem Konzept gebracht. Chantal rückte ihren Rock wieder zurecht, die Wangen gerötet vor Verwirrung und Lust. Auf wackeligen Beinen staksten wir auf die Straße.

»Charles, ich hatte einen unglaublichen Orgasmus, das war so toll …«

Sie hatte ihre Tasche im Haus vergessen. Ich holte sie und trug sie den Rest des Weges, während Chantal einen Arm verliebt um meine Taille legte. Sie dachte nicht mehr an die Einkäufe, deretwegen wir überhaupt ausgegangen waren, und beschloss, nach Hause zurückzukehren. Sobald wir im Schlafzimmer waren, ging sie unter die Dusche und forderte mich auf, ihr Gesellschaft zu leisten. Das ließ ich mir nicht zweimal sagen und fand mich kurz darauf unter dem wohltuenden Wasserstrahl wieder. Sie seifte mich ein, erweckte dabei meinen Schwanz zu neuem Leben und liebkoste meine Eier. Dann kniete sie sich hin und begann, mir unter der prasselnden Dusche einen zu blasen. Ich spürte ihre Lippen, die sich um meinen Schwanz schlossen, sich eng um meine geschwollene Haut legten, dann kitzelte ihre Zunge meine Eichel, aus der ein durchscheinender Tropfen perlte. Sie legte ihre Hände auf meine Pobacken und zog sie etwas auseinander, damit das Wasser besser in meine Ritze rinnen konnte, dann drückte sie mit dem Finger gegen meine Rosette und schob ihn hinein, nahm dabei meinen Schwanz tief in ihren Mund und begann wild daran zu saugen. Ich schrie überrascht auf, taumelte irgendwo zwischen Lust und Schmerz. Chantal zog ihre Lippen sanft zurück, liebkoste mit dem Finger immer noch geschickt meine Rosette, machte sich dann beinah brutal erneut über meinen Schwanz her und löste damit einen gigantischen Orgasmus aus. Ich ließ mein Sperma in ihren Mund schießen. Ich war völlig fertig und musste mich an der Glaswand der Duschkabine festhalten, um nicht ebenfalls auf dem Boden zu landen. Ich setzte mich, das Wasser prasselte auf meinen Körper. Chantal rückte an mich heran und schmiegte sich an mich, küsste mich, die Lippen noch feucht von meinem Samen.

»Probier mal, wie lecker du schmeckst«, sagte sie mit einer rauen Stimme, die ich an ihr gar nicht kannte, und schob mir ihre spitze und feste Zunge in den Mund, biss dabei leicht in meine Lippen und jagte kleine Elektrostöße durch meinen Körper.

Ich fühlte mich wie betäubt. Sie stand auf und zog mich sanft am Arm, um mir aus der Dusche herauszuhelfen. Als ich auf der Bank im Badezimmer saß, begann sie, mich mit einem großen Badetuch trocken zu rubbeln. Unfähig, auch nur ein Wort zu sprechen, ließ ich sie gewähren, ihren zärtlichen Händen, die meinen Körper abtrockneten, völlig ausgeliefert. Ich hätte meiner süßen Gefährtin Worte zuflüstern wollen, die ihr meine zärtliche Wertschätzung zum Ausdruck brachten, eine Anerkennung, die auch nur annähernd so süß war wie ihr Körper seidig, doch sosehr ich mich auch anstrengte, ich war nicht imstande, ein paar angemessene Worte aneinanderzureihen.

Sie war es, dir mir vorschlug, mich hinzulegen und einen kleinen Mittagsschlaf zu halten, während sie ein wenig schneidern und die Stoffbahnen zusammennähen würde, die wir gekauft hatten, um sich daraus ein Kleid für den Abend zu machen.

»Charles, gehen wir heute Abend essen? Das Katmandou macht erst um elf Uhr auf. Es wäre schön, wenn du uns ein nettes kleines Restaurant suchst, einen Italiener oder so.«

Ich döste und dachte dabei an Chantal, die in einem anderen Zimmer vor sich hin sang. Inzwischen waren fast zwei Monate vergangen, seit wir uns kennengelernt hatten, und zwischen uns hatte sich eine unglaubliche Vertrautheit eingestellt. Sie hatte mein Leben verändert, und mir wurde bewusst, welche Wende hin zur Freizügigkeit ich dank Chantal vollzogen hatte. Ich war ein Spätzünder, der sich in seinen wissenschaftlichen Forschungsaufträgen verloren hatte, die mir inzwischen so unbedeutend erschienen, und Chantal hatte mir eine Welt der Lust eröffnet, der Freizügigkeit und körperlichen Freuden, die mir bis vor kurzem noch völlig unbekannt gewesen war. Ich hatte Schwierigkeiten, ohne weiteres in diese erotische Welt vorzudringen, und oft fand ich mich linkisch, war nicht in der Lage, mich eines erotischeren und direkteren Vokabulars zu bedienen, das die Freuden, die Chantal mich entdecken ließ, besser zu evozieren vermochte. War es Scham, die ich unbewusst immer noch empfand, oder eher Unvermögen, mich wirklich eins zu fühlen mit meiner anbetungswürdigen Freundin? Denn einer Sache war ich mir nunmehr sicher: Chantal war inzwischen nicht nur Teil meines Lebens, ich war unsterblich verliebt in sie und fühlte mich jämmerlich, weil ich meine wachsende Zuneigung nicht durch bedeutsamere und gewähltere Worte zum Ausdruck bringen konnte.

Eine im Windzug zufallende Tür riss mich aus meinem Wachtraum. Chantal hatte aus den orientalischen Stoffen ein Gewand aus geschickt drapierten Tüchern gemacht, das wie ein Kostüm aus dem Orient wirkte. Sie war halb Zigeunerin, halb Maharani, und das Blond ihrer Haare gab dem Ganzen etwas Irreales; Chantal war verwandelt.

»Wie findest du mich? Das kommt heute Abend im Katmandou bestimmt gut an«, sagte sie lachend.

Ich fand sie wunderbar, ganz gleich, was sie trug, sie sah immer großartig und strahlend aus. Eine leise Eifersucht ergriff mich, als ich daran dachte, dass sie das alles für eine Frau tat, die ich nicht kannte. Sie bemerkte meinen Unmut und umarmte mich.

»Charles, ich will dir keinen Kummer machen, du musst begreifen, dass ich das vor allem für mich tue. Ich mache eben gern Verrücktheiten, bin gern anders, verführe gern. Ich will, dass Victoire mich nicht vergisst, aber ich war nie verliebt in diese Frau. Am Anfang hat sie mich herablassend behandelt, sie war die große Aristokratin und ich nur ein Nichts, ein Mädchen aus der Gosse. Aber nach und nach habe ich immer mehr Einfluss auf sie ausüben können, und inzwischen ist sie diejenige, die mir nachläuft und um eine Verabredung bettelt. Ja, ich habe mit ihr geschlafen, ich war ein bisschen naiv, hatte gerade meine Studentenaffären hinter mir, als ich Victoire traf. Sie hat mir alles über die Liebe unter Frauen beigebracht, und nun bin ich die Stärkere, und sie bettelt um Befriedigung. Charles, ich werde mich nie in Victoire verlieben. Was mich reizt, ist die Macht, die ich über diese Frau gewonnen habe, die älter ist als ich und die nicht besonders schön, aber anziehend ist und Klasse hat. Und dank unserer Begegnung werde ich ihr heute Abend sagen, dass unsere Affäre vorbei ist, dass ich mich in dich verliebt habe und sie mir nichts mehr bedeutet. Und das, Charles, bedeutet mir am meisten. Die Tatsache, dass ich wählen kann.«

Ihre Worte hatten mich überrascht, vor allem, da ich die Hitze ihres Körpers in meinen Armen spürte. Sie schmiegte sich an mich, als erwarte sie meine Zustimmung zu ihrem naiven und unbarmherzigen Geständnis. Ich zog sie fest an mich, versuchte dabei, das fragile Stoffgebilde möglichst nicht zu zerstören, und gab ihr zu verstehen, dass es mir nicht zustehe, mich in die zerbrechliche Beziehung zwischen einer Unbekannten und der Frau, die nunmehr meine Geliebte war, einzumischen.

Ich beschloss, mich anzuziehen. Chantal hatte mir etwas zum Anziehen rausgelegt, und dank ihrer Geschmackssicherheit fand ich mich sehr elegant in meinem Blazer und meiner Hose aus hellbeigem Rohleinen. Ein gestreiftes Hemd von Burberry's vervollständigte meinen Dandylook.

Chantal hatte beschlossen, dass wir im Café Flore einen Aperitif trinken und von dort zu Il Teatro gehen würden, dem kleinen italienischen Restaurant in der Rue de Buci. Chantal legte sich einen Kaschmirschal um, und wir machten uns zu Fuß auf den Weg. Das Flore war nur ein paar Ecken weit entfernt, der Abend war mild, und die Bürgersteige waren voller Spaziergänger, die von den Cafés von Saint-Germain-des-Prés angelockt wurden.

Wir waren inzwischen Stammgäste im Café Flore, und der Oberkellner beeilte sich, einen freien Platz für uns zu suchen, und führte uns schließlich an einen Tisch in einer Ecke der Terrasse. Die wichtigen Gäste des Lokals, Journalisten, Kino- und Fernsehstars, wahre oder Möchtegernintellektuelle, bekannte Gesichter und solche, die es werden wollten, beugten sich dem Ritual des Restaurants, und jeder versuchte, die Gesichter dieser Gäste, die die Berühmtheit des Lokals ausmachten, mit einem Namen oder einer Geschichte in Verbindung zu bringen. Die Tische vor den großen Scheiben waren für Touristen, meist Amerikaner oder Italiener oder andere Neugierige, reserviert, die einen Blick auf die berühmten Gesichter erhaschen wollten. Diese Tradition ging im Flore auf die Zeiten von Jean-Paul Sartre und Simone de Beauvoir oder Paul Claudel zurück, und in diesem Literatencafé hatten schon viele andere Berühmtheiten morgens ihr Frühstückscroissant in ihren Café au Lait getunkt oder am Ende des Tages ihren Pastis getrunken.

Chantals Aufmachung erregte Aufsehen, und schon fragten einige Touristen die Kellner nach uns und zeigten mit dem Finger. Die Kellner, an derlei Fragen gewöhnt, verneinten und setzten ihre Arbeit fort. Wir erwiesen dem Champagner des Flore unsere Ehre und waren bereits leicht angetrunken, als wir beschlossen, unseren Weg zu Il Teatro fortzusetzen, vorbei an der alten Abtei Saint-Germain-des-Prés.

Als wir das Restaurant verließen, war es fast dreiundzwanzig Uhr. Chantal war sich noch einmal schön machen gegangen, während ich die Rechnung bezahlte und auf dem Bürgersteig auf sie wartete. Sie hatte noch ordentlich Make-up aufgelegt, mit Rosa ihre Wangen und mit Blau ihre Lider betont, den Kajalstrich um ihre Augen nachgezogen, mit Unmengen Mascara ihre Wimpern verlängert. Vor allem das Rot ihrer Lippen schien mir fast zu leuchtend und verlockend, und mit ihren unschuldigen blonden Locken, die aus ihrem indischen Seidenmantel hervorsprangen, verlieh es ihr fast etwas Vampartiges. Ich winkte ein Taxi heran und nannte dem Fahrer die Adresse. Auf der Fahrt versorgte Chantal mich mit Ratschlägen. Ich war neugierig, wusste ich doch, dass ich nichts weiter tun durfte als zusehen und dabei an der Bar etwas trinken. Chantal gab mir zu verstehen, dass sie sich Sorgen machte, ich könne in dem Tempel der Psyche einen Skandal vom Zaun brechen. Ich versprach ihr, mich zurückzuhalten, und sie schenkte mir ein Lächeln und küsste mich auf den Mund.

»Das ist der einzige Ort, an dem ich keine Spuren hinterlassen werde«, sagte sie.

Wir waren angekommen, ich zahlte das Taxi und half Chantal, aus dem Taxi auszusteigen, dessen Rückbank sehr eng war. Chantal klingelte an der Eingangstür des Katmandou. Ein Guckloch öffnete sich, und die Tür sprang auf. Vor uns stand ein hünenhafter Schwarzer im Frack. Die weiße Hemdbrust machte den rasierten Schädel, der aussah wie eine riesige Boulekugel und in dem das Weiß seiner Augen leuchtete, noch eindrucksvoller. Er ließ Chantal eintreten, sah dann mich an und fragte meine Freundin, ob ich über die Regeln informiert sei. Chantal nickte, und der Schwarze führte mich hinter die Bar. Ich hievte mich auf einen Barhocker und sah mich um. Die Bar war derart platziert, dass man das Zentrum des Clubs nur in einem Spiegel sehen konnte, der das Geschehen nur relativ verschwommen wiedergab. Ich folgte Chantal mit dem Blick, bis sie in einem toten Winkel verschwand. Ich begnügte mich also damit, den Mindestverzehr zu konsumieren und die Ankunft der weiblichen Gäste zu beobachten. Paare oftmals sehr schöner Frauen kamen herein, eine meist burschikoser als die andere oder komplett wie ein Mann angezogen. Viele wunderbare und attraktive Frauen kamen allein, offenbar Stammgäste. Eine sehr schöne und große Frau mit dunklem Teint und rabenschwarzem Haar, das sie wie eine Spanierin zu einem strengen Dutt frisiert hatte, in dem ein Schildpattkamm steckte, das Kinn energisch vorgereckt, ließ sich zu ihrem Tisch führen. Ihre Korsage war bis zum Ansatz ihrer Brustwarzen aufgeknöpft, ihr wohlgeformter Po von einem Rock aus schwarzer Rohseide zur Geltung gebracht, die sich ihrem selbstbewussten Gang geschmeidig anpasste. Fasziniert folgte ich ihr mit dem Blick, und im Spiegel konnte ich sehen, wie sie an der Tanzfläche Platz nahm.

Nun kam ein gemischtes Paar herein. Die Frau war von erhabener aristokratischer Schönheit und steuerte sofort auf das Zentrum des Geschehens zu, während er, schon ein wenig altersschwach und vermutlich sexuell nicht mehr ganz auf der Höhe und an die lesbischen Aktivitäten seiner Frau gewöhnt, brav auf der Bank hinter der Bar Platz nahm, ein silbernes Zigarrenetui aus seiner Tasche fingerte und sich seelenruhig eine Montechristo anzündete, die sein Verlangen für den Abend zu stillen schien.

Das Katmandou füllte sich allmählich mit schönen und aufregenden Frauen, die selbst den Ansprüchen der anspruchsvollsten Männer genügt hätten. Die Musik wurde lauter, übertönte das Stimmengewirr, und bald wagten sich ein paar der zauberhaften Geschöpfe auf die Tanzfläche. Von meiner Hühnerstange aus konnte ich die Tänzerinnen nur schemenhaft erkennen und die Körper, die sich zu den gedämpften Rhythmen bewegten, lediglich erahnen. Die Musik war nicht wild und ohrenbetäubend wie in den Szenediskotheken, sondern lateinamerikanisch, sinnlich und leidenschaftlich.

Ich war gerade bei meinem zweiten Whiskey, als ich meinte, Chantal auf der Tanzfläche entdeckt zu haben. Sie tanzte mit einer großen, schlanken Frau, deren Haar zu einem Bob geschnitten war, der ihren langen und zarten Nacken nicht bedeckte. Ihr Kleid, ein knielanges Kleid in, wie es von weitem den Anschein hatte, Goldlamé, das den Rücken bis zu den Hüftknochen freiließ, kontrastierte mit den lebhaften Farben von Chantals Gewand. Ich konnte ihr Gesicht nicht erkennen, und schon gar nicht das von Chantal, die ihren Kopf an die Schulter dieser Frau gelegt hatte. Das also war Victoire, diese Victoire, die bald von meiner Existenz erfahren sollte.

Im Eingang des Clubs spielte sich nun eine heftige, geradezu filmreife Szene ab. Eine dunkelhaarige Furie – die sehr schön war in ihrem Zorn – versuchte verzweifelt, eine hübsche Blondine festzuhalten, und zerrte wütend an dem Hundehalsband und dem weit ausgeschnittenen schwarzen Kleid der Besagten. Die Furie schrie für alle hörbar, dass die blonde Frau, die ihrer Meinung nach eine dreckige Schlampe war, ihr die Auserwählte weggeschnappt hätte. Letztere wiederum, ein sehr junges blondes Mädchen in einem hauchzarten geblümten Kleid, in dem sie fast nackt wirkte, verstand offenbar nicht, warum sie plötzlich zum Anlass einer solchen Schlacht geworden war.

Der dunkelhaarigen Furie gelang es endlich, die Rivalin bei ihrem Hundehalsband zu packen, und sie riss sie an sich und kratzte sie mit ihren spitzen Nägeln, sodass bald ein paar Blutstropfen aus den Wunden perlten. In dem Moment griff der Schwarze ein und trennte die beiden Streithennen, die sich wehrten und weiterhin versuchten, einander zu treten. Schnell gab es einen kleinen Menschenauflauf, und erst als die Besitzerin des Lokals auftauchte, nahmen die Blonde und die Dunkelhaarige endlich Vernunft an. Die Blonde weinte und tupfte ihre blutende Wange mit einem hübschen Batisttaschentuch ab. Die Dunkelhaarige wurde von der Besitzerin verwarnt und gebeten, nie wieder einen Fuß in das Lokal zu setzen.

Der Türsteher brachte sie unsanft zum Ausgang und schubste sie nach draußen. Man hörte noch, wie zornig an die Stahltür geklopft wurde, dann kehrte wieder Stille ein, die Musik kam wieder zu ihrem Recht, und der Reigen der saphischen Freuden begann von Neuem.

Dieser wenn auch amüsante kleine Zwischenfall machte mir klar, dass das weibliche Universum noch unbarmherziger war als das männliche. Die wunderschöne blonde Frau wurde von dem jungen Mädchen zur Toilette gezogen, um die Wunde zu versorgen, die die Krallen ihrer Rivalin in ihrem Gesicht hinterlassen hatten. Ich amüsierte mich darüber, dass es plötzlich das junge Mädchen war, das sich um die immer noch in Tränen aufgelöste Freundin kümmerte und zärtlich zu versuchen schien, sie den ärgerlichen Zwischenfall vergessen zu lassen.

Meine Blicke kehrten wieder zu dem Spiegel zurück, in dem ich Chantal sehen konnte, die förmlich an ihrer Gefährtin klebte und mit ihr einen Blues tanzte, der ihnen gestattete, sich ihrer Körper zu erfreuen, die buchstäblich zusammengeschweißt schienen. Für einen Augenblick überkam mich Eifersucht, doch dann verscheuchte ich dieses Gefühl, indem ich mir sagte, dass ich gern der Dritte im Bunde wäre und dass wir zu dritt noch aufregendere erotische Erlebnisse genießen könnten.

Dann verschwand Chantal, und ihre Freundin mit ihr; vermutlich waren sie an ihren Tisch zurückgekehrt. Ich bestellte einen dritten Whiskey und begann ihn in Ruhe zu trinken, als ich Chantal bemerkte, die, gefolgt von Victoire, zur Bar herüberkam. Ich sah auf meine Uhr, es war gerade erst zwei, und ich konnte mir nicht vorstellen, dass die beiden Freundinnen bereits geredet hatten und sich anschickten, den Club zu verlassen. Ich sah auf, Chantal stand vor mir.

»Charles, ich möchte dir Victoire vorstellen. Victoire, das ist mein Freund Charles.«

Ich zuckte zusammen, als ich nach einer kleinen Verbeugung und einem eher kühlen Handkuss hochsah. Vor mir, in diesem sexy Lamékleid, stand nicht Victoire, sondern Violaine, die Frau meines Cousins Jean.

Die angebliche Victoire wurde vor Schreck erst rot, dann bleich. Sie sah mich mit ihren violetten Augen an und sagte keinen Ton. Anscheinend war sie soeben stumm geworden. Chantal sah mich an, verwirrt über die plötzliche Wende der Ereignisse. Ich beugte mich zu Violaine und sagte: »Hallo, Violaine«, und dann küsste ich sie zärtlich.

Nun begriff Chantal, dass ihre Geliebte, Victoire, die berühmte Violaine war, die Frau, die sich von meinem Cousin Jean scheiden ließ, die Schwägerin von ihrem Charles, die Frau, deretwegen Christine so überstürzt nach Paris geflogen war.

»Chantal, Victoire hat dich nicht belogen, für uns war es nur ihr zweiter Vorname.« Und an Violaine gewandt, sagte ich: »Ich bin Ihnen nicht böse, liebe Schwägerin, vielleicht werden wir uns bald wiedersehen.«

Starr vor Schreck wusste Violaine nicht, was sie tun sollte. Ich schlug vor, dass wir sie nach Hause begleiteten. Sie stammelte, dass sie ein Zimmer in einem Hotel genommen habe und in ihrer Pariser Wohnung nicht erwartet würde.

Wir gingen alle drei zur Garderobe. Violaine nahm dort ihren Wollumhang entgegen, und dann fanden wir uns vor dem Katmandou wieder. Dank eines Geldscheins rief uns der Türsteher ein Taxi.

Als wir im Wagen saßen, fragte ich Violaine, wohin wir sie bringen sollten. Sie war – Ironie des Schicksals – im Relais Christine abgestiegen, was Chantal laut auflachen ließ.

»Victoire oder Violaine, wir hätten dich auch bei uns aufnehmen können, aber Charles ist sehr freizügig geworden, das möchte ich dir lieber nicht zumuten«, sagte Chantal.

Violaine brach in Tränen aus. Chantal versuchte, sie während der kurzen Fahrt zu trösten. Dann hielt das Taxi, wir waren angekommen. Als wir uns vor ihrem Hotel verabschiedeten, bat ich Violaine, mir nicht böse zu sein, und sagte, dass ich nichts dafür könne. Sie gab mir einen Kuss und lächelte schwach.

»Danke, Charles, ich hoffe, ihr werdet glücklich miteinander. Bis bald, vielleicht.«

Wenige Minuten später waren wir auf der Heimfahrt. Chantal war bester Laune, als hätte sie jemandem einen Streich gespielt, und sie lachte immer noch, als sie daran dachte, wie überrascht Violaine gewesen sein musste, mich zu treffen. Ich war weniger begeistert über die Ereignisse und wusste nicht recht, was ich von dieser überraschenden Entdeckung halten sollte. Doch Chantal hatte beschlossen, über mich zu lachen, und sobald wir zu Hause waren, lief sie in die Küche zum Kühlschrank, kam mit zwei randvollen Gläsern zurück und servierte uns einen Cocktail.

»Wir werden jetzt meine Emanzipation feiern, Charles, jetzt ist Schluss damit, mich dem Willen anderer zu beugen. Ab heute Abend entscheide ich, wie ich mein Leben führen werde.«

»Ich hoffe, ich komme auch darin vor«, sagte ich zu meiner süßen Freundin.

»Dich habe ich mir doch ausgesucht, und ich habe dir einen festen Platz in meinem Leben gegeben, damit du nicht daraus entwischen kannst.«

Chantal lachte und drückte sich an mich. Sie schlang die Arme um meinen Hals und gab sich im wahrsten Sinne des

Wortes hin. Ich ließ meinen Blazer zu Boden fallen, packte mit beiden Händen ihren festen kleinen Po und zog sie an mich. Das kleine Biest verschränkte ihre Beine hinter meinem Rücken und rieb sich an meinem Schwanz, der sich bereits anschickte, ihre Vulva zu attackieren. Ich zerrte an ihrem indischen Seidengewand und befreite ihre Beine, bemerkte, dass der String nicht mehr da war, den sie noch getragen hatte, als wir das Haus verließen. Ich fragte sie nicht, doch sie gestand, dass sie und Violaine sich im Katmandou einen Augenblick lang vergessen hatten und ihre Pussy noch ganz feucht sei von den zärtlichen Berührungen ihrer Gefährtin.

»Weißt du, sie wird mir fehlen«, sagte sie.

»Momentan gehört sie ja noch zur Familie«, erwiderte ich amüsiert.

»Was hältst du davon, mit dem Wagen noch eine Runde zu drehen?«, fragte Chantal, die offenbar noch keine Lust hatte, den Abend zu beenden.

Ich sagte, dass ich ziemlich erschöpft sei und es schon fast drei Uhr war. Ich hatte um zehn Uhr einen Termin bei der Bank, und wir waren beide zum Mittagessen mit Christine und Jean verabredet. Das bereitete mir ein wenig Bauchschmerzen. Sollte ich ihnen von unserem Abend und von Violaines homosexuellen Neigungen erzählen? Chantal war nicht damit einverstanden, sie wollte lieber mit Christine allein darüber sprechen. Ich stimmte dem Vorschlag zu und beschloss, das Thema fallen zu lassen. Müde legte ich mich ins Bett, und meine süße Chantal legte sich neben mich, nackt und frisch wie eine Rose, trotz der Abenteuer der Nacht. Wie ein altes Sprichwort sagt: Guter Rat kommt über Nacht.